Liz Byrski

Als wärst du immer dagewesen

LIZ BYRSKI

Als wärst du immer dagewesen

Die Geschichte meiner verlorenen Liebe

Aus dem Englischen
von Eva Dempewolf

MALIK

Die Originalausgabe erschien 2000 unter dem Titel
»Remember Me« bei Fremantle Arts Centre Press
in Fremantle, Australien.

ISBN 3-89029-207-0

Satz: Satz für Satz. Barbara Reischmann, Leutkirch
Druck und Bindung: Ebner Ulm
Printed in Germany

Dir, mein liebster Karl Heinz,
gewidmet in unendlicher Liebe.

TEIL I

Erinnerung

I

Das Haus ist nicht mehr da, aber hier hat es einmal gestanden. Hier, im Wohnzimmer des ersten Stocks, drehte ich mich an jenem regnerischen Samstagnachmittag um, als ich die Tür gehen hörte, und sah dich. Hier hat alles angefangen. In jenem Augenblick versank alles um uns herum, es gab nur noch dich und mich.

Ich spüre dich auf der anderen Seite des Raumes, und in deinen Augen spiegeln sich alle meine Gefühle – Überraschung, Verwirrung, Verlangen. Wie lange wir wohl so dastanden? Haben die anderen bemerkt, daß ich unter deinem Lächeln errötete? Konnten sie ahnen, was an diesem Tag begann?

Das Haus ist nicht mehr da, es fiel dem gnadenlosen städteplanerischen Wüten im Londoner Norden zum Opfer. Die Straße, jetzt von schicken Apartmentblocks gesäumt, schmückte sich damals mit eleganten Edwardianischen Häusern, im Halbkreis um einen Park gebaut. Durch diesen Park spazierten wir eines Abends, als die Dämmerung hereinbrach und der erste Schnee des Winters sich über die kargen Grasbüschel legte. Die Straßenlaternen verliehen den Schatten scharf umrissene Konturen, und unser Atem verdichtete sich in der eisigen Nachtluft zu weißen Wölkchen. Wir lehnten uns gegen einen Baum, und du küßtest mich und strichst mir über die Wange und sagtest mir, daß ich schön sei. Du nahmst meine Hand, und wir gingen zurück zum Haus, durch Flur und Diele, die Treppen hinauf in die laute, geschäftige Helligkeit der Wohnung. Dort draußen, wir beide allein in der Dunkelheit, war alles so klar erschienen, aber hier drinnen waren andere Leute – immer waren andere Leute da.

Fast vierzig Jahre sind vergangen. Soll ich es wagen, die Schatztruhe der Erinnerungen zu öffnen? Oder wäre es besser, sie verschlossen zu halten, alles ungesagt zu lassen, was sie so lange als Geheimnis bewahrte? Ich wollte dir erzählen, wie ich es erlebt habe, dich fragen, was passiert ist, wollte, daß du es verstehst. Wenn du jetzt hier wärst, Karl, würde ich dir diese Geschichte erzählen, dir diese Fragen stellen.

An jenem Vormittag war ich einkaufen gewesen, hatte in der Oxford Street Weihnachtsgeschenke besorgt und, mit Tüten und Päckchen beladen, am frühen Nachmittag den Bus zum Haus am Northumberland Crescent genommen. Dort war ich immer willkommen. Joan behandelte mich wie eine jüngere Schwester, ja, sie hegte gar die Hoffnung, mich als Schwägerin zu gewinnen, ein Wunsch, dem jedoch weder ihr Bruder noch ich das geringste abgewinnen konnten. Sie kochte uns einen Tee, und wir setzten uns vor den Kamin. Jock war mit den Kindern in den Park gegangen.

»Davids Einheit wird wieder verlegt«, sagte Joan. »Er kommt in die Melksham-Kaserne, aber Weihnachten verbringt er bei uns. Komm du doch auch.« Sie fixierte mich mit durchdringendem Blick und setzte jene entschlossene Miene auf, die mich schon immer eingeschüchtert hatte.

Ich starrte ins Feuer. »Mom und Dad haben über die Feiertage viele Leute eingeladen. Sie erwarten, daß ich da bin. Ich sehe David ja ein andermal.«

Ihre Mißbilligung hing spürbar im Raum, und sie stieß einen leisen Seufzer aus. »Bestimmt könntest du ...«, setzte sie an. Ein Scheit verrutschte, und sie sprang auf, um es in den Kamin zurückzuschieben.

Die Spannung hatte sich gelöst. Ich stand auf und schlenderte zum Fenster. Der Raum war groß, mit hoher Decke und voll dunkler alter Möbel; ein Chesterfield-Sofa mit grau-rosa Plüschbezug, dazu passende Stühle, eine schwere Eichenkommode mit Karaffen und Gläsern darauf, ein Sekretär. Auf dem Teppich lag Spielzeug verstreut, aber die Unordnung war nur oberflächlich – Joan führte ein strenges Regiment über ihren Ehemann, zwei kleine Kinder, vier Untermieter und jede Menge Gäste. Es gab immer ein freies Bett, einen Platz am großen Eßtisch und ein herzliches Willkommen – solange man sich an Joans Spielregeln hielt.

Ich blickte durch den leichten Nieselregen hinunter auf die Straße. Es war schon fast dunkel. Jeden Moment mußte die Straßenbeleuchtung angehen. Jock war zurückgekommen und half den Kindern beim Ausziehen von Jacke und Stiefeln. Unten ging die Haustür auf und wieder zu, dann waren Schritte auf der Treppe zu hören. Ich wandte mich um, und da warst du.

In diesem Augenblick blieb die Zeit für mich stehen. Ich griff haltsuchend nach der Sofalehne, weil mir schwindelte.

Ich frage mich, ob du dich an diesen Moment erinnerst, Karl. Wenn ich dich jetzt fragen könnte: »Erinnerst du dich an den Tag, an dem wir uns kennengelernt haben?«, würdest du dich dann am Kopf kratzen und dein Gedächtnis durchforsten? Würdest du mich verlegen anblicken und murmeln: »Laß mich nachdenken ...«, oder würdest du meine Hand nehmen, mir in die Augen schauen und sagen: »Ja! Ich weiß es noch ganz genau.«?

Du trugst einen braunen Pulli über einem cremeweißen Hemd, das am Kragen offenstand, und als du mich anschautest, sah ich die kleine Vertiefung unten an deinem Hals zucken, so als wolltest du etwas sagen. Dein Blick hielt meinen fest, und ich sehnte mich danach, dem Verlangen, das darin stand, nachzugeben.

Wie wäre es, wenn wir uns heute begegneten? Ich möchte wissen, wie du heute aussiehst.

Ich stelle mir vor, ich besteige ein Flugzeug und kämpfe mich, die Boardingkarte in der Hand, zu meinem Platz durch. Ich schließe den Sicherheitsgurt, streife die Schuhe ab und beginne eine Unterhaltung mit meinem Sitznachbarn. Schließlich werden wir mehrere Stunden miteinander verbringen, und so machen wir uns mit Vornamen bekannt, und weil mir ein leichter Akzent auffällt, frage ich ihn, wo er herkommt. Er erzählt mir, daß er Deutscher ist, und ich erzähle ihm, daß ich einmal in einen Deutschen verliebt war, der ebenfalls Karl hieß. Ich erzähle ihm, daß es Liebe auf den ersten Blick war; daß wir nur einige wenige Monate miteinander verbracht hatten und daß ich nie verstanden habe, warum es zu Ende ging.

»Er spielte mir auf dem Klavier vor«, sage ich. »Ich sehe noch seine Hände auf den Tasten, und seine Augen waren blau, genauso blau wie ...«

Und ich verstumme und betrachte die Hand, die auf der Armlehne zwischen uns ruht, und ich weiß, daß ich dich wiedergefunden habe.

Träume. Vielleicht lebst du noch auf der anderen Seite des Erdballs, vielleicht aber auch ganz in meiner Nähe. Vielleicht haben wir schon einmal im selben Flugzeug gesessen, sind auf der Straße aneinander vorbeigegangen, haben an der Ampel im Auto nebeneinandergestanden, ohne zu merken, daß wir uns so nahe waren. Ich hatte vorgehabt, mein ganzes Leben mit dir zu verbringen. Statt dessen habe ich all die Jahre damit zugebracht, darüber nachzudenken, warum es anders kam.

Als du an jenem Tag ins Zimmer tratst, wollte ich gerade aufbrechen. Joan hatte mich eingeladen, bei ihnen zu übernachten, aber ich hatte dankend abgelehnt. Jetzt wäre ich gerne geblieben, aber es war zu spät. Der Grund wäre zu durchsichtig gewesen. Sie machten sich fertig, mich zum Bahnhof zu bringen. Jock suchte die Autoschlüssel, Joan überredete deinen Zimmergenossen, derweil auf die Kinder aufzupassen. Ich mußte in die Diele, um meinen Mantel zu holen. Als ich an dir vorbeiging, wurden mir die Knie weich, und ich wollte meine Hand an deine Wange legen.

Du folgtest mir hinaus. »Ich komme mit«, sagtest du. »Ich brauche ein bißchen frische Luft.«

Frische Luft? In Jocks Austin Mini, mit hochgekurbelten Fenstern und laufender Heizung? Du warst zu groß für die Rückbank eines Mini, du mußtest dich schräg hinsetzen, damit deine Beine Platz hatten. Dicht neben dir versuchte ich krampfhaft, auf meiner Seite zu bleiben und jeden Kontakt zu vermeiden. Der Gedanke, daß eine Kurve mich gegen dich schleudern könnte, ließ mich vor Erregung zittern. Aber angenommen, du hieltest es für Absicht? Du hättest daran Anstoß nehmen können. Etwas an dir mahnte mich zur Zurückhaltung. Du warst weltgewandt und erfahren, ein Mann, und ich war lediglich an den Umgang mit Jungen gewöhnt, an die schlaksige Unbeholfenheit von Teenagern. Du hattest etwas Exotisches an dir, der deutsche Akzent war mit amerikanischen Vokalen aus deiner Wahlheimat Kalifornien unterlegt, du atmetest die Kultiviertheit des Weitgereisten, das Rätsel fremder Kulturen. Ich versuchte, mehr herauszufinden. Du seist einunddreißig, sagtest du, mich hieltest du für ungefähr dreiundzwanzig. Als ich dir sagte, ich sei siebzehn, schienst du schockiert, und ich spürte, wie du dich zurückzogst. Wie konnte ich dir beweisen, daß ich erwachsen war, intelligent – kein naiver Teenager? Mein Repertoire an gesellschaftlichen Umgangsformen reichte nicht aus, die Intensität der Anziehungskraft mit den Grundsätzen damenhaften Verhaltens in Einklang zu bringen, die man mir daheim und in der Klosterschule eingehämmert hatte. Sei nicht keß oder unmanierlich! Flirte nicht, spiel dich nicht auf – und laß um Himmels willen nie einen Mann merken, daß du dich zu ihm hingezogen fühlst! Wie konnte ich diese Regeln befolgen und trotzdem Interesse signalisieren?

Unglücklicherweise war Jock ein besonnener Fahrer, und ich wurde nicht in deinen Schoß geschleudert. Es gab keine zufällige Berührung, kein flüchtiges Streifen der Hände, aber die Luft zwischen uns knisterte vor Spannung. Ich wünschte mir sehnlichst, Jock möge sich verfahren oder in einen Stau geraten, damit dieser Augenblick währte und wir uns nicht verabschieden müßten. Aber der Verkehr floß zügig, und Jock kannte den Weg zur Victoria Station im Schlaf. Er lenkte den Wagen in eine Parklücke.

»Da wären wir«, sagte er. »Du hast noch sechs oder sieben Minuten, bis dein Zug geht.«

Wie konnte ich abfahren, ohne zu wissen, ob ich dich je wiedersehen würde? Die Klosterschwestern schauten mir über die Schulter, lauerten auf ein Zeichen anstößigen oder sündigen Verhaltens. Wie gerne hätte ich mit dem Feuer gespielt – hätte ich nur den Mut dazu gehabt!

»Es wäre schön, wenn du öfter kämst«, meinte Joan beim Abschied. »Wir sehen dich viel zu selten. Überleg es dir noch mal mit Weihnachten – vielleicht haben sie doch nichts dagegen? Oder wenigstens am zweiten Feiertag?«

Ich umarmte sie und bedankte mich, und als ich mich umwandte, um mich von dir zu verabschieden, da nahmst du meine Hand, neigtest den Kopf und küßtest sie.

»Ich habe mich so sehr gefreut, Sie kennenzulernen«, sagtest du, während du deinen Blick zu meinem hobst. »Ich hoffe, wir sehen uns wieder.«

Kaum in der Lage, mich auf den Beinen zu halten, lief ich in die riesige Bahnhofshalle, unfähig zurückzuschauen, unfähig, den Weg vor mir wahrzunehmen.

Die Themse trennte uns, und die Lichter Londons wurden blasser, während der Zug südwärts fuhr. Aus dem Fenster starrte mich mein Spiegelbild an, ein bleiches, erschüttertes Gesicht mit tiefen Schatten unter den Augen. Du warst mit zum Bahnhof gekommen, du hofftest, wir würden uns wiedersehen, und du hattest meine Hand geküßt. Ich hatte es im Film gesehen, in Büchern gelesen, und jetzt war es mir selbst widerfahren. Ich zog die Hand ganz dicht an die Brust, legte meine Linke darüber, als könnte ich damit deinen Kuß festhalten. Das war der Anfang einer ganz großen Liebe, da war ich mir sicher.

Ich wußte, du würdest mich bald anrufen. Nicht gleich am nächsten Tag, aber eventuell Montag oder Dienstag. Doch Montag und Dienstag kamen und gingen, und je mehr Tage verstrichen, desto sicherer glaubte ich bei jedem Klingeln des Telefons, du wärst es. Und jedesmal traf mich die Enttäuschung härter. Ich lag im Bett und träumte von dem Augenblick, in dem wir uns das erste Mal gegenüberstanden. Wie du aussahst, die markanten Gesichtszüge, die hohe Stirn, das rötlichblonde Haar, diese Aura gelassener Selbstsicherheit. Ich begann mich zu fragen, ob ich es mir womöglich nur eingebildet hatte, daß in diesem ersten Moment etwas Entscheidendes geschehen war. Ich konnte mich nicht konzentrieren. Arbeiten war unmöglich.

»Könnten Sie diesen Brief noch einmal tippen, Miss Beard?« fragte Dr. Murray geduldig und gab mir das Schreiben zum dritten Mal zurück; meine Fehler hatte er rot angestrichen.

»Wollen Sie den ganzen Tag aus dem Fenster starren, Liz?« tadelte mich Mrs. Maxwell. »Da liegt ein Berg Arbeit, die erledigt werden muß.«

»Sie ist verliebt«, erklärte Jackie Baldwin. »Sie hat doch

am Wochenende diesen Deutschen kennengelernt und schwebt jetzt in anderen Sphären.«

»Gut und schön«, sagte Mrs. Maxwell, »aber sie kann nicht während der Arbeitszeit von ihm träumen. Kommen Sie, meine Liebe. Reißen Sie sich zusammen, und machen Sie mir diese Matrize fertig, dann können Sie sie abziehen, bevor Sie heimgehen.«

Ich widmete mich also der Matrize, und als ich sie endlich fertig hatte, strotzte sie nur so vor Flecken des übelriechenden rotbraunen Korrekturlacks.

»Vielleicht sollte ich Sie besser ans Telex setzen.« Mrs. Maxwell schüttelte den Kopf. »Sie müssen sich diesen jungen Mann aus dem Kopf schlagen, sonst kriegen Sie wirklich noch Probleme.«

Ich träumte von dir, Tag und Nacht, und du riefst immer noch nicht an.

Drei Wochen später kam eine Weihnachtskarte von Joan. Ich riß den Umschlag auf und betrachtete das Bild. Rotkehlchen im Schnee.

»Alles Liebe von Joan, Jock, Jenny und Angus«, stand da in Joans Schrift zu lesen. Und in der Ecke, in einer anderen Handschrift: »Fröhliche Weihnachten – Karl.«

Drei Worte von dir an mich – es mußte einen Weg geben, etwas daraus zu machen. Ich zermarterte mir das Hirn, während Weihnachten in einem Trubel aus Freunden, Feierlichkeiten, Geschenken und viel zu üppigen Mahlzeiten vorüberzog. Und ich ärgerte mich über meine Eltern, die darauf bestanden hatten, daß ich daheim blieb, wo ich doch so gerne Joans Einladung an den Northumberland Crescent angenommen hätte.

Als das neue Jahr heraufzog, entschloß ich mich, dir zu schreiben. Ich benutzte das Briefpapier meiner Mutter, auf dem Adresse und Telefonnummer in derart dicken Lettern standen, daß du sie unmöglich übersehen konntest.

Lieber Karl!
Herzlichen Dank für Ihren Weihnachtsgruß. Es war sehr nett, von Ihnen zu hören. Ich hoffe, Sie haben die Weihnachtstage bei Jock und Joan und ihrer Familie genossen. Wir hatten es hier in Sussex auch sehr schön. Meine Eltern hatten Freunde eingeladen, und wir haben lange Winterspaziergänge mit den Hunden unternommen und abends Karten gespielt. Am zweiten Weihnachtsfeiertag waren Joans Eltern zum Mittagessen da. Sie sind gute Bekannte meiner Eltern, und ich habe mich sehr gefreut, sie wiederzusehen.
Haben Sie sich schon in England eingelebt? Wie gefällt Ihnen Ihre Arbeit? Ich hoffe, alles läuft so, wie Sie es sich vorgestellt haben.
Ein glückliches neues Jahr
wünscht Liz

Ich hatte verschiedene Entwürfe gemacht, um den richtigen Ton zu treffen. Das größte Problem bereitete mir die Grußzeile. »Hochachtungsvoll« war eindeutig zu formell, »Mit freundlichen Grüßen« zu unpersönlich und »Mit bestem Gruß« auch nicht das Wahre. Dann probierte ich »Ganz die Ihre«; so signierte meine Mutter gewöhnlich ihre Privatpost. Aber in diesem Brief an dich schien mir das zu plump, zu direkt. Meine Freundinnen unterschrieben immer mit »Ganz herzlich«, was definitiv zu vertraulich klang. Schließlich warf ich das Handtuch und versteckte mich hinter neutralen Neujahrsgrüßen. Ich starrte sehr lange auf den Brief, bevor ich ihn zusammenfaltete und in das Kuvert steckte. Ich fühlte mich nicht ganz wohl dabei, die Initiative zu ergreifen, aber du ließest mir schließlich keine andere Wahl. Ich brachte den Umschlag an einem bitterkalten Morgen zur Post, als der Schneematsch in neuerlichem Frost erstarrte.

Kaum war der Brief im Kasten, erschrak ich vor meinem eigenen Mut. Ich stellte mir vor, wie du in Joans Wohnzimmer vor dem Kamin sitzen und den Umschlag öffnen würdest. Du würdest lächeln, wenn du die Unterschrift sahst, meine Zeilen mehrmals lesen und dann Joan fragen, ob du ihr Telefon benutzen dürftest. Oder du würdest mich am folgenden Tag vom Büro aus anrufen. Die andere – und weniger erfreuliche – Möglichkeit war, daß es dich schockieren würde, einen Brief von einem Mädchen zu bekommen, das du nur sehr flüchtig kennengelernt hattest. Du würdest mich für frivol halten, für gewöhnlich und billig, und ich hätte die Chance, dich wiederzusehen, ein für allemal verspielt. Auf dem Heimweg schlug mir das Herz bis zum Hals, mir war regelrecht übel, und ich betete zu Gott, meine Mutter möge niemals herausfinden, was ich getan hatte.

Offenbar war der Brief auch ein kläglicher Fehlschlag, denn du riefst noch immer nicht an.

Dein Schweigen trieb mich langsam zur Verzweiflung. Ich konnte nicht essen. Ich konnte nicht schlafen. Meine Augen waren ständig gerötet, ich bekam einen nervösen Ausschlag. Ich konnte dich unmöglich anrufen; ein anständiges Mädchen rief keinen Mann an, der älter war als sie. Deutsche Mädchen standen in dem Ruf, sehr sittsam zu sein. Aber du hattest in Kalifornien gelebt, und nach dem, was ich aus Filmen wußte, sahen amerikanische Mädchen solche Dinge eher recht locker. Möglicherweise war meine englische Zurückhaltung fehl am Platz. Schließlich entschloß ich mich, sobald der Ausschlag abgeheilt war, einen weiteren Einkaufsbummel in London zu machen.

»Wunderbar«, rief Joan, als ich sie anrief und fragte, ob ich bei ihnen übernachten könne. »Wir unternehmen was zusammen, ich besorge einen Babysitter.« Ein Lichtstreif erschien am Horizont. Joan und Jock würden dir gegenüber ganz gewiß erwähnen, daß ich übers Wochenende kam, und du würdest dasein und mich erwarten. Ich hatte keine Ahnung, was dann passieren würde, aber wenigstens schuf ich durch unser Wiedersehen die Voraussetzung dafür, daß überhaupt etwas passierte. Ich weigerte mich, dein Schweigen als Zeichen von Desinteresse zu deuten. Ich konnte es einfach nicht dabei bewenden lassen.

Die Tage zogen sich hin, und meine Nervosität wuchs. Ich fing an, besser auszusehen, da ich mich ganz auf den kommenden Samstagnachmittag konzentrierte.

»Ich könnte mit dir in die Stadt fahren«, meinte meine Mutter. »Wir könnten eine Nachmittagsvorstellung besuchen und den Abendzug zurück nehmen.«

»Aber ich wollte doch bei Joan übernachten«, sagte ich und versuchte die Panik, die in mir aufstieg, zu überspielen. Verzweifelt suchte ich nach weiteren Argumenten. »Ich glaube, sie hat gesagt, David kommt übers Wochenende, und wir könnten zusammen ausgehen.«

Die Lüge funktionierte. Meine Mutter mochte David und betrachtete ihn als überaus passende Partie. Unsere Eltern waren befreundet, und seine waren gesellschaftlich wie finanziell besser gestellt als meine. Aus Sicht meiner Eltern war er folglich ein idealer Heiratskandidat.

»Oh, das ist bestimmt nett«, meinte Mom, während sie weiter Kartoffeln durch ein Sieb drückte. »Wie es ihm wohl bei der Armee gefällt?«

»Es ist die RAF«, sagte ich und war David für seine bloße Existenz unermeßlich dankbar. »Er ist in der RAF.«

»Na, Sie sehen ja deutlich besser aus, junge Dame«, ertönte Mrs. Maxwells Stimme hinter ihrer Schreibmaschine. »Sind Sie endlich über ihn weg? Kein Mann ist es wert, daß man ihm lange nachweint. Sie wissen doch: Andere Mütter haben auch schöne Söhne.«

Sie walzte sich hinter ihrem Schreibtisch hervor wie eine dieser kugelbäuchigen russischen Puppen, die nicht umfallen können und sich immer wieder aufrichten. Sie drückte mir einen Stapel Akten in die Hand. »Bringen Sie die bitte gleich zu Dr. Murray rauf – er wartet schon darauf.«

»Aha!« sagte Dr. Murray und musterte mich über den Rand seiner Lesebrille hinweg.

»Die reizende Miss Beard – und ich sehe, das berühmte Lächeln ist wieder da. Nun, ich hoffe, wer immer für Ihren elenden Zustand in den letzten Wochen verantwortlich war, hat seine Lektion bekommen.«

Ich legte die Akten auf seinen Schreibtisch. »Danke, Dr. Murray. Es geht mir wirklich viel besser.«

»Warten Sie einen Moment, laufen Sie nicht gleich wieder fort. Ich möchte mit Ihnen reden.«

Er rückte einen Stuhl heran, ich hockte mich auf die vorderste Kante und strich meinen Rock über den Knien glatt. In diesem Jahr waren schmale Röcke modern, die mehrere Zentimeter unterhalb des Knies endeten.

Dr. Murray ließ seine massige Gestalt auf der anderen Seite des Tisches nieder und fuhr sich mit den Händen durchs Haar, das daraufhin auf einer Seite abstand. Er war der personifizierte zerstreute Professor – brillant, Wissenschaftler mit Leib und Seele und in allem, was nicht direkt mit seiner Forschungsarbeit zu tun hatte, hoffnungslos chaotisch.

»Seit Miss Roberts gekündigt hat, weil sie heiraten will, habe ich keine eigene Sekretärin mehr. Nun ist Ihnen sicher nicht entgangen, was für ein Unmensch ich bin, aber ich wollte Sie trotzdem fragen, ob Sie Lust hätten, meine Privatsekretärin zu werden. Ich verspreche auch, mich manierlich zu benehmen.«

Mir war nie der Gedanke gekommen, vom Schreibpool befördert zu werden. Ich hatte die Stelle erst vor ein paar Monaten angetreten, direkt im Anschluß an die Sekretärinnenschule, und alle anderen Schreibkräfte waren deutlich älter als ich! Dr. Murray war ein Vorstand, und ich würde die Ränge der Managersekretärinnen überspringen und direkt in die geheiligten Hallen des Vorstandssekretariats aufsteigen. Allerdings freute ich mich weit weniger über die Stelle an sich als darüber, wie mich dies in deinen Augen aufwerten würde.

Mrs. Maxwell war nicht im Schreibbüro, als ich zurückkam, und Jackie Baldwin eilte sofort zu mir herüber.

»Und?« fragte sie. »Hat er dich gefragt?«

»Was?«

»Na, wegen dem Job – als seine Sekretärin.«

»Nun ja, das hat er tatsächlich, aber woher weißt du davon?«

»Du lieber Himmel!« Sie verdrehte die Augen. »Bekommst du gar nichts mit? Ist doch allgemein bekannt, daß er eine von uns nehmen würde, und wir waren sicher, daß er sich für dich entscheiden würde.«

Ich schob einige Blätter Kohlepapier zwischen weiße Bogen und spannte sie in die Schreibmaschine.

»Ich wußte nicht einmal, daß Daphne Roberts ausgeschieden ist«, sagte ich. »Ich habe es nicht bemerkt.«

»Du hast in den letzten Wochen überhaupt nichts bemerkt. Nicht seit Fritz, oder wie er heißt, dir die Hand geküßt hat. Hast du was von ihm gehört?«

Ich schüttelte den Kopf. »Nein, aber ich sehe ihn am Wochenende. Ich bin mir ganz sicher.« Und ich erzählte ihr von dem Brief und daß ich am Samstag nach London fahren würde.

»Ist das nicht ein bißchen vermessen?« sagte sie, und ihre Augen weiteten sich vor Erstaunen, aber ich merkte, daß sie doch beeindruckt war. »Weißt du – ihm so was zu schreiben. Du bist ganz schön mutig! Was soll er denn von dir denken?«

Ich zuckte mit den Achseln und spielte die Gleichgültige. »Ist doch egal; an so einem Brief ist doch nichts Schlimmes.«

Plötzlich stand Mrs. Maxwell zwischen uns.

»Ich nehme an, wir müssen künftig auf Sie verzichten,

Liz. Dr. Murray sagt, er braucht Sie ab Montag in seinem Vorzimmer.«

Ich nickte. Was Montag war, interessierte mich nur beiläufig. Vorher kam Samstag, und nur dieser zählte. Jackie musterte mich nachdenklich und lutschte an einer Haarsträhne.

»Was machen Sie denn da, Jacqueline?« Mrs. Maxwell schob energisch Jackies Hand beiseite, und die feuchte Strähne fiel zurück auf ihre Schulter. »Lassen Sie das doch bleiben, Liebes. So eine schreckliche Angewohnheit. Haben Sie denn nichts zu tun?«

»Ich habe Liz bloß gesagt«, erklärte Jackie, »daß wir alle sicher waren, sie würde die Stelle bekommen.«

»Ja«, bestätigte Mrs. Maxwell. »Ja, das stimmt. Obwohl ich sagen muß, daß Ihre Leistungen in den letzten Wochen stark nachgelassen haben, Liz. Aber das ist eine große Chance für Sie, und vielleicht lenkt es Sie auch von dem jungen Mann ab.«

»Klasse«, murmelte Jackie, während sie sich umdrehte, um an ihren Platz zurückzukehren. »Du hast Klasse, Mädel.«

Mrs. Maxwell, der nicht einmal das leiseste Flüstern entging, war schon auf dem Rückweg zu ihrem Büro. »Genau«, sagte sie und warf mir einen Blick über die Schulter zu. »Klasse! Das ist es. Entweder man hat sie, oder man hat sie nicht. Sie täten gut daran, sich das auch selber einzuprägen, Jacqueline.«

Klasse – vielleicht würde das Eindruck auf dich machen. Ich wünschte, ich könnte sie in einen Flakon füllen und mich am Samstag damit parfümieren.

Während der ganzen Woche befand ich mich in einem derartigen Zustand der Erregtheit und Nervosität, daß ich am ganzen Leib zitterte, als mein Vater mich Samstag zum Bahnhof brachte. Während ich auf dem Bahnsteig wartete, lief in meinem Kopf ein schlimmes Szenario ab; ich sah all jene Hürden, die mich jetzt noch davon abhalten konnten, dich wiederzusehen: Der Zug würde nicht fahren, es würden überhaupt keine Züge verkehren, jede Verbindung nach London wäre unterbrochen. Selbst als der Zug endlich da war und ich einen Platz im Ladies-Only-Wagen gefunden hatte, lagen meine Nerven immer noch bloß. Aber als ich dann den Northumberland Crescent entlang auf das Haus zuging, wandelten sich meine Sorgen zu Hoffnung und Vorfreude. Ich dachte, du würdest am Fenster nach mir Ausschau halten. Ich tat alles, um möglichst ungezwungen zu wirken, und brachte es unter Aufbietung sämtlicher Willenskraft tatsächlich fertig, nicht hinaufzuschauen. Ich durfte dich schließlich nicht merken lassen, daß ich es kaum erwarten konnte, dich zu sehen.

Wie sonderbar! Obwohl ich sehnsüchtigst darauf harrte, daß du mich bemerktest, mich begehrtest, mich berührtest – irgend etwas, alles –, würde ich mich doch so verhalten, als ließest du mich völlig kalt. Trotz des Feuers, das in meinem Inneren loderte und mich zu verzehren drohte, war mir klar, daß jetzt eine gewisse Zurückhaltung angesagt war. Darin bestand das Spiel der Werbung, und du würdest die ersten Schritte unternehmen, mir den Hof machen und, Erfüllung suchend, Zurückweisung riskieren müssen.

Trotz deines Schweigens war ich mir überraschend sicher, daß du, standen wir uns erst einmal von Angesicht zu Angesicht gegenüber, das Spiel mitspielen würdest.

Jock öffnete die Tür und nahm mir die Tasche ab, da fiel auch schon Angus über mich her.

»Wiz, Wiz«, krähte er, streckte mir seine Ärmchen entgegen, und ich nahm ihn hoch und trug ihn die Treppen hinauf zum Wohnzimmer, wo du auf mich warten würdest. »Kiss, Wiz«, kreischte er und fuhr mir mit seinem marmeladeverschmierten Mund quer über die Wange. Genau was ich brauchte – im entscheidensten Augenblick meines Lebens das ganze Gesicht voll Johannisbeermarmelade. Er hing an mir wie ein Klammeraffe, die Beinchen fest um meine Hüften geschlungen, die Ärmchen um meinen Hals. Wenn er mit mir fertig war, würde ich auch noch matschigen Zwieback im Haar haben. Ich liebte Angus von Herzen, aber seine Liebesbeweise kamen mir im Augenblick höchst ungelegen. Nicht einmal als Joan mich zur Begrüßung umarmte, ließ er von mir ab. So, noch im Mantel und mit rasendem Herzklopfen, da ich männliche Stimmen vernahm, betrat ich das Wohnzimmer, um dich wiederzusehen.

Die beiden jungen Männer, die am Tisch saßen, erhoben sich. Es waren Joans andere Untermieter, und sie lächelten mich an und gaben mir die Hand. Es gab Tee und Kuchen sowie Konversation, Witze und Gelächter, aber keine Spur von dir. Ich versuchte, meine Enttäuschung zu verbergen, und rang mit mir. Ich war nicht gekommen, um Joan und Jock zu sehen, auch nicht Angus und Jenny, und ganz gewiß nicht diese fremden jungen Männer. Ich war nur deinetwegen gekommen, und es war mir nie in den Sinn gekommen, du könntest nicht da sein. Langjährige Freunde irritierten mich plötzlich, Fremde empfand ich als regelrechte Zumutung. Das Teegeschirr wurde abgeräumt, der Himmel draußen dunkler. Ich sehnte mich danach, meinen Tränen freien Lauf zu lassen. Mir fehlte der Mut, mich zu erkundigen, wo du warst, ob du bald heimkommen würdest.

Wenn ich diese Geschichte einer heute Siebzehnjährigen erzählte, würde sie mich verständnislos anschauen. »Warum haben Sie sich nicht nach ihm erkundigt?« würde sie kopfschüttelnd fragen. »Warum haben Sie ihn nicht einfach angerufen, anstatt darauf zu warten, daß er sich meldet?« Aber ich war nach einem strengen Moralkodex erzogen, gegen den ich bereits mit meinem Brief an dich verstoßen hatte. Was andere über mich denken könnten, hatte stets Vorrang zu haben vor meinen eigenen Wünschen und Gefühlen. Allein durch mein Herkommen hatte ich meine Würde aufs Spiel gesetzt, und wenn ich mich jetzt noch nach dir erkundigte – undenkbar. Trotzdem stand mir die Enttäuschung gewiß ins Gesicht geschrieben.

Eine Stunde verstrich, und eine weitere. Wir spielten irgend etwas, Karten wohl oder ein Brettspiel – ich erinnere mich nicht. Ich konnte mich nicht konzentrieren, die Kinder lachten und johlten, und die Uhr in der Diele schlug fünf und dann halb sechs. Womöglich wußtest du nicht, daß ich kam, oder du wußtest es und hattest kein Interesse daran, mich wiederzusehen. Vielleicht warst du mit deiner Freundin unterwegs, einer – daran zweifelte ich nicht – hochgewachsenen, schlanken Schönheit, älter als ich, aber jünger als du, mit dem Körper einer Göttin und goldenem Haar. Spaziertest du jetzt gerade händchenhaltend mit ihr durch die Abenddämmerung?

Als Joan die Kinder fürs Bett fertigmachte, spielte ich mit dem Gedanken, am selben Abend wieder nach Hause zu fahren. Ich war oft und gern hier zu Gast gewesen, aber die vertrauten Räume wirkten ohne dich trist und leer. Das Spiel wurde fortgeräumt, und die Uhr schlug Viertel nach sechs. Ich trug ein paar Tassen in die Küche und fing mit dem Abwasch an.

Ich trocknete die letzte Untertasse ab, hängte das Küchentuch über die Stange und drehte mich, der Spüle den Rücken kehrend, um. Und da standst du. Die eisige Straßenluft hing an deinen Kleidern, Feuchtigkeit glitzerte auf den Schultern deiner Jacke, und dein überraschtes Staunen, mich hier vorzufinden, löste sich in einem vorsichtigen Lächeln.

~

Das Gedächtnis ist ein launischer Geselle. Es verführt mich mit Augenblicken von diamantener Klarheit, leitet mich durch nebelhaft verschwommene Galaxien an den Rand schwarzer Löcher. Ich versuche, in seine Tiefen vorzudringen, aber einiges entzieht sich mir, bleibt außer Reichweite. An jenem Nachmittag war mir ganz schwindelig vor Glück, doch dann folgt eine Leere, und irgendwo darin verliert sich die Erinnerung an unseren ersten Kuß. Doch ich weiß noch genau, wie wir an diesem Abend nebeneinandersaßen. Wir berühren uns nicht, und Jock sitzt uns gegenüber. Er hat seinen Schlafanzug an, darüber einen Morgenmantel, und er gibt sich keine Mühe, seine Ungeduld zu verbergen. Er ist gereizt, sein Blick streift rastlos umher, seine Finger trommeln ruhelos auf die Armlehne seines Stuhls. Er will ins Bett. Und wir würden auf seine Gesellschaft gerne verzichten, aber Joan hat ihn geschickt, uns im Auge zu behalten. Ich sehne mich danach, dich zu berühren. Mich hinüberzubeugen und deine Hand zu nehmen, meinen Kopf an deine Schulter zu lehnen. Aber Jock geht einfach nicht. Kein Wort ist gefallen, aber die Signale sind unverkennbar – man darf uns nicht allein lassen. Wir haben gegen die Regeln verstoßen. Ich denke, vielleicht hat jemand gesehen, wie wir uns geküßt haben. Was haben wir uns sonst zuschulden kommen lassen, das mit einer derartigen Observierung geahndet werden muß? Wenn wir uns wiedersähen, würdest du mich dann aufziehen mit meiner Gedächtnisschwäche und mir sagen, wohin wir damals gegangen waren und was sich ereignet hatte?

Als mir klar wurde, daß Jock sich nicht zurückziehen würde, selbst wenn wir die ganze Nacht sitzen blieben, gab ich auf, wünschte euch beiden eine gute Nacht und ging in mein Zimmer. Ich wollte gerade ins Bett steigen, da vernahm ich eure leisen Stimmen, und Jock ging über den Flur zum ehelichen Schlafzimmer. In der Küche waren Schritte zu hören, und der Wasserhahn wurde aufgedreht. Du warst also noch da. Leise, jetzt im Nachthemd, öffnete ich die Tür und schlich in die Küche. Du standst am Spülbecken und wuschst unsere Kaffeetassen ab. Und als du mich sahst, trocknetest du dir die Hände, und wir blickten uns über den Küchentisch hinweg an.

Lange stand ich da, beobachtete dich, sog alles in mich auf: deine unwiderstehlichen Augen, die Form deiner Ohren, den klaren Schimmer deiner Haut, die Art, wie du den Kopf wandtest. Beunruhigt schautest du zur Tür, aber als dein Blick wieder auf mir ruhte, ging ich zu dir hin, legte meine Arme um deinen Hals und küßte dich. Es war nicht unser erster Kuß, das ist mir klar, aber es war der erste, an den ich mich erinnere. So deutlich erinnere ich mich – wie dein Gesicht sich anfühlte, dein Mund warm und fest auf meinem. Ich atmete dich ein. Du rochst nach blütenfrischem Leinen und warmer, reiner Haut. Ich spürte die starken Muskeln in deinem Nacken und deine kräftigen Schultern. Du drücktest mich kurz an dich, und als du mich losließest, legtest du deine Hand an meine Wange, strichst mir mit dem Daumen über die Lippen und sagtest, ich solle zu Bett gehen. Du warst jetzt wachsam. Ich fühlte deine Besorgnis und wußte, sie war ernst gemeint. Langsam löste ich meine Arme von deinem Nacken, blieb aber noch einen Moment dicht vor dir stehen, um diesen kostbaren Augenblick auszukosten, den wir für uns alleine hatten.

»Da scheint so viel zwischen uns«, sagte ich, und als ich mich zur Küchentür bewegte, folgte mir dein Lächeln, ein wenig sehnsüchtig. Ich ging zurück in mein Zimmer, und als ich mich ins Bett legte, erinnerte sich mein Körper daran, wie deine Blicke mich umfangen hatten.

Am späten Nachmittag des folgenden Tages spazierten wir gemeinsam zum Park. Die Stunden seit dem Aufstehen waren überschattet gewesen von Joans deutlich zur Schau getragener Mißbilligung, der unterschwelligen Spannung zwischen uns und der Sehnsucht, beisammen zu sein. Doch dann waren wir endlich allein unter den Buchen.

Jedesmal, wenn ich in einen Park komme, der von Edwardianischen Häusern, ähnlich denen des Northumberland Crescent, umrahmt wird, dann kehrt dieser Tag in mein Gedächtnis zurück. Die Bäume waren kahl, reckten ihre schwarzen Äste in die Dämmerung. Die Straßenlaternen leuchteten, und ein leichter Nebel verwischte unsere Schatten auf dem Pflaster. In der Erinnerung schwingt Sehnsucht mit, meine Hand fühlt sich klein an in deiner, und in der kalten Abendluft streift dein Atem warm meine Wange.

Wir spürten, daß uns das Schicksal zusammengeführt hatte, doch die Komplexität der Erfahrungen, die dich an diesen Punkt deines Lebens gebracht hatten, hatte Narben hinterlassen.

»Ich war schon einmal verheiratet«, erklärtest du. »Ich habe eine vierjährige Tochter. Sie lebt in Deutschland bei ihrer Mutter.«

»Deine Frau – Exfrau«, sagte ich. »Liebst du sie noch?«

»Wir verstehen uns gut, ja. Aber ich bin nicht mehr in sie verliebt. Du mußt wissen, da war jemand anderes, erst vor kurzem. Sie hat mich verlassen, und ich war am Boden zerstört. Ich hatte geglaubt, ich würde nie darüber hinwegkommen.«

»Und jetzt?« fragte ich, weil ich spürte, wie aufgewühlt du warst.

Du schwiegst, blicktest nach oben durch die nackten Zweige und dann wieder mich an.

»Jetzt ... jetzt ist es vorbei. Als ich dich das erste Mal sah, da wußte ich mich frei von ihr. Es war, als hättest du den Bann gebrochen.«

Das sanfte Licht der Straßenlaternen enthüllte Tränen in deinen Augen.

»Dann ist also alles in Ordnung«, sagte ich, ängstlich auf eine Bestätigung deinerseits wartend. »Es gibt keine andere?« Alles schien mir so einfach.

»Ich habe Angst«, sagtest du. »Angst, daß du ...«

»Aber warum denn«, unterbrach ich dich. »Du hast mir gesagt, daß du mich liebst – alles andere ist Vergangenheit.«

»Ich habe Angst, dir weh zu tun. Mein Leben – nun, es ist so kompliziert. Ich bin so oft verletzt worden und habe eine Mauer um mich herum errichtet ... «

»Eine Mauer?«

»Um mich selber zu schützen. Ich weiß nicht, wozu ich jetzt in der Lage bin. Ich bin mir nicht einmal sicher, ob ich meine eigene Abwehr durchbrechen kann. Ich will dich nicht in etwas hineinziehen, das ich vielleicht selber nicht ...« Du verstummtest, als ich meine Hand an deine Wange legte.

»Ich liebe dich«, sagte ich. »Alles wird gut.«

Die Zuversicht der Jugend, verquickt mit der Macht der Liebe, ist ein so ungemein starkes Elixier. Deine Worte machten mir keine Angst. Ich war überzeugt, deinen Schutzwall durchdringen und, wenn ich dich nur genug liebte, dich von deiner Vergangenheit befreien zu können. Und dann würdest du für immer mein sein.

Es war so einfach, mich in dich zu verlieben. Ich war siebzehn, sprühte vor Hoffnung, Idealismus und Lebensfreude. Wieder daheim, in meinem Zimmer, betrachtete ich staunend das neue Gesicht, das mir aus dem Spiegel entgegenblickte. Ich streckte meine Beine und sah, daß sie glatt und wohlgeformt waren. Ich musterte meine Brüste, bewunderte ihre Festigkeit. Ich ließ die Hände über meinen Körper gleiten, zufrieden mit meiner grazilen Taille, der Wölbung meiner Hüften, dem flachen Bauch und der Weichheit meiner Haut. Ich nahm die Nadeln aus meinem Haar, und ein wohliger Schauer durchrann mich, als ich es weich auf meinen

Nacken fallen fühlte. Zum ersten Mal in meinem Leben schaute ich mich selber genau an. Ich drehte mich vor dem Spiegel, dehnte und reckte mich und fühlte meinen Leib zum Leben erwachen. Als meine Mutter aus der Küche rief, das Essen sei fertig, trieb mir mein Narzißmus die Schamesröte ins Gesicht, ich zog meine Kleider wieder an und lief nach unten.

Das Chaos der vergangenen Wochen war vorüber. Ich steckte voller Energie und war ein ganz neuer Mensch. Fehlerfreie Briefe kamen aus meiner Schreibmaschine, ein neues Ablagesystem wurde ausgetüftelt, Stapel von Schmier- und Notizzetteln machten einem geordneten Terminkalender Platz. Staunend inspizierte Dr. Murray sein verwandeltes Büro.

»Nun, nun, Miss Beard«, murmelte er wiederholt, ein nachsichtiges, wenn auch etwas verblüfftes Lächeln auf dem Gesicht. »Sie bringen ja ganz frischen Wind hier herein.«

»Wie schön, daß Sie Ihre Arbeit wieder im Griff haben, Liz«, meinte Mrs. Maxwell, als sie mich im Vorstandssekretariat besuchte. »Wir sind alle sehr beeindruckt.«

»Du siehst aus wie die Katze, die Sahne geschleckt hat«, flüsterte Jackie, als wir in der Kantine zum Mittagessen anstanden.

»Hab' ich auch«, antwortete ich lächelnd.

»Und –?«

»Und er ist der wunderbarste Mann, dem ich jemals begegnet bin.«

»Und hat er – nun ja – du weißt schon ...?«

»Er hat mich geküßt – so phänomenal –, ich dachte, ich sei gestorben und im Himmel.«

»Bah«, sagte sie und warf einen Blick über die Schulter, um zu sehen, ob auch niemand unsere Unterhaltung mithörte. »Klingt nicht übel, aber ist er nicht furchtbar alt?«

»Er ist erst einunddreißig. Das ist nicht besonders alt«, sagte ich, in die Defensive gedrängt. »Mir gefällt, daß er so viel älter ist als ich.«

»So, du hast ihn also übers Wochenende eingeladen«, meinte meine Mutter. »Kommt das nicht ein bißchen plötzlich? Ich dachte, du hättest dich mit David getroffen?«

Bei der Erinnerung an meine Lüge wurde ich ganz verlegen.

»Oh, Mom – er ist so wunderbar. Du wirst ihn mögen. Ich weiß es. Bitte, bitte, bitte!«

»Ja, ja. Natürlich kann er kommen, obwohl ich beim besten Willen nicht weiß, was dein Vater dazu sagen wird!«

Meinen Eltern galt Gastfreundschaft viel. Herzhafte Mahlzeiten und ein wohlgefüllter Barschrank waren nur ein kleiner Teil dessen, womit sie ihren Besuch verwöhnten. Beide stammten aus einem ärmeren Teil Londons, und gemeinsam hatten sie sich unter schweren Mühen von der Arbeiterklasse zur Mittelschicht hochgearbeitet. Den Symbolen dieses Aufstiegs maßen sie große Bedeutung bei. Ein schönes Heim und ein entsprechendes Einkommen bereiteten beiden echte Befriedigung.

Smugglers Cottage lag eingebettet in die liebliche Landschaft von Sussex. Anderthalb Meilen vom nächsten Dorf, drei Meilen von der nächsten größeren Ortschaft entfernt, stand das Haus in einem fünfzehnhundert Quadratmeter großen Garten, von weiteren zwölf Morgen Land umgeben. Es blickte auf eine ebenso aufregende wie gut dokumentierte Geschichte zurück. Im 16. Jahrhundert hatte es Whiskyschmugglern als Übernachtungsquartier gedient, die hier, auf halber Strecke zwischen der Südküste und London, gern Station machten. Mit seinen bleiverglasten Fenstern, weißem

Rauhputz und dunklen Holzbalken war es ein englisches Cottage, wie es im Buche steht. Einbauschränke und -regale, alte Fliesen und nur gut anderthalb Meter hohe Türstöcke sorgten im Inneren für Atmosphäre. Im Winter loderten große Scheite in den Kaminen, und in dem riesigen Küchenherd prasselte ein wärmendes Feuer, während im Sommer Vasen voll frischer Blumen in den offenen Fenstern standen, mit deren Chintzvorhängen der Wind spielte. Frisch gelüftete dicke Federbetten, bestickte Gästehandtücher, Schälchen mit rosenduftender Seife und mein Vater, der um sieben Uhr früh eine Tasse Tee mit Biskuits auf dem Zimmer servierte – all das war Teil des Fünf-Sterne-Service.

Meine Eltern waren großzügig, warmherzig und konservativ, und sie hielten eisern an dem fest, was sie sich geschaffen hatten. Äußerlichkeiten spielten eine wichtige Rolle in ihrem Leben, und in Smugglers Cottage war alles stets äußerst gepflegt. Ich konnte jederzeit Freunde mit nach Hause bringen. Sie wurden herzlich aufgenommen, manchmal ein wenig herablassend, manchmal eher ehrerbietig behandelt – je nach ihrem gesellschaftlichen Rang. Meine Eltern waren klug und bescheiden, vergaßen ihre Herkunft aber niemals. Ich liebte und bewunderte sie sehr und hatte gelernt, ihnen nicht zu widersprechen. Allerdings bot sich dazu auch kaum Anlaß.

Die Woche verging wie im Flug. In den würdigen Hallen des Vorstandssekretariats war mir ein freundlicher Empfang bereitet worden. Ich mochte ein bißchen jung sein, aber ich war ein nettes Mädchen, sprach dialektfrei, kleidete mich ordentlich, trat immer die Schuhe ab, und meine Strumpfnähte saßen stets gerade.

»Wir freuen uns so, daß die Wahl auf Sie gefallen ist«, sagte Sally Palmer. »Ein paar von den Mädchen im Schreibpool sind vielleicht ganz fix, aber sie haben nicht das, was eine richtige Sekretärin ausmacht.«

»Sie tragen billigen Modeschmuck«, ergänzte Mrs. Wilmot empört. »So gewöhnlich. Sie tragen doch hoffentlich nie etwas, was klappert oder scheppert, meine Liebe!« Das war keine Frage, sondern eine Warnung.

Mrs. Wilmot war die Sekretärin des Geschäftsführers und seit Urzeiten bei der Firma. Ich versicherte ihr, daß ich niemals »lauten« Schmuck tragen würde. Und mir selber gelobte ich, nie, niemals in meinem ganzen Leben etwas derartig Gewöhnliches zu tun.

»Trauen Sie sich ruhig zu fragen, wenn Sie sich einmal einer Sache nicht sicher sind«, meinte Sally, klang dabei aber eher wichtigtuerisch als großmütig. »Wir sind hier ja alle älter als Sie und haben mehr Erfahrung. Wir helfen Ihnen gern.«

»Du lieber Himmel, muß das hier langweilig sein«, flüsterte Jackie, als sie ein paar Papiere für Mrs. Wilmot heraufbrachte. Die anderen Sekretärinnen machten gerade ihre Mittagspause, und wir hatten den Raum für uns.

»Kommt er denn nun tatsächlich am Wochenende?«

Ich nickte. »Samstag nachmittag. Und er bleibt bis Sonntag abend!«

»Hey, er muß ja ganz vernarrt in dich sein. Weiß er das von deinen Eltern?«

»Weiß er was?« fragte ich, verwirrt.

»Nun, sie sind ein bißchen eigen, oder nicht? Das könnte ihn abschrecken.«

»Ich verstehe nicht, warum«, sagte ich, nicht sicher, ob ich damit dich oder meine Eltern in Schutz nahm. »Sie freuen sich darauf, ihn kennenzulernen.«

»Darauf wette ich«, bemerkte Jackie spitz. »Aber freut er sich auch darauf, sie kennenzulernen? Ich meine, ist es nicht ein bißchen früh?«

Diese Frage brachte mich einen Augenblick völlig aus dem Konzept, aber die Zweifel, die sie wachrief, verschwanden ebenso schnell, wie sie gekommen waren.

Von romantischer Vorfreude erfüllt, schwebte ich wie auf rosa Wolken, doch ohne daß ich davon wußte, hattest du wegen des vergangenen Wochenendes bereits gewaltigen Ärger bekommen. Die erste Andeutung diesbezüglich fiel Donnerstag abend, als Mom und ich am Küchentisch beim Essen saßen.

»Olive hat mir erzählt, daß du Joan am Wochenende einigen Kummer bereitet hast«, sagte sie, ohne von ihrem Teller aufzuschauen.

Ich spürte, wie mir das Blut ins Gesicht schoß, und auch ich hielt meinen Blick eisern auf die Reste meiner Mahlzeit gerichtet. Olive war Joans Mutter.

»Joan sagt, du hast diesen jungen Mann recht ausgiebig geküßt.«

»Ja, wir haben uns geküßt«, sagte ich und fragte mich, was mit »recht ausgiebig« wohl gemeint war. Leugnen hatte bei einer derart glaubwürdigen Zeugin sicher keinen Zweck. Andererseits hatte ich Angst, mein Eingeständnis könnte dazu führen, daß du für das Wochenende ausgeladen würdest. Es scheint merkwürdig, dies alles so detailliert zu erzählen, wo ich mich an die Küsse selbst – ihr Wie und Wo – eigentlich kaum erinnern kann.

Meine Mutter aß weiter.

»Bist du mir böse?« wagte ich vorsichtig zu fragen.

Sie blickte auf. »Nein. Ich bin sicher, du weißt, wie man sich benimmt.«

»Ich bin mir nicht sicher, ob Joan und Jock das auch denken«, sagte ich. Ihre Bemerkung hatte mir Mut gemacht. »Sie haben uns danach kaum noch allein gelassen.«

Mom legte ihr Besteck ab und drückte die blau-weiße Baumwollserviette an ihre Lippen.

»Das klingt mir sehr albern«, sagte sie, legte die Serviette zusammen, rollte sie auf und steckte sie in den silbernen Serviettenring. »Was macht er denn so – dieser Karl?«

»Er ist Architekt.« Das war ein großer Pluspunkt. Ich merkte, wie deine Aktien stiegen.

»Wirklich? Nun, kein übler Beruf. Er scheint mir ein bißchen alt für dich, aber wir werden ihn uns am Wochenende einmal anschauen. Olive sagt, er ist Amerikaner.«

»Nicht wirklich«, sagte ich und fing an, den Tisch abzuräumen. »Er lebt in Amerika, aber er ist Deutscher.«

Das heiße Wasser strömte in die Spüle, und über den Tellern bildete sich ein Schaumberg.

»Deutscher ist er? Nun ja, ich bin sicher, es gibt auch anständige Deutsche, wenn man sie näher kennenlernt. Schließlich können ja nicht alle – na, du weißt schon ... Also erzähl mir etwas mehr von ihm.«

Ich beschloß, deine Scheidung für den Augenblick unter den Teppich zu kehren.

»Er ist stark«, sagte ich, glücklich, über dich sprechen zu können. »Er ist sehr stark ...«

»Körperlich, meinst du?«

»Nein, das heißt ja, das auch, aber das habe ich nicht gemeint. Ich wollte damit sagen, er ist so beherrscht und verantwortungsbewußt. Man hat das Gefühl, daß er sich um alles kümmert. Er weiß, wie alles funktioniert, die Regierung zum Beispiel, und die Geschäftswelt und all das ... Du weißt schon, genauso wie Dad eben.«

Mom war mit dem Abwasch fertig und trocknete sich die Hände. Dann drehte sie sich erwartungsvoll zu mir um.

»Aber er ist auch zärtlich und ...«, ich suchte nach dem passenden Wort, »fürsorglich, weißt du. Er nimmt meine Hand, wenn wir die Treppe hinuntergehen, und am Bürgersteig läßt er mich auf der Häuserseite gehen. Solche Dinge.«

»Nun«, meinte sie. »Das klingt ja so, als hätte er gute Manieren.«

»Und er ist so aufrichtig. Er sagt, was er denkt und fühlt.« Während diese Worte über meine Lippen kamen, hoffte ich nur, sie würde nicht nachhaken. Ich wollte nicht weiter ins

Detail gehen, nicht alles preisgeben, was du mir im Park erzählt hattest. »Und er ist lustig«, beeilte ich mich deshalb nachzuschieben, um sie abzulenken. »Ich meine damit nicht, daß er Witze erzählt oder so, aber er ist geistreich, glaube ich. Er bringt es fertig, ganz alltägliche Dinge humorvoll zu schildern.«

»Das freut mich zu hören«, sagte sie. »Ich bin immer davon ausgegangen, daß die Deutschen nicht viel Sinn für Humor haben. Aber ich denke, wir werden gut miteinander auskommen. Also, was sollen wir Samstag zum Abendessen machen?«

In dieser Woche verbrachte ich jeden Abend Stunden damit, sämtliche Kleidungsstücke durchzuprobieren, die sich in meinem Besitz befanden. Was sollte ich nur anziehen, wenn du am Samstag kamst?

»Jackie hat erzählt, daß Ihr junger Mann übers Wochenende kommt«, sagte Sally Palmer Freitag in der Früh. »Haben Sie denn etwas Hübsches anzuziehen?«

Der Klatsch war selbst in die ehrwürdige Atmosphäre des Vorstandssekretariats vorgedrungen.

»Bei Raymonde's haben sie eine Bluse«, sagte ich. »Ich will in der Mittagspause hin und sie mir kaufen.« Und ganz unvermutet stellten mir die fünf Frauen Fragen über die Bluse: welche Farbe, welcher Stoff, was ich dazu tragen wollte. War ich mir sicher bezüglich Rock und Bluse? Wäre nicht womöglich ein Kleid besser? Sie erkundigten sich nach deinem Namen, wollten wissen, wie du aussahst, wie wir uns kennengelernt hatten. Ihr Interesse traf mich völlig unerwartet. »Die Sekretärinnen« hatten mir immer ein wenig Furcht eingejagt. Ich setze sie in Anführungszeichen, weil man nur mit stiller Ehrfurcht von ihnen sprach. »Die Sekretärinnen« hatten etwas Unnahbares, sie hoben sich von den übrigen Mitarbeitern ab. Ihr Sonderstatus manifestierte sich in der räumlichen Nähe zu den Vorständen. Sie standen hoch über den Gesetzen, die für die anderen Angestellten galten. Gewöhnlich formell bis zum Erstickungstod, woben diese Frauen jetzt auf einmal ein Netz romantischer Vorfreude um mich. Rückblickend – in Anbetracht all dessen, was später geschah – erscheint dieser Anfall jungmädchenhafter Aufregung wie eine Ironie des Schicksals.

Es wurde beschlossen, daß Sally mich in der Mittagspause zum Blusenkauf begleiten solle. Mrs. Wilmot sagte, wir dürften ruhig eine halbe Stunde länger bleiben, um ein bißchen mehr Ruhe zu haben. Es könnte schließlich sein, daß ich noch zusätzlich etwas brauchte für mein Wiedersehen mit dem »jungen deutschen Architekten«, wie sie dich immer nannte – als überschreite schon der Gebrauch deines Namens die Grenzen der Schicklichkeit.

Die Bluse, auf die ich Anfang der Woche ein Auge geworfen hatte, war nicht mehr im Schaufenster. Entgeistert starrten Sally und ich auf die Stelle, an der sie gelegen hatte und die jetzt ein scheußlicher bestickter hellblauer Hosenanzug aus knitterfreiem Trevira zierte. Ich war den Tränen nahe.

»Gehen wir erst mal rein«, schlug Sally angesichts meiner verzweifelten Miene vor. »Sind Sie sicher, daß Sie eine Bluse wollen? Was für einen Rock wollen Sie dazu anziehen?«

»Den hier, dachte ich.« Ich deutete auf den marineblauen Faltenrock von Marks and Spencer, den ich an diesem Tag zu meinem zitronengelben Twinset trug.

Sally rümpfte die Nase. »Wieviel Geld haben Sie?«

»Vier Pfund und zehn Schilling«, antwortete ich. »Die Bluse, die ich gesehen hatte, hätte einundzwanzig Schilling und elf Pence gekostet.«

»In Ordnung«, sagte Sally. »Ich denke, dafür bekommen wir etwas Hübsches.« Sie schob mich durch die Ladentür, und wenige Minuten später fand ich mich inmitten eines Kleiderberges in einer Anprobekabine wieder. Und Sally, eine echte Expertin in Sachen Mode, schleppte immer mehr Sachen heran.

Die Bluse, die ich an jenem Tag kaufte, werde ich nie vergessen. Sie war aus weißer mercerisierter Baumwolle und mit langstieligen roten Rosen bedruckt. Dazu wählte Sally einen dunklen, flaschengrünen schmalen Rock aus leicht schimmerndem weichem Stoff. Er paßte perfekt. Ich fand, ich sah aus wie Prinzessin Margaret – damals mein absolutes Vorbild in Sachen Mode, der Inbegriff von Schick und Schönheit.

Wieder im Vorstandssekretariat, wurden meine Einkäufe bewundert und ausführlich diskutiert. Dies war etwas ganz anderes als das Geflüster mit den gleichaltrigen Mädchen im Schreibpool. Dies waren erwachsene Frauen, und ich war in ihren exklusiven Club aufgenommen worden.

»Stecken Sie sich das Haar hoch, wenn Sie ihn das erste Mal wiedersehen«, riet Sally. »Das gibt Ihnen etwas Unnahbares.«

»Haben Sie ein gutes Parfum?« erkundigte sich Sylvia und zog einen Flakon *Ma Griffe* aus ihrer Tasche. »Probieren Sie das mal«, sagte sie und sprühte mir ein wenig auf das Handgelenk. Alle nickten zustimmend, und sie drückte mir das Fläschchen in die Hand. »Viel Glück, meine Liebe. Bringen Sie es mir am Montag wieder mit.«

Ich fühlte mich von der Aufmerksamkeit der älteren Frauen geschmeichelt. Sie schienen ehrlich Anteil zu nehmen und mit mir zu bangen. Meine Mutter hatte mich auf die Küsse angesprochen, weil Olives Anruf sie dazu verpflichtete. Über Gefühle aber hatten wir nie gesprochen. Daheim war keinerlei Interesse für Romantik vorhanden. Es gab keine Gelegenheit, über die nervöse Vorfreude zu reden, über die aufregenden Vorbereitungen. Natürlich war da die Sorge, ob du es im Gästezimmer auch bequem haben würdest, und die Frage nach deinen Leibspeisen. Aber Gefühlsregungen wurden nicht ein einziges Mal erörtert. Liebe und Romantik gehörten nicht zu unserem Themenrepertoire. Im Ge-

gensatz dazu schienen diese Frauen ehrlich interessiert und regelrecht begierig darauf, an einer Liebesgeschichte teilzuhaben, in der ich die weibliche Hauptrolle spielte.

Als ich an diesem Abend heimging, schwirrte mir der Kopf nicht nur vor Freude über meine Einkäufe, sondern auch weil ich voll von jenem merkwürdigen neuen Körperbewußtsein war, das ich das erste Mal empfunden hatte, als ich mich im Spiegel betrachtete. Ich war mir nicht sicher, was da mit mir geschah, aber ich wußte, es war etwas Bedeutsames.

Du griffst durch das Zugfenster, drücktest den Türhebel nach unten und sprangst mit jener energiegeladenen Geschmeidigkeit auf den Bahnsteig, die jede deiner Bewegungen kennzeichnete. Trotz aller vorherigen Aufregung trafen mich das flattrige Gefühl in der Magengegend und die Tatsache, daß mir bei deinem Anblick die Luft wegblieb, unvorbereitet. Ich mußte mich zurückhalten, um nicht loszustürmen, sondern langsam auf dich zuzugehen. Wie viele Frauen sind auf dich zugegangen, Karl, angezogen von diesem verführerischen Blick, diesem leisen Lächeln, dieser unwiderstehlichen Ausstrahlung? Vielleicht hast du die Frau gefunden, mit der du jene große, leidenschaftliche Liebe leben kannst, nach der du dich immer gesehnt hast. Schlägt dein Herz rascher, wenn du sie ansiehst, wenn du ihre Stimme hörst? Streichst du ihr nach all den Jahren noch immer zärtlich übers Gesicht, wenn du neben ihr aufwachst? Schiebst du noch immer deine Hand unter ihren Arm, wenn ihr nebeneinandergeht, so wie du es bei mir tatest, als wir an jenem Tag die Three Bridges Station verließen?

»Ich hatte eine denkwürdige Woche«, erzähltest du und lehntest dich ein bißchen zu mir herüber, damit ich deine

Stimme über die Eisenbahngeräusche hinweg hören konnte. »Joan hat mich rausgeworfen.«

Ich blieb stehen und schaute dich ungläubig an, lauschte sprachlos, als du mir von der vierstündigen Strafpredigt berichtetest, die sie dir nach meiner Abreise am letzten Wochenende gehalten hatte. Wir beide hatten gegen die Regeln verstoßen, aber nach Joans Dafürhalten lag die Schuld allein bei dir. Du warst schließlich alt genug, um es besser zu wissen. Ich war ein Teenager, die Tochter einer befreundeten Familie. Du warst geschieden, hattest ein Kind. Ich war ein unschuldiges junges Ding und sollte das Leben und die Liebe mit einem ebenso unschuldigen Jugendlichen meiner eigenen Altersgruppe entdecken. Du hattest ihre Gastfreundschaft und ihr Vertrauen mißbraucht. Und all das wegen ein paar Küssen? Nun, nicht ausschließlich. »Sie müssen sich doch dessen bewußt sein, wie gut Sie aussehen, Karl«, hatte sie ihn angeklagt. »Und Sie haben das ausgenutzt, um Liz zu umgarnen.« Das war dein schlimmstes Vergehen. In einem schwachen Moment – rückblickend betrachtet hat es zugegebenermaßen etwas von Verrat an sich – hatte ich Joan gegenüber erwähnt, daß während unseres Spaziergangs im Park Tränen in deinen Augen standen. Nie zuvor hatte ich einen Mann fast weinen sehen. Es bewies mir deine Verletzlichkeit, und ich hatte es wunderbar gefunden. Ich weiß nicht mehr, warum ich es Joan anvertraute, vielleicht hoffte ich, sie dadurch milder zu stimmen und zu überzeugen, daß es nicht nur für mich, sondern auch für dich mehr war als nur ein Flirt. Möglicherweise wollte ich mich auch nur irgend jemandem anvertrauen. Joan jedenfalls sah darin einen Mangel an Selbstbeherrschung – und das in Gegenwart eines jungen und dementsprechend für Eindrücke besonders empfänglichen Mädchens.

»Wie konnte sie nur?« rief ich, beschämt, die Ursache deines Hinauswurfs zu sein, und wütend über Joans Verrat.

»Sie hat es nur gut gemeint, nehme ich an«, sagtest du und

schautest mir in die Augen. »Sie hat sich Sorgen um dich gemacht. Reg dich nicht auf, Liz. Es ist nicht wichtig.«

»Natürlich ist es wichtig«, widersprach ich, verärgert und verletzt, weil Joan so schlecht von dir dachte, und beleidigt, weil sie mich für zu unreif hielt, um auf mich selber aufzupassen.

»Sweetheart, es ist okay, bitte mach dir keine Gedanken mehr. Ich habe ein sehr hübsches Zimmer gefunden. In einem Haus in Islington, das einem afrikanischen Tänzer gehört. Und ich bewohne es allein. Bei Joan mußte ich das Zimmer mit jemandem teilen.«

Du fandest das Ganze etwas lästig, amüsiertest dich aber zugleich darüber. Ich hielt es für ungeheuerlich und fuhr nie wieder zum Northumberland Crescent. Im Lauf der Jahre habe ich über vieles nachgedacht und vielen vergeben, die sich unserer Liebe in den Weg gestellt haben. Joan jedoch niemals.

»Also«, fragte ich meine Mutter flüsternd, während wir das Gemüse für das Abendessen bereiteten. »Wie findest du ihn? Magst du ihn?«

»Sehr«, sagte sie. »Er ist charmant und spricht ausgezeichnet Englisch.«

Im Wohnzimmer goß sich mein Vater seinen ersten Gin-Tonic ein und ermunterte dich, auch einen Drink zu nehmen. Ich hörte, wie du dankend ablehntest und um etwas Alkoholfreies batest.

»Dad mag ihn auch, nicht wahr?« flüsterte ich.

»Sicher, Liebes. Ist der Blumenkohl jetzt fertig?«

»Ich nehme an, Sie waren in der Hitlerjugend, Karl?« erkundigte sich Dad, und ich war entsetzt über die Direktheit seiner Frage.

War das ein Versuch, dich in Verlegenheit zu bringen? Du warst doch praktisch noch ein Kind, als der Krieg endete – unmöglich konntest du etwas mit Hitler zu tun gehabt haben!

»Ja, in der Tat«, antwortetest du lächelnd. »Ich weiß sogar noch, daß mir die englischen Jungen leid taten, weil sie nicht Teil einer so wunderbaren Bewegung werden konnten!«

Ich war entsetzt. Hieß das, du warst ein Nazi und würdest nie wieder über die Schwelle von Smugglers Cottage treten dürfen? Aber mein Vater lächelte, als er dir ein Glas Orangensaft reichte. »Das muß damals recht aufregend gewesen sein, wenigstens zu Anfang.«

»Nicht nur am Anfang«, erzähltest du, lehntest dich zurück und schlugst die Beine übereinander. In einer Hand hieltest du dein Glas, die andere lag entspannt auf der Sessellehne. »Ich war unglaublich stolz, Teil der Bewegung zu sein, und mit vierzehn meldete ich mich sogar freiwillig zur Armee.« Du legtest eine Pause ein, stelltest das Glas auf den Tisch und beugtest dich nach vorn, lächeltest meinem Vater zu. »Im Januar fünfundvierzig, nur vier Monate vor Kriegsende, rief der Volkssturm dazu auf, sich freiwillig zu melden. Es war ein Lumpensammlerheer aus Männern zwischen zwölf und hundertzwölf Jahren.«

»Mein Vater war an der Westfront verwundet worden und konnte Ende März das Hospital in der Nähe von Frankfurt verlassen. Zu Fuß machte er sich auf nach Mitteldeutschland, immer einen Steinwurf vor den einmarschierenden Amerikanern. Als er herausfand, daß ich mich freiwillig gemeldet hatte, bekam er einen Tobsuchtsanfall. ›Bist du denn von allen guten Geistern verlassen?‹ brüllte er. ›Warum um Himmels willen hast du das getan?‹ – ›Um das Vaterland zu verteidigen‹, antwortete ich. ›Was? die letzten vierzig Quadratkilometer, und für dieses Schwein in Berlin?‹ Er haßte Hitler und befahl mir zu desertieren. Er ging damit ein großes Risiko ein, denn wenn ich seine Äußerung gemeldet hätte, hätte man ihn gehängt. Aber ich hatte mehr Angst vor meinem Vater als vor der gesamten Nazihierarchie – und deshalb tat ich wie befohlen. Er schickte mich dann zu meinen Großeltern in die Berge. Zwei Wochen später war unsere Stadt in amerikanischer Hand.«

Du lächeltest, lehntest dich zurück und griffst nach deinem Glas. »Ich habe getan, was er mir befahl, aber ich weiß noch gut, daß ich insgeheim dachte, mein Vater sei ein sehr schlechter Deutscher.«

Das herzliche Lachen meines Vaters schallte durch das ganze Haus. »Was für ein Glück, daß Ihr Vater klug genug war, Sie zurückzuhalten«, sagte er, und ich merkte, daß ihm die Geschichte und die Art, in der du sie erzählt hattest, gefielen.

Wie die Generation meiner Eltern zu einem Krieg stand, der vor siebzehn Jahren geendet hatte, interessierte mich nicht, und ich hatte nicht die leiseste Ahnung, wie das Leben im Deutschland der dreißiger Jahre gewesen war. Ich wußte, daß es Vorurteile gab und Mißtrauen, und ich verstand nicht recht, was meinen Vater so amüsierte. Geschichte und Politik waren böhmische Dörfer für mich, aber das spielte keine Rolle. Und es war ebenso nebensächlich, daß ihr euch beim Abendessen über meinen Kopf hinweg unterhieltet. Nationalsozialismus, Wiederaufbau und die Aufnahme in den Gemeinsamen Markt waren Männerangelegenheiten, über die ich nicht Bescheid wissen mußte. Worauf es ankam, war nur, daß Dad dich interessant fand, und wenn du dich vorbeugtest, um ein Argument anzubringen, wenn du ihm widersprachst oder ihn batest, dir seinen Standpunkt genauer zu erläutern, dann gefiel ihm diese Herausforderung. Meine Eltern behandelten dich, wie ich sie oft mit Geschäftsfreunden aus Übersee erlebt hatte. Sie waren freundlich und taten ihr möglichstes, damit du dich wohl fühltest. Erst Jahre später beschäftigte ich mich mit der Politik dieser Epoche, und noch länger dauerte es, bis ich zufällig darauf kam, daß mein Vater Anfang der dreißiger Jahre selbst kurze Zeit mit den Ideen Oswald Mosleys und seiner *British Union of Fascists* geliebäugelt hatte. Wenn ich heute an meine damalige

Ignoranz denke, frage ich mich, ob ich dich nicht zu Tode gelangweilt habe. Aber vielleicht tat ich das ja, und vielleicht erklärt das alles.

»Deine Eltern sind so freundlich zu mir«, sagtest du, als wir später vor dem flackernden Kaminfeuer saßen und im Hintergrund leise die Nußknackersuite spielte. Du streicheltest meinen Nacken und ließest deine Finger durch mein Haar gleiten, und ich bebte vor Erregung. »Sie geben mir das Gefühl, willkommen zu sein.«

Sie hießen dich auch am folgenden Wochenende willkommen, und am darauffolgenden. Sie akzeptierten dich, und du schienst in ihrer Gegenwart locker und ungezwungen. Als du am Sonntag abend in den Zug stiegst, wußte ich nicht, wie ich die Woche ohne dich überstehen würde, aber ich war mir sicher, daß du die elterliche Prüfung bestanden hattest, und zwar mit Bravour.

An meinem 18. Geburtstag erwarteten mich nach der Arbeit zu Hause ein traumhafter Blumenstrauß – Rosen, Tulpen, Schwertlilien und Osterglocken in Cellophan gehüllt – und deine Karte in einem Umschlag aus Pergamentpapier mit Silberrand. Nie zuvor hatte jemand mir Blumen geschickt.

»Sie sind so wunderschön, Karl«, bedankte ich mich am nächsten Wochenende.

»Ich muß dir etwas gestehen«, sagtest du, ein verlegenes Grinsen auf dem Gesicht. »Ich wollte dir eigentlich einen Gummibaum schenken, aber der Mann im Blumengeschäft war völlig entsetzt. Er meinte, das sei absolut unpassend für eine junge Dame zum 18. Geburtstag. Selbst die Männer im Büro lachten mich aus, als ich ihnen von dem Gummibaum erzählte!«

Gummibaum oder Rosen – mir wäre egal gewesen, was du schicktest. In meinen Augen konntest du einfach nichts falsch machen.

So hat es also angefangen, wie jede richtige Liebesgeschichte anfängt: Blickkontakt in einem menschengefüllten Raum, verstohlene Küsse, die Sehnsucht, dem anderen immer nahe zu sein. Ich begann das Jahr 1962 in einem Taumel von Lebensglück, voller Vorfreude auf die Wunder der Liebe, erregt von der Verwandlung, die ich durchmachte – und erfüllt von der Gewißheit, die Liebe meines Lebens gefunden zu haben.

2

Alles schien mir so vollkommen. Ich dachte, Liebe wäre genug. Ich dachte, wir würden ganz einfach ein neues, gemeinsames Leben beginnen. Ich war zu jung, um die Risiken einschätzen zu können, zu unerfahren, um von den dunklen Pfaden des Herzens zu wissen, zu unbedarft, um zu erkennen, daß Zuneigung nur allzuoft von Furcht oder Egoismus gelenkt wird.

Ich nehme an, meine Naivität ist offenkundig. Ich lasse das alles so perfekt klingen, aber so habe ich es erlebt, und deshalb ist auch alles in meinen Erinnerungen so makellos. Schließlich haben wir keine gemeinsamen Jahre hinter uns, in denen wir die Schwächen des anderen kennengelernt hätten. Wir haben uns nie um finanzielle Angelegenheiten gestritten oder darum, wie wir unsere Kinder erziehen sollten. Ich mußte mich nie über die vielen Überstunden ärgern, die du im Büro verbrachtest, oder eifersüchtig zusehen, wie vertraulich du mit deiner Sekretärin umgingst. Ich habe dich nie unausgeschlafen erlebt oder dich anflehen müssen, mir zu sagen, daß du mich immer noch liebst. Aber warum mußte es enden?

Würde ich diese Geschichte meinen Freunden erzählen, würden sie mir raten, loszulassen und das Ganze doch endlich zu vergessen. »Pack die Erinnerungen in eine Schachtel, versiegle sie, und wirf sie ins Meer«, würden sie sagen. »Jeder könnte an seine erste Liebe zurückdenken, sie durch den Hauch der Romantik verzaubern, idealisieren, die Geschichte umschreiben, ein Happy-End erfinden. Es ist aus, vorbei – gestorben, tot. Willst du wirklich einen Leichnam exhumieren?« Aber ich kann einfach nicht loslassen.

Es gibt niemanden mehr, der sich an diese Zeit erinnert. Mein Vater ist tot, das Gedächtnis meiner Mutter lückenhaft, und ich habe die Geschichte nie jemandem erzählt. Ich habe unzählige Widrigkeiten gemeistert und meine Kinder großgezogen. Ich habe mich mit fieberhaftem Eifer in die Arbeit gestürzt und darf mich erfolgreich nennen. Aber was wollte ich damit beweisen? Hat es irgend etwas mit dir zu tun? Ich habe mich nach der großen Liebe gesehnt, sie aber nie mehr gefunden. Habe ich meine Sehnsucht nach Liebe mit Arbeitswut kompensiert? Hätte ich diese Tiefen vor Jahren ausgelotet, wäre ich heute möglicherweise frei. Aber vielleicht würde ich dennoch das Schwarz der emotionalen Trauer tragen.

~

Schwarz hat mir schon immer gut gestanden. Du hattest es gleich gesagt. Du sagtest es an jenem Morgen Ende Februar, als wir in der Bond Street nach einem Kleid Ausschau hielten, das ich auf Chantals Party tragen wollte. Der gute Eindruck, den du bei deinem ersten Besuch bei meinen Eltern hinterlassen hattest, bestätigte sich an vielen weiteren Wochenenden, und ich war zuversichtlich, daß sich alle noch vorhandenen Vorbehalte mit der Zeit in Luft auflösen würden.

»Er ist ganz reizend«, sagte meine Mutter. »Ein echter Gentleman. Er ist natürlich sehr viel älter als du – und dann diese Scheidung –, aber ich mag ihn wirklich sehr.«

»Er ist ein anständiger Kerl«, meinte mein Vater. »Aber er ist Deutscher – das dürfen wir nicht vergessen. Und er muß seine Exfrau und das Kind in Deutschland unterhalten. Ich möchte wissen, was er verdient – Architekt ist doch ein lukrativer Beruf.«

Sie mochten dich, und sie hätten dich noch mehr gemocht, wäre ich nicht so offensichtlich vernarrt in dich gewesen. Aber sie vertrauten dir genug, um uns gemeinsam nach London fahren zu lassen und die Erlaubnis zu geben, die ganze Nacht auf der Party zu bleiben. Sie vertrauten uns – trotz Joans häßlicher Worte. Sie steuerten sogar fünf Pfund zu dem Kleid bei, das ich mir kaufen wollte. Ich kam also eines Samstagmorgens in der Victoria Station an, und wir machten uns auf den Weg in die Bond Street. Ich war besser vertraut mit dem Trubel der Oxford Street, der parfumgeschwängerten Luft von Selfridges, Dickens and Johns und D. H. Evans. Schon ein Abstecher zu Swan and Edgar am oberen Ende der Regent's Street wäre eine qualitative Steigerung gegenüber meinen üblichen Einkaufsgepflogenheiten gewesen. Aber die Bond Street! Vielleicht hatten »die Sekretärinnen« mich dorthin geschickt; vielleicht hatten sie gesagt: »Kaufen Sie sich unbedingt etwas Schwarzes, Liebes. Mit einem kleinen Schwarzen sind Sie immer richtig angezogen.« Und selbstverständlich hatten sie recht.

Du entdecktest das Kleid an einer Schaufensterpuppe. Es war aus Seide – Shantung nannte es die Verkäuferin –, jener Wildseide mit den noppenartig verdickten Fäden. Und es war schwarz. Nicht tiefschwarz, sondern weicher, anthrazitfarben.

»Schau«, sagtest du und zogst mich zu dem Schaufenster. »Das ist das ideale Kleid für dich. Gehen wir rein.« Und du nahmst meine Hand und hieltest sie fest, bis wir im Verkaufsraum waren.

Ich fand das Kleid wunderschön und wollte es anprobieren, aber das vornehme Ambiente schüchterte mich ein – die antiken Möbel, der hochflorige weiße Teppich und die Verkäuferinnen, die aussahen, als wären sie für die Titelseite der *Vogue* hergerichtet. Außerdem machte es mich verlegen, daß du dabei warst. Ich war noch nie mit einem Mann einkaufen gewesen.

»Aber es ist so elegant«, flüsterte ich.

»Und genau das paßt zu dir«, meintest du lächelnd, als die Verkäuferin auf uns zukam. »Bitte probier es an, und schau, wie du dich darin fühlst.«

Ich folgte der Verkäuferin zu den Umkleidekabinen und legte meine Kleider ab. Die Seide schien mir zuzuflüstern, als ich das Kleid vom Bügel nahm und es über den Kopf zog. Es war wie für mich gemacht – der Schnitt, die Farbe, die Struktur des Stoffes. Und es saß wie angegossen.

»Was meinst du?« fragte ich, als ich zögernd in den Salon trat. Und deine Miene sagte alles.

Das Kleid wurde in weißes Seidenpapier gepackt, vorsichtig in einen festen, glänzend weißen Karton gelegt und dieser mit einem schwarzen Seidenband verschlossen. Ich weiß nicht mehr, wieviel es gekostet hat, aber es war das teuerste Kleidungsstück meines Lebens, und als wir das Geschäft verließen, war ich überzeugt, dieses Mal sogar Prinzessin Margaret ausgestochen zu haben.

Es war mein erstes kleines Schwarzes. Im Laufe der Jahre habe ich andere kleine Schwarze gehabt, aber keines von vergleichbarer Bedeutung. Du, Karl, warst der einzige Mann, der sich jemals die Zeit nahm, der wußte, was mir stand, und mir sagte, daß ich es verdiente, etwas derart Schönes zu besitzen. Im Kino hatte ich Katharine Hepburn, Deborah Kerr und Sophia Loren gesehen, in Seidenunterwäsche, wie sie in Designerkleider schlüpften und aus der Anprobe ins Rampenlicht vor ihren Geliebten traten. Cary Grant, Gregory Peck oder Clark Gable lächelten voller Bewunderung, und gerührt von so viel Liebe, tauschte das Verkaufspersonal im Hintergrund vielsagende Blicke. Jetzt war dasselbe mir widerfahren.

Vielleicht war dir nie bewußt, welche Bedeutung dieses

Erlebnis für ein junges Mädchen hatte, das an der Schwelle zum Frausein stand. Mein neues Ich, der neue Mensch, der ich seit unserem Kennenlernen war, brauchte Anerkennung, Bestätigung. Der Kauf dieses Kleides, mit dir zusammen, markierte einen weiteren Schritt in diese Richtung.

»Er ist hinreißend«, flüsterte Chantal, als wir auf dem Bett in ihrer Wohnung am Earls Court saßen und uns vor der Party die Nägel lackierten. »Und er trägt dich auf Händen. Er betet dich ganz offensichtlich an.«

Ich versuchte, nicht allzusehr zu strahlen, aber das war praktisch unmöglich. Deine Begleitung ließ mich Chantal und ihrem Freund Neville gegenüber in einem gänzlich neuen Licht erscheinen. Du hattest meinen Status erhöht, und ich wollte das auskosten. Chantal hörte auf, mit den Händen durch die Luft zu fächeln, und prüfte ihren Nagellack. Er war trocken, und so nahm sie ein Etuikleid aus lachsrosa Satin vom Bügel, schlüpfte hinein und drehte mir den Rücken zu, damit ich ihr den Reißverschluß zuziehen konnte.

»Sind deine Nägel trocken? Prima. Laß dir ruhig Zeit, ich geh schon mal runter, Diana mit den kalten Platten helfen.« Im Vorbeigehen überprüfte sie im Spiegel noch einmal ihre Frisur. »Aber warte nicht zu lange, sonst könnte ich in Versuchung kommen, dir deinen phänomenalen Mann wegzuschnappen!« In der Tür wandte sie sich noch einmal um und lächelte. »Das war bloß ein Scherz – außerdem hat er doch bloß Augen für dich.«

Nur in Unterwäsche, starrte ich mein Spiegelbild an, noch immer nicht recht vertraut mit der jungen Frau, die ich nun sein sollte. Dann öffnete ich die weiße Schachtel, nahm das Kleid aus dem Seidenpapier und zog es über den Kopf.

Als ich die Küche betrat, garnierten Chantal und ihre

Mitbewohnerin Platten voll Kanapees mit krauser Petersilie. Du saßest, den Rücken mir zugewandt, auf einer Ecke des Küchentischs, knabbertest an einem Stück Sellerie und unterhieltest dich mit Neville. Er sah mich zuerst und pfiff leise durch die Zähne. Du erhobst dich vom Tisch und drehtest dich zu mir um. Chantal stieß vor Begeisterung einen kleinen Schrei aus. Sie strich über den Stoff, bewunderte den Schnitt, die Paßform. Es sei perfekt, sagte sie, raffiniert und schick zugleich, und ich sähe einfach traumhaft aus. Du beobachtetest uns, den Rücken an die Küchenbank gelehnt, und während Chantal das Etikett studierte, trafen sich unsere Blicke, und ich sah deine Freude und deinen Stolz. Wir waren zwei Verschworene, die zur Verständigung keiner Worte bedurften.

Chantal und ich waren zusammen zur Schule gegangen, und ihre Schönheit hatte mich immer ein wenig irritiert. Eine spanische Mutter und ein peruanischer Vater hatten ein Wesen hervorgebracht, dessen Exotik den Verkehr zum Erliegen brachte. Zum ersten Mal in meinem Leben stand ich nicht mehr völlig in ihrem Schatten. Ich fühlte mich wie eine Frau, und du warst an jenem Abend der reifste und attraktivste Mann im Raum. Ich war so stolz darauf, in deiner Begleitung zu sein. Ich war aus dem Kokon des pummeligen, sommersprossigen Teenagers geschlüpft und eine attraktive junge Frau geworden. Das mußte so sein, denn von jenem schüchternen, farblosen Mädchen hätte sich ein Mann wie du mit Sicherheit nicht angezogen gefühlt. Du hattest mir den Ausweis zum Frausein verschafft, und das erweiterte deine Anziehungskraft noch um eine weitere Dimension.

~

Später an jenem Abend tanzten wir bei Kerzenlicht Wange an Wange, während Peggy Lee »The Way You Look Tonight« sang. Erinnerst du dich, wie sich unsere Körper im Takt der

Musik wiegten? Wie du mir den Text des Liedes ins Ohr murmeltest, während die anderen Paare um uns herum miteinander schmusten?

Es waren die Swinging Sixties, doch jener Abend schien von einer sanften Romantik umhüllt, der alle erlagen. Pärchen schliefen am Boden oder auf Sofas eng umschlungen ein, einige unterhielten sich leise, bis die Morgendämmerung zwischen den Vorhängen hindurchkroch und uns zurück in die heimischen Wohnungen trieb. Wir lagen nebeneinander auf einem Teppich in Chantals Wohnzimmer. Ich flehte dich an, die Vergangenheit mitsamt ihren Ängsten und Enttäuschungen loszulassen und der Gegenwart zu vertrauen. Du sagtest mir, daß du mich liebst. Daß du mich immer lieben und mich niemals verlassen würdest.

~

»Erzählen Sie uns ein bißchen mehr von Ihrem jungen Mann«, sagte Mrs. Maxwell, als sie, Jackie und ich in der Kantine bei Shepherds Pie und Rosenkohl saßen.

»Er ist uralt«, schaltete sich Jackie ein. »Ich meine, richtig alt. Er ist dreizehn Jahre älter als sie.« Jackie war hin und her gerissen zwischen irrsinniger Eifersucht auf meine Liebesgeschichte mit diesem mysteriösen, romantischen Fremden und der Überzeugung, ältere Männer seien unweigerlich herrisch und zugleich langweilig.

»Er ist doch erst einunddreißig«, protestierte ich.

»Nun, das ist ein ganzes Stück älter als Sie, meine Liebe«, meinte Mrs. Maxwell. »Aber ich bin sicher, er ist sehr charmant. Ein Ausländer, nicht wahr?«

Im England der frühen sechziger Jahre Ausländer zu sein war in etwa so, als hätte man eine böse Krankheit. Der Grad der Infektion hing von der Nationalität ab. Zwar durften alle Festlandseuropäer einen gewissen Respekt erwarten und sich mit dem Flair des Außergewöhnlichen schmücken, doch ohne größere Vorurteile wäre man dir gewiß nur dann begegnet, wenn du einen Schweizer Paß gehabt hättest. Wärst du Spanier oder Italiener gewesen, hätte man dich als hoffnungslosen Don Juan abgetan. Als Skandinavier wärst du unweigerlich zum Sexbesessenen abgestempelt worden; schließlich war allgemein bekannt, daß Schweden, Dänen und Norweger jede freie Minute in der Sauna verbrachten und nackt im Schnee herumturnten. Als Belgier oder Holländer hätte man dich als Niemand abgeschrieben. Amerikaner verdienten kein ernsthaftes Interesse, solange sie kein ernstzunehmendes Vermögen besaßen. Und die Australier, die damals in London einfielen wie die Heuschrecken und heruntergekommene alte Häuser in der Tottenham Court Road aufkauften, waren schlichtweg primitive *colonials.* Wärst du aus Asien oder Afrika gekommen, hätte ich gar nicht erst mit dir ausgehen dürfen.

Noch zehn Jahre früher wärst du als Franzose akzeptabel gewesen, aber de Gaulles Stimme gegen die Aufnahme Englands in die EWG wurde persönlich genommen und als schwere Beleidigung betrachtet. Und als Deutscher? Nun, siebzehn Jahre nach Kriegsende herrschte zwar keine offene Feindschaft mehr, aber es gab reichlich Vorbehalte und Mißtrauen.

»Bei den Deutschen weiß man nie, woran man ist«, sinnierte Mrs. Maxwell über ihrem letzten Kohlröschen. »Sie sind so ... nun – man kann sich ihrer nicht sicher sein. Aber Sie wollen ihn ja nicht gleich heiraten.«

Da ich den Mund voll hatte, konnte ich nicht sofort antworten, und während dieser kurzen Bedenkzeit beschloß ich, überhaupt nicht zu reagieren. Konfrontationen zählten nicht zu meinen Stärken: Ich wußte, wann ich besser den Mund hielt. Jackie war da leider anders veranlagt.

»Natürlich will sie das! Sie geht mit ihm nach Amerika. Das hat sie erst neulich gesagt. Hast du das nicht? Hast du nicht gesagt, ihr werdet heiraten?«

Ich nickte und griff nach dem Kantinenschälchen mit meinem Reispudding.

»Hab ich's nicht gesagt!« triumphierte Jackie. »Sie zieht nach Kalifornien.«

Mrs. Maxwell stand auf und nahm ihren Teller.

»Selbstverständlich tut sie das nicht«, sagte sie. »Liz täte nie etwas derart Unvernünftiges. Und selbst wenn, würden es ihre Eltern niemals erlauben. Setzen Sie nicht solche Gerüchte in die Welt, Jacqueline. Die Firma legt Wert auf langjährige, zuverlässige Mitarbeiterinnen, nicht auf Leute, die mit dem Gedanken spielen, sich klammheimlich nach Amerika abzusetzen. Es ist Liz gegenüber unfair, so etwas herumzuerzählen.« Mit diesen Worten trug sie ihren Teller und ihre Kaffeetasse zum Geschirrwagen und machte sich auf den Weg zurück zu ihrem Büro.

»Alte Schrulle«, kommentierte Jackie und rutschte auf den Platz neben mir. »Du fährst doch trotzdem, oder? Was sagen denn deine Eltern?«

»Sie haben gesagt, wir müßten ein Jahr warten«, berichtete ich. »Karl geht im Mai nach Kalifornien zurück, und ich muß ein Jahr warten.«

»Gütiger Gott! Ein Jahr! Das ist ja eine Ewigkeit«, seufzte Jackie. »In der Zwischenzeit könntest du ja sterben oder sonstwas.«

Ganz genauso hatte ich reagiert, als meine Eltern diese Bedingung stellten. Mit hoher Wahrscheinlichkeit würde ich die lange Trennung von dir nicht überleben. Ein Jahr erschien mir endlos lang, und Amerika lag am anderen Ende der Welt. Ich hatte damals keine Ahnung, wie stark diese Entscheidung meiner Eltern durch ihre eigenen Erfahrungen geprägt war. Sie waren drei Jahre miteinander ausgegangen, bevor sie sich verlobten, und verlobt waren sie dann sieben Jahre, bevor sie endlich heirateten – in der Woche, in der England dem Deutschen Reich den Krieg erklärte. Erst viele Jahre später erzählte mir meine Mutter davon, und mir wurde klar, daß ihre Angst, uns so überstürzt heiraten zu lassen, weniger mit uns beiden zu tun gehabt hatte. Es hing vielmehr mit ihrer eigenen Lebenseinstellung zusammen. Damit, woran sie glaubten und woran ihr soziales Umfeld, ihr langjähriger Bekanntenkreis glaubte. Ihre Werte waren traditionell und konservativ, und obwohl du den Gedanken an eine Trennung genauso unerträglich fandest wie ich, verstandst du ihre Besorgnis.

Ein Jahr mochte unendlich lang erscheinen, darin stimmtest du mir zu, aber es würde vergehen. Und nächstes Jahr würden wir zusammen sein, wir würden heiraten und uns nie wieder trennen.

»Er sieht wirklich sehr gut aus«, meinte Sally Palmer. »Ich habe Sie beide Samstag vormittag in der Stadt gesehen.«

»Ich hoffe, Sie treffen sich nicht zu oft«, sagte Mrs. Wilmot. »Sie wissen ja sicher, daß es viel besser ist, sich etwas rar zu machen.«

»Wir sehen uns nur am Wochenende«, antwortete ich unter den prüfenden Blicken von fünf Augenpaaren. »Nur am Wochenende. Er wohnt und arbeitet in London.«

»Sie sollten ihn ein bißchen zappeln lassen«, riet Sylvia, die mir ihr Parfum geliehen hatte. »Sagen Sie ihm manchmal ab. Lassen Sie ihn glauben, es gäbe noch jemand anderen. Das macht eine Frau für einen Mann interessanter.«

Allein der Gedanke an so etwas war mir unvorstellbar. Ein solches Verhalten würde dich keineswegs reizen, sondern blitzartig aus meinem Leben verschwinden lassen, das war mir klar. Ich kannte dich – kannte dich, als wärst du ein Teil von mir. Ich hatte deinen Herzschlag gefühlt, deinen Atem eingesogen, deine Haut geschmeckt. Du warst in jeder Faser meines Leibes. Es war alles oder nichts, eine Treue geistiger und sinnlicher Natur genauso wie sexueller. Ich hatte bereits den eisigen Hauch zu spüren bekommen, mit dem du auf alles reagiertest, was deinem zwar liebevollen, aber nichtsdestoweniger ausschließlichen Besitzanspruch zuwiderlief.

Ich beobachtete dich, wie du dich auf einer Party mit meinem Vater unterhieltest, da legte sich eine Hand auf meine Schulter, und eine Stimme zischelte mir ins Ohr.

»Was für ein Bild von einem Mann, wo hast du denn den her?« Doreen steckte sich eine Zigarette an und betrachtete dich durch den Rauch hindurch mit schmalen Augen.

»Ich habe ihn bei einer Freundin kennengelernt.« Und während du den Kopf etwas senktest, um meinen Vater über die Musik hinweg besser zu verstehen, warfst du mir einen lächelnden Blick zu.

Doreen inhalierte in tiefen Zügen. »Süße, wenn ich deine Freundin wäre, hätte ich das nicht zugelassen. Schau dir nur diesen Schlafzimmerblick an – er ist viel zu alt für dich, Lizzie. Er ist genau mein Alter und mein Typ.«

Sie ging weiter, zwischen den plaudernden, lachenden Grüppchen hindurch, umgarnte einen Mann nach dem anderen, hinterließ ihren Lippenstift auf Hemdkrägen und Mündern. Don, ihr Ehemann, stand an die Bar gelehnt und beobachtete ihr Treiben mit einer Mischung aus Nachsicht und peinlicher Verlegenheit. Ich betete, sie solle dir fernbleiben. Ich würde es nicht ertragen, sollte sie versuchen, dich zu berühren oder zu küssen. Aber es waren Freunde meiner Eltern, was konnte ich tun? Was würdest du tun? Als Doreen das Gesicht eines Mannes in ihre Hände nahm und ihn mitten auf den Mund küßte, bemerkte ich, wie sich deine Miene versteinerte. Du wandtest dich mir zu, fixiertest mich mit einem kalten Blick, dein Mund verzog sich zu einem schmalen, harten Strich, und du wurdest blaß. Du kamst quer durch den Raum zu mir, packtest mich mit eisernem Griff am Arm.

»Was hältst du davon?« fragtest du, in Doreens Richtung nickend.

»Sie verhält sich immer so«, sagte ich. »Noch schlimmer, wenn sie erst ein paar Drinks intus hat.«

»Ich habe dich gefragt, was du von ihrem Benehmen hältst«, sagtest du, und deine Stimme hatte eine bislang ungekannte Härte. »Warum beantwortest du meine Frage nicht?«

Die ungewohnte Schärfe deines Tons ließ mich zusammenzucken. Ich hatte das Gefühl, für das Verbrechen eines anderen angeklagt zu werden.

»Ich finde es furchtbar«, erklärte ich dir. »Und am meisten hasse ich es, wenn sie sich so verhält, obwohl Don dabei ist.«

»Es tut mir leid«, sagtest du, und deine Züge entspannten sich, während du den Arm um meine Taille legtest. »Verzeih mir, Darling. Es tut mir leid. Wie dumm von mir ... ich hatte Angst ...« Du verstummtest. »Ich finde es so widerwärtig und abstoßend.«

Ich weiß, daß du dich an jenen Abend erinnerst, Karl. Viele andere Erinnerungen werden verblaßt sein, aber diese eine wird dich nicht loslassen, wird bleiben – zweifellos mit derselben eisigen Klarheit, mit der sie sich mir ins Gedächtnis geschrieben hat.

~

Sexualität war ein einziges Rätsel für mich. Ich war geküßt worden und hatte geküßt, aber niemals zuvor hatte mich jenes aufwühlende Verlangen, jene erregende Begierde ergriffen. Von dem Augenblick an, in dem ich dich sah, stand ich in Flammen. In deiner Gegenwart wurde ich von Verlangen verzehrt, bei der Berührung deiner Hand, bei jedem Blick und jedem Lächeln von dir. Warst du nicht bei mir, hatte ich nur Gedanken für dich. Während ich mit meiner erwachenden Sexualität kämpfte, warst du zärtlich und leidenschaftlich, aber ich spürte, daß du dich etwas zurückhieltest. Doch weswegen? Das Ausmaß meiner Ahnungslosigkeit scheint heute unvorstellbar.

Ich hatte meinen Aufklärungsunterricht in einer katholischen Klosterschule erhalten. Er fand an einem verregneten Nachmittag statt, an dem Schwester Mary Raphael, den Blick starr auf ein chemisches Periodensystem an der gegenüberliegenden Wand des Biologielehrsaals geheftet, uns alles erzählte, was wir über Sexualität wissen mußten. An jenem Nachmittag lernten wir, daß Sex etwas Schmutziges ist und wir uns für den einen, den wir liebten, aufheben sollten. Anständige Mädchen mögen keinen Sex. Und diejenigen, die nicht weise genug sind, diesem Schrecken völlig zu entsagen und ins Kloster zu gehen, müßten sich ihrem Ehemann hingeben – zu Fortpflanzungszwecken. Männer haben einen ausgeprägten Sexualtrieb und starke Gelüste, wofür sie allerdings nichts können, weshalb es Aufgabe der Frau ist, das Ganze unter Kontrolle zu halten. Nicht eine von uns, nicht einmal Lesley Rayner, die als das leichtlebigste Mädchen der Klasse galt, weil ihre Mutter Schauspielerin war, traute sich, nach einer genaueren Definition von »das Ganze« zu fragen und was nun eigentlich dazugehörte.

»Also, Mädchen, denkt daran«, ermahnte uns Schwester Raphael abschließend, hörbar erleichtert, mit ihren Ausführungen so gut wie am Ende zu sein. »Wenn ihr allein mit einem Jungen im Zimmer seid und etwas Schreckliches passiert, dann ist das eure Schuld. Haltet beim Busfahren immer die Knie fest geschlossen, und vergeßt nicht, euch die Hände zu waschen.«

Mir ist bis heute nicht klar, in welchem Zusammenhang das Händewaschen mit dem Busfahren oder jenem »Schrecklichen« steht, das passieren könnte, wenn man mit einem Jungen allein ist.

Nicht, daß das Kloster arm an sinnlichen Eindrücken gewesen wäre: Da war der frische Duft blütenreiner Bettwäsche, der Geruch von Bienenwachspolitur und von Weihrauch aus den Kapellen, das betörende Aroma der großblütigen englischen Rosen, die in schweren Vasen die Gänge schmückten, und des Harzes von den aufgetürmten Fichtenholzscheiten in den Kaminen, in denen doch nie Feuer gemacht wurde. Die Gewänder der Ordensschwestern schleiften über die gebohnerten Böden, Rosenkranzperlen klapperten gegen die Falten ihrer Röcke, und das entfernte Murmeln der Novizinnen bei der Andacht bildete die Hintergrundmusik unseres Schulalltags. Wir waren von anschaulich lebendigen Christusdarstellungen umgeben. Als Herz Jesu dominierte er die Aula, ein wunderschöner, bärtiger junger Mann mit sanften Augen, leisem Lächeln und einem riesigen Loch in der Brust, wo ein tiefrotes Herz pochte, doppelt so groß wie sein Kopf. Auf dem Haupt trug er eine Dornenkrone, aus der Blut auf das weiße Gewand des Erlösers tropfte. Auch in der Halle war ein Christus, dieses Mal nicht mit sichtbarem Herzen, dafür in Gesellschaft einer bildschönen Frau, die ihm die Füße gewaschen hatte und diese nun mit ihrem langen kupferroten Haar trocknete. Er streckte die Hand aus, um sie segnend auf ihren Kopf zu legen. Dieses Bild, Maria Magdalena zu Füßen des Gottessohnes, faszinierte uns. Schließlich wurde es abgenommen – mit der Begründung, die Mädchen stünden zu oft davor und hegten unzüchtige Gedanken. Aber können Gedanken unzüchtig sein, wenn man nicht einmal weiß, woran man denkt? An dem Tag, an dem das Gemälde entfernt wurde, erfuhren wir aus dem Munde Lesley Rayners, daß Maria Magdalena eine Hure war. Das mochte stimmen, aber sie hatte unbeschreiblich schönes Haar. Haar, wie es, bevor Nicole Kidman auf der Leinwand erschien, wohl nur Botticellis Venus und Tennysons Lady of Shallot gehabt hatten.

Die größte Versuchung jedoch befand sich in der Kapelle, wo die Stationen des Kreuzwegs uns einen Jesus zeigten, der blaß und ausgezehrt und nur mit einem leichten Lendenschurz bekleidet war. Lesley Rayner zufolge war es möglich –

sofern man sich gewisse Stationen nur lang und durchdringend genug ansah –, zu erkennen, was der Lendenschurz verhüllen sollte. Diese Information hatte zur Folge, daß die Zahl der Mädchen, die die freie Zeit zwischen Mittagessen und Nachmittagsunterricht zu einem Besuch der Kapelle nutzten, sprunghaft anstieg. Wir gierten nach Wissen, denn ich war nicht die einzige, in deren Elternhaus das Thema der Biologie des Menschen peinlich gemieden wurde. Diejenigen unter uns, die nicht mit einem Bruder aufwuchsen, mußten sich auf die Informationen der anderen verlassen. Leider besaß keines dieser Mädchen nennenswertes Zeichentalent – oder aber sie alle hatten höchst merkwürdig gebaute Brüder. Die Stationen des Kreuzwegs blieben also unsere einzige Hoffnung auf Erkenntnis; sie und Lesleys Versprechen, ein vergrößertes Foto des russischen Tänzers Nijinskij in Strumpfhosen einzuschmuggeln. Ein Versprechen, das nie eingelöst wurde.

In der Schule wie zu Hause wurde alles, was mit Körperlichkeit zusammenhing, totgeschwiegen. Es war schmutzig und potentiell gefährlich. Weder Sexualität noch Gefühle brachten die spiegelklaren Wasser des heimischen Teiches in Aufruhr. Meine Eltern schliefen in getrennten Zimmern, und ich sah niemals, daß sie sich zärtlich, geschweige denn leidenschaftlich, geküßt oder berührt hätten. Starr wie Ritterrüstungen hingen die hautfarbenen Korsetts meiner Mutter an der Wäscheleine. Eine ständige Erinnerung daran, daß der Körper in Schach gehalten werden mußte. Als ich mit zwölf meine erste Regel bekam, glaubte ich zu verbluten und wurde hysterisch. Zu gehemmt für eine Erklärung, ging meine Mutter mit mir zum Arzt, einem rauhen, aber herzlichen ehemaligen Militärarzt Mitte Sechzig. Gleichermaßen überfordert, murmelte er etwas über Gebärmütter, skizzierte einige merkwürdige Röhren auf seinen Notizblock und hielt mir die Zeichnung nie so hin, daß ich sie richtig sehen konnte. Einige Tage später drückte mir meine Mutter, die Wangen schamhaft gerötet, eine rosa-weiß gestreifte Broschüre in die Hand mit der Aufforderung, sie zu lesen. In der Hoffnung, darin zumindest einige Antworten auf die brennendsten Fragen und Rätsel des Lebens zu finden, durchforstete ich die Seiten nach Informationen. Alles wurde mit Hilfe von Beispielen aus dem Tierreich erklärt, und zwar interessanterweise anhand von Schildkröten und Fliegen. Die nötigen Gedankenverbindungen herzustellen, war ich nicht in der Lage.

Folglich konnte ich mit achtzehn einzig aus meinem Instinkt schöpfen und den geflüsterten Bemerkungen anderer Mädchen vertrauen. Ich frage mich, wie du, ein erwachsener, erfahrener Mann, es empfunden hast, zugleich Zielpunkt meiner erwachenden Sexualität und Wächter meiner Unschuld zu sein. Du hattest meine Sexualität geweckt, und du hättest das damals jederzeit ausnutzen können. Ich war geradezu versessen darauf, meine Unschuld an dich zu verlieren. Es kann dir nicht leichtgefallen sein, dich zu beherrschen – im Haus meiner Eltern, als ich zu dir ins Bett kroch, während sie den Ostergottesdienst besuchten, in der Abgeschiedenheit des Waldes bei dem Wasserfall, am meisten aber vermutlich in der Wohnung des Tänzers.

Bobby, dein neuer Vermieter, war schamlos extrovertiert. Ein gutaussehender, charmanter Schwarzafrikaner mit einer Haut wie Ebenholz, strahlendem Lächeln und ausgeprägtem Körperbewußtsein. Er war der erste Farbige, den ich kennenlernte – multikulturelle Themen hatten weder in der Schule noch zu Hause auf dem Lehrplan gestanden.

»Bobby möchte für uns kochen«, sagtest du an einem Samstag auf dem Weg zum Haus. »Er lädt uns zum Mittagessen ein.«

Bobby bewegte sich auch in der Küche mit der Geschwindigkeit und Grazie eines professionellen Tänzers. Ich fühlte mich Männern gegenüber immer etwas schüchtern, und seine laute, aber kultivierte Stimme, seine raumgreifenden Gesten und seine extravagante Art faszinierten und verwirrten mich gleichermaßen. Es überraschte mich, daß du so gelassen dasaßest, denn ich wußte ja, wie sehr du Zurückhaltung schätztest, und du warst ja auch selber ein reservierter, eher konservativer Typ. Trotzdem lachtest du mit Bobby und seinem Freund Joe, und du bezogst mich liebevoll in die Unterhaltung ein, während sie Hackfleisch, Gemüse und Kräuter in einer Pfanne mischten und exotische Gerüche die Küche erfüllten. Als wir dann am Tisch saßen, begann ich, mich zu entspannen und wohl zu fühlen. Wenn du es in Ordnung fandest, daß wir hier waren, dann gab es auch nichts, worüber ich mir Sorgen machen mußte. Die sonnige, farbenfrohe Küche, das würzige Essen, Bobbys Gastfreundschaft, dein zärtliches Lächeln und die Wärme deines Schenkels, in voller Länge gegen mein Bein gepreßt, zogen mich in ihren Bann und machten mich trunken. Nach dem Essen servierte Joe uns winzige Tassen mit sehr starkem schwarzem Kaffee, und vom Plattenteller ertönte das wogende Stampfen afrikanischer Trommeln.

»Und jetzt, meine Freunde«, verkündete Bobby, die Arme ausbreitend und sich im Rhythmus wiegend, »jetzt werde ich für euch tanzen!«

Die Musik wirkte hypnotisierend, der Tanz war sinnlich und, in der engen Küche, intim. Dein Alter und deine Erfahrung ließen dich all das verstehen, aber für mich war es neu und erregend. Du hattest den Arm um mich gelegt, zogst mich näher an dich, und ich fühlte mich beschützt und geliebt. Ich sehnte mich danach, mit dir allein zu sein, und in deinen Augen spiegelte sich dein Verlangen.

Später gingen wir in dein Zimmer, und als ich unter dir auf deinem Bett lag, wechselte dein Ausdruck zwischen

Zärtlichkeit und brennender Begierde, und ich merkte wieder, wie verletzlich du warst. Dein Schutzwall war durchbrochen, du warst das Risiko eingegangen, und wir waren einander ausgeliefert. Da wurde plötzlich die Tür aufgerissen, und Joe stand im Zimmer.

»Oh! Entschuuuldigung!« rief er und war, die Tür hinter sich ins Schloß ziehend, schon wieder verschwunden. Dahin war aber auch die Stimmung des Augenblicks. Du schenktest mir ein mattes Lächeln und verließest das Bett, strichst dir mit den Händen über das Haar.

»Es tut mir leid«, sagtest du reuevoll. »Ich hätte die Tür abschließen sollen.« Dann strecktest du mir die Hand hin, um mich hochzuziehen. »Komm, Sweetheart, es ist spät geworden. Zeit, zum Bahnhof zu gehen.«

»... und er kochte dieses leckere Essen«, erzählte ich meinen Eltern, als wir abends mit ihnen im Wohnzimmer saßen. »Und dann legte er eine Schallplatte auf und tanzte für uns, nun, eigentlich für mich, nicht wahr, Karl? Eine Sondervorstellung, um Eindruck auf mich zu ...« Dein Grinsen ließ mich mitten im Satz verstummen.

»Liebste Liz«, sagtest du, krampfhaft bemüht, deine Belustigung über meine Naivität zu unterdrücken. »Es tut mir furchtbar leid, dir das sagen zu müssen – aber er tanzte für mich.«

Zuerst verstand ich nicht, was du damit sagen wolltest, und du zogst mich an dich.

»Aber du beeindruckst mich viel, viel mehr, Sweetheart«, fügtest du lachend hinzu, während mir langsam dämmerte, was du gemeint hattest.

Könnte ich mit dir reden, würde ich dich fragen, was du jetzt über jenen Tag in Bobbys Haus denkst und über jene anderen Male, in denen wir der völligen Hingabe so nahe waren. Wenn du zurückdenkst, Karl, bedauerst du manchmal deine noble Zurückhaltung? Tut es dir leid, daß du damals nicht mit mir geschlafen hast?

Möglicherweise bist du noch in San Francisco. Aber wieso sollte ich das annehmen? Ich lebe schon lange nicht mehr in England, sondern auf der anderen Seite der Erdkugel, in Australien. Aber einmal angenommen, einfach angenommen, du hebst eines Tages das Telefon ab oder öffnest die Haustür, und da bin ich.

»Hallo, Karl. Erinnerst du dich an mich?«

Was wäre dann?

Vielleicht würdest du mich herzlich begrüßen und mich deiner Frau, deinen Kindern und Enkeln vorstellen.

»Wir haben uns vor vielen Jahren kennengelernt«, würdest du sagen, zur Erklärung für deine Familie. »Ich war damals in London – das muß so 1961 oder 1962 gewesen sein. Nun, es ist schön, dich wiederzusehen, Liz. Wie geht es dir denn so?«

Ich würde dich betrachten. Du bist älter geworden, vielleicht ist dein Haar etwas gelichtet, deine Züge weicher jetzt vom Alter, wie damals von deiner Zärtlichkeit. Ich würde zusehen, wie deine Frau dich liebevoll berührt und mich interessiert, vielleicht sogar ein wenig argwöhnisch mustert, weil sie wissen möchte, wie wir uns kennengelernt haben und was ich dir einmal bedeutet habe. Ich würde auf Zärtlichkeiten achten, darauf, ob sich eure Hände wie zufällig berühren, ob ihr ein Lächeln austauscht – die Sprache langjähriger, vertrauter Liebender. Wir würden über Joan und Jock sprechen, über London und Sussex, über Brighton Beach. Nicht erwähnen würde ich das kleine Schwarze oder die Wohnung des Tänzers oder die wunderbare Wärme deines Körpers, als ich zu dir unter die Decke kroch. Aber vielleicht würden wir uns einen Blick zuwerfen, der die Erinnerung an all diese Momente birgt, und du würdest dich in der Gewißheit entspannen, daß ich nicht vorhatte, dich vor deiner Frau in Verlegenheit zu bringen.

»Ich habe mich so gefreut, daß du vorbeigekommen bist«, würdest du sagen, wenn du mich zur Tür bringst. Und ich wüßte, daß du das aufrichtig meinst und daß du genauso aufrichtig hoffst, daß ich nicht noch einmal bei euch hereinschaue. Wäre ich in der Lage herauszufinden, ob deine Erleichterung damit zusammenhängt, daß die Gefühle für mich zu tief waren oder daß es dir so wenig bedeutet hat? Ich wüßte es nur, wenn du mir beim Adieusagen in die Augen blicktest und deinen Kopf zu einem Handkuß neigtest.

Natürlich gibt es andere mögliche Szenarien. Zum Beispiel könntest du erschrocken schweigen und mich fragen, was ich denn wolle. Am Telefon würde ich deinen inneren Widerstand förmlich hören. Türen und Fenster werden zugeschlagen, die Rolläden sausen herab, Schlüssel drehen sich im Schloß, Riegel schnappen ein. Die Zugbrücke wird hochgezogen, und du sitzt sicher in deiner Burg.

»Es tut mir leid«, sage ich dann. »Ich werde nicht wieder anrufen.« Mit zitternder Hand lege ich den Hörer auf, entsetzt und verletzt. Selbst meine Erinnerungen tragen Brandspuren deiner Wut und deines Mißtrauens davon. Aber selbst dieses Szenario ist mir lieber als die dritte Option.

»Liz? Ich glaube nicht, daß ich – oh, London –, ja, doch, jetzt erinnere ich mich.«

Nichts wäre schlimmer, als herauszufinden, daß du mich vergessen hast. Verriegelte Türen würden mir wenigstens zeigen, daß ich noch immer die Macht besitze, dich zu verletzen. Sie würden zeigen, daß du noch immer etwas für mich empfindest – welcher Art deine Gefühle auch sein mögen. Du siehst also, ich könnte es niemals tun. Könnte niemals nach dir suchen – aus Angst davor, wen und was ich vorfände.

Die Wochen gingen ins Land. Der Winter zog sich zurück, doch der Frühling ließ sich Zeit. Schneeglöckchen machten den ersten Krokussen Platz, Narzissen maßen sich mit den letzten strengen Frösten, und mich quälte die bevorstehende Trennung. Ich verstand nicht, warum wir warten sollten. Es erschien mir als reine Schikane, eine Tortur ohne ersichtlichen vernünftigen Grund.

»Warum kannst du denn nicht einfach hierbleiben?« flehte ich.

»Liebling, du weißt, daß ich wegmuß. In Kalifornien finde ich eine bessere Stelle und kann etwas sparen. Ich habe deinem Vater versprochen, ein wunderschönes Zuhause für dich zu finden.«

»Aber mir ist egal, wo wir wohnen ... Ich ertrage es nicht, wenn du fährst.« Du hieltest mich fest, strichst mir über das Haar.

»Es ist nicht nur das, Sweetheart, da ist auch meine Arbeitserlaubnis. Ich weiß nicht einmal, ob ich eine Verlängerung bekäme.« Du nahmst mein Gesicht in deine Hände. »Ich will doch nicht ohne dich fahren. Es bricht mir das Herz. Ich möchte dich mitnehmen, aber deine Eltern machen sich Sorgen. Sie lieben dich auch. In einem Jahr komme ich wieder, dann heiraten wir und werden uns nie wieder trennen. Sei doch bitte vernünftig.«

Ich wollte nicht vernünftig sein. Mir gefiel nicht, daß du so rational darüber reden konntest, aber ich war mir sicher, daß dir die Trennung genauso schwerfallen würde wie mir. Mein Vater hatte von dir verlangt, mir denselben Lebensstandard zu bieten wie er. Das war bei deinem Einkommen in England nicht möglich, aber als Architekt in Amerika würdest du – trotz der Unterhaltszahlungen – seine Forderung erfüllen oder sogar übertreffen können. Und das war noch nicht alles. Meinem Vater widerstrebte der Gedanke, mich einem Deutschen zur Frau zu geben. Er erwartete, daß du einen amerikanischen Paß beantragtest. Du würdest also nach Kalifornien zurückkehren, eine gute Stellung finden, einen Einbürgerungsantrag stellen und eine hübsche Wohnung für uns suchen. Ich hätte liebend gerne mit dir in einer Dachkammer gehaust, und ob Deutscher oder Amerikaner war mir herzlich gleichgültig, aber leider war es nicht an mir, die Regeln aufzustellen.

Während ich dir dies erzähle, Karl, fühle ich mich in jene Zeit zurückversetzt und empfinde wieder dieses überwältigende Gefühl von Ohnmacht. Alle hatten eine Meinung zu unserer Beziehung. Meine Jugend und Unerfahrenheit machten mich zu einem willfährigen Opfer. Alle projizierten ihre eigenen fehlgeschlagenen Vorsätze, ihre Enttäuschungen, ihre gescheiterten Pläne, ihre unerreichten Ziele und geplatzten Träume auf mich. Alle wußten es besser als du und ich. Sie listeten die Risiken auf, die Probleme, die Bedenken, und sie alle schienen die Macht zu haben, unser Handeln zu beeinflußen oder zu kontrollieren. Und mittendrin ich, Opfer der Umstände, Sorgenkind, Ursache schlafloser Nächte, unerschöpflicher Gesprächsstoff und Gegenstand unzähliger Unterhaltungen im Flüsterton. Gab es Alternativen? Ich sah keine. Offener Widerstand war völlig undenkbar. Du warst zu ehrenhaft, ich hätte zuviel Angst gehabt. Du konntest nicht in England bleiben, ich durfte nicht nach Amerika und war zu jung, um ohne Erlaubnis meiner Eltern einen Reisepaß zu bekommen. Ich kam mir vor wie in einem Käfig.

»Was für ein Jammer, daß wir nicht alle zusammen fahren können«, meinte Charles, als wir drei am Londoner Parlamentsgebäude vorübergingen. Die strahlende Märzsonne kam gegen die Kälte nicht an, und so schritten wir rasch aus, die Hände in den Manteltaschen vergraben und den Kragen gegen den eisigen Wind hochgeschlagen. Charles stammte aus Texas, und ihr hattet euch in dem Architekturbüro kennengelernt, für das ihr beide tätig wart. Ihr hattet vor, in wenigen Wochen gemeinsam nach Deutschland zu reisen, wo du deine Tochter besuchen wolltest, bevor du nach Kalifornien zurückkehren würdest. Charles würde von dort aus in den Nahen Osten weiterfahren. Er war ein liebenswürdiger, eher schüchterner Mann, ein paar Jahre jünger als du.

»Er ist ein echter Globetrotter«, sagte er und wies freundschaftlich mit dem Kopf in deine Richtung, während du in der Snackbar, wo wir uns aufwärmen wollten, Kaffee bestelltest.

»Was meinen Sie damit?«

»Nun, er führt ein richtiges Zigeunerleben; er flieht aus Ostdeutschland in den Westen, verbringt ein paar Jahre in Kanada, geht dann in die Vereinigten Staaten – Pennsylvania, New York, Kalifornien – und jetzt London. Er ist so weit herumgekommen, und wenn ich daran denke, was er schon alles erlebt hat, fühle ich mich wie ein dummer Schulbub.«

Ich bemühte mich, ihn zu verstehen.

»Schauen Sie«, fuhr er fort, »er hat unter den Nazis gelebt und schlimme Bombenangriffe mitgemacht. Dann kamen die Kommunisten, und er ist in den Westen geflohen. Er hat geheiratet, ist Vater geworden und wurde geschieden. Er ist allein ans andere Ende der Welt gezogen. Vieles ist bestimmt nicht einfach gewesen, aber er hat gelebt – ich meine wirklich gelebt.«

Du scherztest mit der Bedienung, griffst dir theatralisch mit der Hand ans Herz in jener vertrauten Geste, mit der du Entsetzen vorspieltest. Mir wurde klar, wie wenig ich über dich und dein Leben wußte. Ich kannte die Zahlen und Fakten, aber meine Jugend und Unerfahrenheit hatten mich daran gehindert, die einzelnen Mosaiksteinchen zu einem vollständigen Bild zusammenzusetzen. Alles lag so weit jenseits meines Erfahrungshorizonts, ja meines Vorstellungsvermögens, daß ich nicht hoffen durfte, den Mann, der von so vielfältigen Erlebnissen geprägt war, jemals wirklich zu verstehen. Ich liebte dich, ich vertraute dir voll und ganz, und ich fühlte mich sicher bei dir. Du hattest ein kompliziertes und oft gefahrvolles Leben geführt, und aus irgendeinem Grund hattest du dich in mich verliebt. Ich würde in den kommenden Jahren von dir lernen.

Wir stiegen die enge Wendeltreppe zur Whispering Gallery der St.-Pauls-Kathedrale hinauf.

»Ihr beide bleibt hier, und ich geh' rüber auf die andere Seite – ich möchte wissen, ob die Akustik wirklich jedes Flüstern überträgt«, sagte Charles und entfernte sich.

»Charles sagt, du seist ein Zigeuner«, sagte ich, dicht an dich gelehnt, während wir auf sein Flüstern warteten. »Glaubst du, du wirst nie damit aufhören umherzuziehen?«

»Nur mit dir an meiner Seite«, antwortetest du leise.

»Hey! Ihr zwei – ich kann hören, was ihr sagt.« Charles' geflüsterte Worte wurden uns klar zugetragen. Lächelnd winkte er uns von der gegenüberliegenden Seite zu.

Die verbleibende Zeit bis zu deiner Abreise wurde kürzer, und die kostbaren Tage, die uns blieben, gewannen an Bedeutsamkeit. Unser Vorrat an gemeinsamen Erinnerungen wuchs, und wir entdeckten neue Interessen und Beschäftigungen, die uns beiden Freude machten. Musik war Seelennahrung für dich. Sie vermittelte dir nicht nur einfach Freude, sondern gab dir Halt und in schwierigen Zeiten Kraft und Stärke. Du konntest niemals Heimweh haben: Beethoven und Mozart waren überall auf der Welt zu finden. Am Klavier löste sich dein üblicher Gesichtsausdruck, der Ernsthaftigkeit und trockenen Humor erkennen ließ, auf dieselbe Weise, wie wenn du mir in die Augen sahst. Doch während die Liebe deine Züge weicher werden ließ, schienen sie am Klavier feiner gezeichnet. Ich beobachtete die Bewegungen deiner Hände auf den Tasten und staunte darüber, wie du in der Musik aufgingst. Musik war die große Liebe deines Lebens. Sie war dir Zuflucht, Inspiration und Transzendenz, und du versuchtest, dies mit mir zu teilen. Doch ich hatte keinerlei musikalische Vorbildung und kämpfte noch mit den seichten Stellen, als du schon die Hand ausstrecktest, mich in die Tiefen zu führen. Ich liebte es, wenn du spieltest, liebte die Leichtigkeit, mit der du von Beethoven zu Count Basie, von Mozart zu Glenn Miller wechseltest.

Ich frage mich, ob du je bemerkt hast, daß es die Angst vor meiner eigenen Unwissenheit war, die mich davon abhielt, in diese wunderbare Welt der Musik einzutauchen, in der du dich so zu Hause fühltest. Du hattest die Tür aufgestoßen und mich einen ersten, vorsichtigen Blick erhaschen lassen auf die Art und Weise, wie Komponisten Stimmungen zu erzeugen vermögen und Bilder zu Symphonien, Konzerten und Sonaten fügen.

An meinem Geburtstag brachtest du mir eine Schallplatte mit. »Hör sie dir einfach immer wieder an«, sagtest du. »Hör sie dir immer und immer wieder an, und irgendwann wirst du anfangen, sie zu fühlen.«

Es war Beethovens Fantasia in C-Dur. Ich spielte sie Tag und Nacht, und irgendwann begann ich, sie in meinem Inneren zu spüren. Ich begann zu begreifen, warum Musik einen solchen Stellenwert in deinem Leben bekommen hatte. Du führtest mich an einen Ort, wo herrliche Musik, Dichtung und Kunstwerke mich zu bewegen begannen. Einen Ort, wo ich anfing, etwas über das universelle Bewußtsein kreativen Denkens zu lernen.

Wie ich dich liebe? las ich dir eines Abends vor.

Laß mich zählen wie.
Ich liebe dich so tief, so hoch, so weit,
als meine Seele blindlings reicht, wenn sie
ihr Dasein abfühlt und die Ewigkeit.

Das Sonett schien nur dafür geschrieben, dir von mir vorgelesen zu werden, und so fand Elizabeth Barrett Browning einen Platz in meinem Bücherregal, und Shakespeare, Donne, Auden und sogar Priestley sprachen zur mir endlich in verständlichen Worten. Doch es ist ein ganz banales Lied, das ich für dich in meinem Herzen trage. Ein altes schwäbisches Volkslied, das du für mich gespielt und gesungen hast: »Muß i denn«. Ich kannte es eigentlich als »Wooden Heart«, gesungen von Elvis Presley in dem Film *GI Blues*, aber der Text des Originals, den du mir übersetztest, unterschied sich von dem der Hollywoodversion.

Muß i denn, muss i denn
zum Städtele hinaus,
Städtele hinaus,
und du, mein Schatz, bleibst hier.

Dieses Lied hat mich über all die Jahre hinweg verfolgt, und wenn es in einer Bar oder auf einer Party gespielt wird, verlasse ich den Raum, weil es mir noch immer nicht gelingt, die Tränen zurückzuhalten. Als ich beim Radio arbeitete, erschien es gelegentlich auf der Musikliste, von der ich es jedesmal strich, weil ich wußte, daß ich danach nicht in der Lage sein würde, normal in das Mikrophon zu sprechen.

In einer Frauenrunde kommt manchmal das Gespräch auf vergangene oder verlorene Lieben. »Stell dir vor, du könntest einen deiner Verflossenen wiederhaben«, sagt eine. »Gibt es jemanden in deiner Vergangenheit, zu dem du dich zurücksehnst?« So macht die Frage die Runde. Jede Frau erzählt ihre Geschichte, und wenn die Reihe an mich kommt, kann ich kaum sprechen.

»Nur einen«, sage ich. »Nur einen einzigen. Meine erste Liebe. Es war ein Deutscher, der für mich auf dem Klavier ›Wooden Heart‹ spielte.«

Und wenn sie merken, daß ich nicht weitersprechen kann, geht die Frage an die nächste Frau und zu ihrer Geschichte. Noch jetzt sehe ich deinen Blick, wie du mich ansahst, wenn du es spieltest. Ich sehe dich nach dem letzten Akkord kurz still sitzen, dann vom Klavierhocker aufstehen und mich in die Arme nehmen.

~

»Erlaubt mir, ihn jetzt zu heiraten«, flehte ich meine Eltern an. »Laßt mich mit ihm fahren.«

»Du bist noch so jung, Bill«, sagte mein Vater, mich bei dem Spitznamen nennend, den er für mich erfunden hatte und den nur er allein benutzte. »Ihr habt noch so viel Zeit. Wir wollen doch nur, daß ihr ein Jahr wartet. Gib Karl Zeit, eine Stellung zu finden und sich in Kalifornien zu etablieren. Ein Jahr ist gar nicht so lang. Du bist doch erst achtzehn.«

»Kannst du nicht mit Dad reden«, bettelte ich meine Mutter an. »Du magst ihn doch, ich weiß, daß du ihn magst.«

»Natürlich mag ich ihn, und dein Vater mag ihn auch. Du bist nur noch so jung, und er ist um so viel älter und – ach, all die anderen Dinge. Aber wenn er dich wirklich liebt, wird er warten. Du weißt, daß das das Richtige ist.«

Doch das wußte ich nicht. Ich hielt es für Wahnsinn, und ich empfand es als körperlichen Schmerz, der mich nachts aufschrecken ließ und auch tagsüber begleitete.

»Du könntest mit ihm durchbrennen«, meinte Jackie. »Ihr könntet nach Gretna Green fahren, das wäre unheimlich romantisch. Er könnte sich eine Leiter besorgen und sie an dein Fenster lehnen, du kletterst zu ihm hinunter, und dann fahrt ihr nach Schottland, mitten in der Nacht.«

»Ihre Eltern meinen es doch nur gut, meine Liebe«, sagte Mrs. Maxwell. »Sie wissen, was das Beste für Sie ist. Sie werden sehen, die Zeit vergeht wie im Flug. Sie merken es kaum, und schon ist das Jahr um.«

»Nun, Miss Beard«, sagte Dr. Murray. »Und wie geht es Ihrem jungen arischen Freund?«

»Er muß bald fort«, sagte ich. »Dr. Murray, wenn ich Ihre Tochter wäre, würden Sie mir erlauben, mit ihm zu gehen?«

Er klopfte seine Taschen nach seiner Pfeife ab, entdeckte sie schließlich auf seinem Schreibtisch und begann sie aus dem uralten Lederbeutel zu stopfen. »Wenn Sie meine Tochter wären, könnte ich Ihnen höchstwahrscheinlich gar nichts abschlagen«, antwortete er langsam. »Aber das wäre nicht unbedingt gut für Sie, und deshalb ist es nur recht, daß ich nie Vater geworden bin.«

»Aber es ist so unfair«, klagte ich.

»Ich möchte Ihnen etwas erzählen«, sagte er, verstummte, um die Pfeife anzuzünden, und zog dann wiederholt daran, bis sie richtig brannte. »Als ich meine Frau kennenlernte, war sie achtzehn, genau wie Sie jetzt, und ich war fünfunddreißig, sogar noch älter als Ihr junger Mann. Ich hielt Ellen für das anbetungswürdigste Geschöpf in Gottes weiter Welt, und ich war wild entschlossen, sie zu heiraten. Das war in den dreißiger Jahren, und damals war eine lange Verlobungszeit üblich, aber es dauerte zwei Jahre, bis wir uns verloben konnten, und ihr Vater ließ uns danach noch weitere drei Jahre warten. Ich war vierzig, als ich sie heiratete, und sie war gerade dreiundzwanzig. Jetzt bin ich achtundsechzig und halte sie nach wie vor für die beste und schönste Frau auf der Welt. Sie war es wert, daß ich auf sie gewartet habe, und Sie sind das auch, meine Liebe. Das Leben ist lang. Sie haben noch so viele Jahre vor sich. Ihr junger Mann wird auf Sie warten, er wird zurückkommen und Sie heiraten, und dann werden Sie sich fragen, warum Ihnen das Ganze eigentlich so schlimm vorkam.«

»Das ist ganz richtig so«, meinte Mrs. Wilmot und zog einen Schmollmund, während sie sich anschickte, die mit

Briefen gefüllte Unterschriftenmappe in das Büro des Geschäftsführers zu bringen. »Sie können nicht mit jemandem nach Amerika ziehen, den Sie erst so kurze Zeit kennen. Schließlich kann Gott weiß was passieren.«

»Ein Jahr ist doch gar nicht so lang«, versuchte mich Sally Palmer zu trösten. »Denken Sie nur daran, was Sie letztes Jahr um diese Zeit gemacht haben.«

»Das ist so lange her, ich erinnere mich nicht mehr«, murmelte ich.

»Na, kommen Sie schon! Die Zeit vergeht so schnell, und ehe Sie es sich versehen, sind wir alle schon auf dem Weg zur Kirche.«

»Das ist eine Ewigkeit«, sagte Jackie. »Wenn ich du wäre, ich würde mich umbringen. Das würde ihnen einen Denkzettel verpassen. Dann wünschten sie sich garantiert, sie hätten dich mitfahren lassen. Aber natürlich würdest du in die Hölle kommen, weil Selbstmord eine Todsünde ist. Weißt du, ich habe gehört, daß es Leute gibt, die Doppelselbstmord begehen, damit nichts und niemand sie mehr auseinanderbringen kann. So à la Romeo und Julia, denke ich. Das wäre noch viel romantischer als Durchbrennen.«

»Amerika«, sagte meine Mutter. »Das ist so weit weg, und wenn irgendwas passieren sollte ...«

»Was denn, zum Beispiel?«

»Nun, wenn ihr euch trennen solltet, dann wärst du da drüben ganz allein, viele tausend Meilen weg von daheim, weg von uns.«

»Aber wir werden uns nicht trennen. Wir lieben uns, und Karl kümmert sich um mich. Er hat es gesagt, und du weißt, daß er immer sein Wort hält.« Doch sie drehte sich um, um die Wäsche zusammenzulegen, und ich rannte nach oben und warf mich schluchzend auf mein Bett.

An einem regnerischen Samstagnachmittag saßen wir uns in einer Teestube in der Nähe der Victoria Station gegenüber, und ich kostete zum ersten Mal Waffeln mit Ahornsirup. In San Francisco, so sagtest du, würdest du die Waffeln in unserer eigenen Küche zubereiten und mir Sirup und Sahne darübergießen, und wir würden nebeneinandersitzen und den Sonnenaufgang über der Bay beobachten. Wir würden richtige amerikanische Hamburger essen, in einem Restaurant mit roten Lederbänken und einem chromblitzenden Tresen, und Limonade aus dem Softdrink-Automaten trinken. Wir würden uns in deinem Auto im Drive-in aneinanderkuscheln, eine Tüte Popcorn essen und jeden Abend eng umschlungen einschlafen, wissend, daß die ganze Nacht und auch alle folgenden Nächte uns gehörten.

Die Fenster der Teestube waren beschlagen von den feuchten Mänteln der Gäste, die hereingekommen waren, um dem Regen zu entfliehen. Doch als die unverkennbaren ersten Töne von »It's Now or Never« aus der Jukebox klangen, änderte sich dein Gesichtsausdruck. Plötzlich lag in deinen Augen eine Düsternis, die wie Verzweiflung wirkte. Deine Gabel fiel klirrend auf den Tellerrand, und es schien mir wie eine Ewigkeit, bevor du wieder Worte fandest.

»Ich hatte auf einmal diese furchtbare Vorahnung, daß wir uns nie wiedersehen«, sagtest du. Dieses Gefühl war so überwältigend, daß es dir den Atem raubte und deine Hände zittern ließ.

»Aber selbstverständlich sehen wir uns wieder«, versicherte ich. Denn trotz all meines Elends ob der bevorstehenden Trennung war ich überzeugt, daß wir eines Tages zusammen leben würden. »Ich komme nach Amerika, und wir heiraten.« Und ich faßte über den Tisch und nahm deine Hand, und du drücktest meine so fest, daß der Ring, den ich trug, in meine Finger schnitt, und einen Herzschlag lang fühlte ich die Tiefe deiner Verzweiflung.

Die Tage wurden länger, und der Himmel hellte sich auf. Du fotografiertest mich im Garten, und an einem Sonntagmorgen riefst du ganz in der Früh unter meinem Schlafzimmerfenster, und als ich es öffnete und hinunterschaute, machtest du einen Schnappschuß von mir. Am Strand von Brighton, an einem kühlen Tag, als ein beißender Wind vom Meer kam und die Luft sich mit Salzgischt vermischte, gingst du vor mir her die steinige Böschung hinab zum Wasser. Ich rief deinen Namen, und als du dich umdrehtest, die Hände in den Taschen, den Jackenkragen hochgeschlagen, drückte ich auf den Auslöser und fing deinen lachenden Blick, dein breites Lächeln ein.

»Komm her, Sweetheart«, riefst du gegen den Wind, und ich lief den Strand hinunter und nahm deine Hand, und zusammen rannten wir zum Pier. Atemlos lehnte ich mich gegen einen Pfeiler, grün von Tang und mit einer dicken Miesmuschelkruste überzogen, und du stütztest dich mit einer Hand gegen den Pfahl, beugtest dich herab, um mich zu küssen. Dein warmes Gesicht so nahe an meinem, versprachst du mir, wir würden immer zusammenbleiben.

Am Tag vor deiner Abfahrt stapften wir durch regennasses Gras, unter einem dunklen Himmel, der weitere Schauer ankündigte, streiften Büsche und Zweige, die unsere Ärmel durchnäßten und die Finger klamm werden ließen. Neben dem See, wo das Wasser weiß und schäumend über die Felsen stürzte, klammerten wir uns aneinander, versprachen uns, viele Briefe zu schreiben, und schworen uns ewige Liebe, bis uns die Worte ausgingen. Worte, die vom Wind fortgetragen wurden. In schweigender Verzweiflung standen wir da, bis uns die Dämmerung heimtrieb, zurück über die Felder, der Trennung entgegen.

Ich weinte mich in den Schlaf, erwachte im frostigen Morgengrauen jenes Tages, vor dem ich mich schon so lange fürchtete. Wie versteinert saßen wir im Auto. Dein Gesicht war zu einer Maske gefroren, dein Körper starr. Ich spürte ein Schluchzen in deinem Atem, und deine Lippen zitterten, als du mich küßtest und ich mich an dich klammerte.

»Steig nicht mit aus«, sagtest du, als du die Tür aufstießest und nach deiner Tasche griffst. »Bitte bleib im Auto.« Deine Augen waren schwarz vor Schmerz, dein geliebtes Gesicht verhärtet, als du die Wagentür zuschlugst, dich abwandtest und in den Bahnhof gingst. Ich erstickte, ertrank, starb. Oben, vor den Stufen zum Bahnsteig, drehtest du dich noch einmal um, warfst einen Blick zurück. Und dann warst du fort.

3

»Schon wieder ein Brief?« sagte Mrs. Wilmot, als ich Handtasche und Luftpostumschlag auf meinen Schreibtisch legte. »Er schreibt Ihnen ja wirklich oft. Ich hoffe, Sie haben nicht vor, ihn während der Arbeitszeit zu lesen.«

Selbstverständlich hatte ich genau das vor. Dr. Murray war nicht da, und ich gedachte, mich unter dem Vorwand, die Ablage zu erledigen, in sein Büro zurückzuziehen und dort in Ruhe deinen Brief zu lesen. Ich hängte meinen Mantel an die Garderobe und ließ das Kuvert in meine Rocktasche gleiten.

»Was ziehen Sie denn zum Dinnerdance an, Liz?« wollte Sally wissen, als ich anfing, die Post auf meinem Schreibtisch durchzusehen.

»Ich gehe nicht hin«, sagte ich.

»Aber Sie müssen hingehen!« Sylvia blickte entsetzt von ihrer Schreibmaschine auf. Es war noch früh am Morgen, und die beiden anderen Sekretärinnen waren noch nicht da. »Es ist das wichtigste Firmenereignis des Jahres. Alle gehen hin. Es wird von Ihnen erwartet. Sie müssen kommen und einen Partner mitbringen.«

»Ich kann nicht«, sagte ich. »Mein Partner ist Karl, und der ist in Kalifornien. Ich kann nicht ohne ihn hingehen, und ich mag auch nicht.«

»Natürlich werden Sie hingehen, Liebes, seien Sie nicht albern.« Mrs. Wilmot klang leicht verärgert. »Sie kennen doch ganz bestimmt einen anderen jungen Mann, den Sie mitbringen können.«

»Ich nehme an, Sie könnten auch allein kommen«, meinte Sally. »Andere Leute kommen auch ohne Partner, und Sie könnten einen von den netten Burschen aus dem Labor als Tischherrn haben. Und beim Tanzen fehlt es Ihnen bestimmt nicht an Bewerbern.«

Ich fing an, mich unwohl zu fühlen. »Ich gehe nicht hin«, wiederholte ich. »Karl würde es nicht gutheißen, und ich will ohne ihn auch gar nicht hin. Ich will mit keinem anderen Mann tanzen.«

»Er würde es nicht gutheißen, also wirklich!« Mrs. Wilmot schnaufte abfällig, erhob sich von ihrem Schreibtischstuhl und richtete sich zu ihrer ganzen eindrucksvollen Größe auf. »Wer glaubt er denn, wer er ist, Ihnen vorzuschreiben, was Sie tun und nicht tun sollen, wenn er noch nicht einmal hier ist? Der Dinnerdance wird von der Firmenleitung für die Angestellten ausgerichtet, und Sie sollten dankbar sein, daß Sie einen so großzügigen Arbeitgeber haben.« Damit nahm sie ihre Handtasche und stolzierte in Richtung Damentoilette.

Mit rotem Kopf begann ich, Dr. Murrays Post zu öffnen.

»Sie müssen es ihm ja nicht sagen«, meinte Sally, die meinen Kummer bemerkte. »Schließlich braucht er es ja nicht zu erfahren.«

»Genau«, stimmte Sylvia zu. »Erzählen Sie es ihm einfach nicht. Er muß nicht alles wissen, und es schadet Ihnen bestimmt nicht, wenn Sie sich mit ein paar netten Jungen Ihres Alters treffen.«

»Männer brauchen nicht alles zu wissen, was wir tun.« Sally flüsterte, als hörte eine ganze Horde Männer mit. »Sie gehen doch nur tanzen, da ist doch nichts dabei.«

Mrs. Maxwell war im Kopierraum und beaufsichtigte eine junge Schreibkraft, die versuchte, sich mit den Tücken des Gestetner-Apparats vertraut zu machen.

»Ich muß doch nicht wirklich hin, oder?« fragte ich sie.

»Selbstverständlich müssen Sie, meine Liebe, und es wird

ein ganz zauberhafter Abend. Sie haben doch ein hübsches Kleid. Sie werden sich wunderbar amüsieren, es gibt leckere Sachen zu essen, und es wird viel getanzt. Dieser junge Michael Westbury – Sie wissen schon, der Laborant –, er hat schon lange ein Auge auf Sie geworfen. Das ist eine ganz reizende Gelegenheit, und alle gehen hin.«

»Dr. Murray geht nicht hin«, sagte ich. »Er hat mir gesagt, daß er nicht mitkommt. Er verabscheut Dinnerdances, und Mrs. Murray tut es auch.«

Mrs. Maxwell zeigte dem jungen Mädchen, wie man die Wachsmatrize aus dem Apparat entfernt, und wies sie dann an, mit den Abzügen wieder in den Schreibpool zurückzugehen. Sie schloß die Tür hinter dem Mädchen und drehte sich dann zu mir um.

»Dr. Murray ist ein älterer Herr und ein Vorstand, meine Liebe. Er kann tun und lassen, was er will. Sie sind nur eine Sekretärin und trotz Ihrer raschen Beförderung noch sehr jung. Mit einer Arbeitsstelle wie der Ihren sind gewisse Verpflichtungen verbunden. Zum Dinnerdance zu gehen, ist eine davon. Also, was soll das ganze Theater?«

»Ich will nicht hin.« Obwohl ich dagegen ankämpfte, rann mir eine erste Träne über die Wange. »Ohne Karl mag ich nicht hingehen, und es würde ihm auch nicht gefallen. Ich tue doch niemandem weh, wenn ich nicht hingehe. Wahrscheinlich wird es nicht einmal jemand bemerken.«

»Selbstverständlich wird man es bemerken.« Mrs. Maxwell klang allmählich recht verzweifelt. »Seien Sie doch nicht albern. Jetzt gehen Sie erst einmal zu Jacqueline und plaudern ein wenig mit ihr. Sie freut sich darauf.«

Langsam stieg ich die Stufen zum ersten Stock hinauf, wo sich Jackie, kürzlich zur Buchhaltungssekretärin befördert, jetzt ein Büro mit zwei anderen Mädchen teilte.

»Ich habe dieses tolle rote Kleid«, schwärmte sie. »Es ist schulterfrei und hauteng. Derek vom Verkauf fällt tot um, wenn er mich darin sieht. Michael Westbury will dich fragen, ob du mit ihm hingehst. Ich weiß das, weil er es Pauline Watkins erzählt hat, und ich habe es von ihr. Er hält dich für das hübscheste Mädchen der ganzen Firma. Er hat Pauline gesagt, er findet dich sogar hübscher als Debbie Reynolds.«

»Ich gehe nicht hin«, sagte ich.

Jackie ließ das Hauptbuch fallen, und die beiden anderen Mädchen blickten von ihren Imperial-66-Schreibmaschinen hoch.

»Ohne Karl will ich nicht hingehen, und ihm würde es auch nicht gefallen.«

»Ach komm, sei doch nicht doof!« Jackie bückte sich, um das Hauptbuch aufzuheben. »Du wirst dich wunderbar amüsieren. Zieh das kleine Schwarze an, von dem du mir erzählt hast, das aus der Bond Street. Erzähl es ihm einfach nicht, dann wird er nie was davon erfahren. Schließlich ist er nicht hier, und was denkst du eigentlich, was er in San Francisco tut? Du wirst doch nicht wirklich glauben, daß er jeden Abend daheim hockt und an dich denkt?«

»Das stimmt«, sagte eines der anderen Mädchen. »Er ist doch bereits recht alt, oder? Wahrscheinlich geht er laufend in Clubs und so. Es weiß doch jeder, wie das in Amerika so ist.«

»Und schließlich«, schaltete sich die andere auch noch ein, »wenn er Sie wirklich lieben würde, wäre er ja wohl nicht abgereist. Dann wäre er bestimmt noch hier.«

Jetzt konnte ich die Tränen nicht länger zurückhalten und stürzte aus der Tür und die Treppen hinauf in die hoheitsvolle Stille der Vorstandsetage.

Solange du in England warst, war unsere Liebesgeschichte mit reger, herzlicher Anteilnahme verfolgt worden. Endlose Fragen, Ratschläge bezüglich Kleidung und Verhalten waren beständig auf mich herabgeregnet. Die Entscheidung, ein Jahr zu warten, und deine Abreise waren als vernünftiger Entschluß angesehen worden, aber jetzt, wo du tatsächlich fort warst, interessierte sich kein Mensch mehr für dich. Ich war allein mit meiner Liebe und meiner Einsamkeit. Damit ich nicht als armes Mauerblümchen dastand, wollte man mich mit einem Jungen aus dem Labor verkuppeln. Ich hatte den Eindruck, daß niemand in meinem Umfeld etwas von wahrer Liebe verstand; es ging nur um Äußerlichkeiten. Ich fühlte mich furchtbar allein gelassen, war verärgert und verletzt. Ich war entschlossener denn je, das Tanzvergnügen ohne mich stattfinden zu lassen.

In Dr. Murrays Büro war es kühl und still. Es war der letzte Raum am Ende eines langen Flurs im dritten Stock. Die Zweige von Eichen und Eschen eines kleinen Hains streiften gegen die Fenster, ihr Laub filterte die Sonnenstrahlen. Der beige Teppich und der Mahagonischreibtisch waren in grünes Licht getaucht. Ich sortierte einige Papiere und stapelte sie, so daß es so aussah, als wäre ich mit der Ablage beschäftigt. Dann ließ ich mich in den riesigen dunkelgrünen Lederdrehsessel sinken, nahm den Elfenbeinbrieföffner aus der Schale und schlitzte deinen Umschlag auf.

Die Luftpostbogen waren mit deiner schwungvollen Handschrift gefüllt, die merkwürdig gestreckten S wie winzige blaue Schlangen über das Blatt verteilt, die langen offenen Unterlängen stets in freien Zeilenraum fallend.

Ich drückte den Brief gegen mein Gesicht, suchte die Hände zu spüren, die ihn geschrieben und die Blätter gefaltet hatten. Du hattest bereits Geld gespart, mehr als erhofft, und wenn es so weiterging, würde es sehr bald reichen, den Ansprüchen meines Vaters zu genügen. Du vermißtest mich schrecklich, schriebst du, aber das Bewußtsein, für unsere Zukunft zu arbeiten, gab dir Kraft. Du sehntest dich nach dem Tag, an dem wir wieder vereint wären. Ich war dein ganzes Leben, alles, wovon du jemals geträumt hattest, und du warst sicher, dein Zigeunerleben läge nun ein für allemal hinter dir. Das Suchen hatte ein Ende, du warst bereit, dich niederzulassen.

Deine liebevollen Worte trösteten mich und beruhigten meine Angst. Dein Brief gab mir Kraft. Ich würde mich einfach weigern, zu dem Tanz zu gehen, egal, was die anderen dazu sagen, egal, was passieren würde. Ich las ihn mehrere Male, und dann saß ich da und schaute in die Bäume, träumte von unserer Zukunft, unserem gemeinsamen Leben, von dem Tag, an dem ich mit dir nach Kalifornien reisen würde. Ich konnte unser hübsches Häuschen sehen, mit einem Vorgarten, dessen gepflegter Rasen leicht zur baumgesäumten Straße hin abfiel. Ich sah mich selbst – eine brünette Doris Day mit schmaler Taille, karierter Küchenschürze über dem weiten Rock und adretter Bluse mit Puffärmeln und Bubikragen. In einer spiegelblanken, pastellgelben Küche würde ich Torten und Pasteten für dich backen. Jeden Abend würde dich beim Heimkommen der Duft selbstgekochter Mahlzeiten empfangen. Du würdest die Haustür aufsperren und »Sweetheart, ich bin da!« rufen, und ich würde losrennen, um dich zu begrüßen. Wir würden einen apfelgrünen Chevrolet fahren oder einen rosafarbenen Buick mit großen, chromglänzenden Heckflossen, und auf dem Plattenspieler würde Tony Bennett über unsere Stadt singen.

Als ich aufstand, um mich endlich der Ablage zu widmen, stieß ich mir das Schienbein an einer offenen Schublade von Dr. Murrays Schreibtisch, und als ich mich bückte, um sie zu schließen, fiel mein Blick auf einen Packen Farbfotografien. Die oberste zeigte eine Frau im Bett. Ich sank zurück auf den Stuhl, und ohne darüber nachzudenken, was ich da eigentlich tat, nahm ich die Fotos aus der Schublade.

Die Frau war keine Schönheit, merklich übergewichtig, mit graugesträhntem blondem Haar und groben Gesichtszügen. Sie saß, gegen einen Berg Kissen gelehnt, auf einem Bett mit geschnitztem Mahagonikopfteil. Das hellblaue Rüschennachthemd wirkte völlig deplaciert an ihr, und der Stoff war so durchsichtig, daß man ihre Brüste erkennen konnte.

Sie blickte direkt in die Kamera, und die Finger einer Hand lagen auf der vollen Unterlippe ihres leicht geöffneten Mundes. Ich begann den Packen durchzublättern. Ich wußte genau, daß ich das nicht sollte, aber ich konnte einfach nicht anders. Jetzt war das Nachthemd verschwunden, und sie hielt ihre schweren Brüste in den Händen, die dunklen Brustwarzen der Kamera entgegengestreckt. Es verschlug mir den Atem, aber ich schaute weiter. Die Fotos waren wie eine Diaserie, die, rasch hintereinander durch einen Projektor gejagt, wie ein Film ablief und zeigte, wie sich die Frau dem Fotografen langsam enthüllte. Jedes Bild zeigte etwas mehr Fleisch. Die Bettdecke wurde immer weiter hinuntergeschoben, bis ihre Schambehaarung und der Ansatz der Oberschenkel zu sehen waren.

Obwohl ich allein im Zimmer war, errötete ich vor Verlegenheit, und mir wurde ganz heiß. Ich war jung, mein Körper war schlank und fest, und ich erinnerte mich an den Abend, an dem ich vor dem Spiegel gestanden und meine straffen Rundungen gemustert hatte. Ein Teil von mir fühlte sich abgestoßen von den Falten, den Fleischmassen dieser älteren Frau, deren Haut das Strahlen der Jugend längst vermissen ließ. Aber ein anderer Teil war von der schockierenden Intimität der Bilder wie gebannt.

Noch immer gegen die Kissen gelehnt, lag die Frau jetzt vollkommen nackt auf dem Bett, und während der Fotograf weiterknipste, öffnete sie ihre Schenkel und zog die Knie an. Der Fotograf rückte immer näher heran.

Schockiert über den Inhalt der Bilder, aber auch über meinen schamlosen Voyeurismus, schob ich die Fotos mit zitternden Händen zusammen. Als ich sie wie ein Kartenspiel auf der Schreibtischplatte aufsetzte, fiel das oberste mit der Bildseite nach unten auf den Fußboden, und ich sah, daß es beschriftet war.

Ich nahm das Foto in die Hand und lehnte mich im Stuhl zurück. Dann las ich die handgeschriebenen Zeilen:

Meine wunderschöne geliebte Ellen.
Solch unglaubliche Ekstase, solch ein Verlangen.
Stuart, Weihnachten 1961.

Ich weiß nicht, wie lange ich dasaß und auf die Worte starrte, bevor ich die Bilder endlich zurücklegte und die Schublade schloß. Ich war zutiefst erschüttert. Niemals zuvor hatte ich etwas Ähnliches gesehen. Ich hatte angenommen, daß es sich um Fotografien von einer Prostituierten handelte. Der Text bewies, daß es sich vollkommen anders verhielt. Die Worte änderten die Bedeutung der Aufnahmen: aus Perversion wurde Leidenschaft, aus schmutziger Lüsternheit Liebe. Ich war überwältigt von meiner eigenen Naivität, erschrocken über meine Unkenntnis der Intimitäten körperlicher Liebe, und ich fühlte mich vollkommen allein gelassen. Wärst du in England gewesen, hätte ich dir davon erzählt, du hättest es mir erklärt, alles richtiggestellt. Aber du warst am anderen Ende der Welt, und ich verfügte weder über das nötige Selbstvertrauen noch die richtigen Worte, um dir zu schreiben, was ich gesehen und welchen Gefühlswirrwarr es in mir ausgelöst hatte. Aber ich hatte auch Angst vor deiner Reaktion. Meine Unschuld bedeutete dir so viel, und womöglich würdest du denken, ich hätte sie verloren. Was würdest du von mir halten, wenn du wüßtest, daß ich die Bilder immer weiter angeschaut hatte, wie gebannt, eins nach dem anderen. Wäre ich in deinen Augen beschmutzt? Ich ließ den Kopf auf die Schreibtischplatte sinken und und schluchzte bitterlich.

Ich war überwältigt, zuerst von dem Zwang, an dem Tanz teilzunehmen, und dann von den Fotografien. Ich wünschte mir, du könntest mir beistehen, mich beschützen, mir helfen, die Situation in den Griff zu bekommen. Aber du warst nicht da. Ich fühlte mich im Stich gelassen, wie ein unsicherer Schwimmer in einer gefährlich starken Strömung. So naiv war ich, daß ich, als du fort fuhrst, keine Ahnung hatte, daß ich mit Situationen wie dieser konfrontiert werden könnte. Ich liebte dich, ich würde dich heiraten. So einfach war das. Daß etwas geschehen, daß es etwas geben könnte, was ich dir nicht würde sagen können oder was du nicht verstehen würdest, war mir bislang nie in den Sinn gekommen.

»Ich bin wirklich ein recht guter Tänzer.« Michael Westbury klang überzeugend. »Ich habe Tanzkurse besucht – schauen Sie her.« Und er nahm eine imaginäre Partnerin in den Arm und führte sie im Foxtrott den Gang entlang, legte eine schwungvolle Drehung hin und kam im Boogieschritt wieder zurück. Es gelang ihm, mich zum Lachen zu bringen.

»Sehen Sie – jetzt lachen Sie, und gerade eben haben Sie noch ausgesehen, als hätten Sie geweint. Sagen Sie, daß Sie mitkommen.«

Ich schüttelte den Kopf. »Nein danke. Ehrlich, vielen Dank, es war nett, daß Sie mich gefragt haben.« Ich griff nach dem Stoß Bücher, die ich in die Laborbibliothek zurückstellen wollte, aber er sprang hinzu und nahm mir den größten Teil des Stapels ab.

»Warum denn nicht? Ich bin nicht häßlich, manche Mädchen halten mich sogar für attraktiv. Ich habe ein tolles Auto, Sie haben es bestimmt schon auf dem Parkplatz gesehen, es ist der grüne MG. Und ich würde auch das Verdeck hochklappen, damit Ihre Frisur nicht leidet. Ich weiß, daß Mädchen das nicht mögen.«

Ich lächelte und schüttelte abermals den Kopf.

»Habe ich Körper- oder Mundgeruch oder was?«

»Schauen Sie«, sagte ich. »Ich habe einen Freund. Ich gehe nicht mit anderen Männern aus.«

»Ja, aber er ist in Südamerika, hat Jackie gesagt, und er hat Sie nicht mitgenommen, deshalb ... Also was ist schon dabei, vielleicht geht er auch mal mit einer anderen aus. Sie sind ja nicht verlobt oder so.«

Verärgert nahm ich die Bücher wieder an mich.

»Er ist in Kalifornien, und ich bin sehr wohl mit ihm verlobt. Wir werden nächstes Jahr heiraten.«

»Aber Sie tragen keinen Ring oder so ... wenn Sie verlobt sind, warum hat er Ihnen dann keinen Ring gekauft? Woher wollen Sie wissen, daß er nicht eine Amerikanerin hat?«

»Ich weiß es!« sagte ich und schnappte mir das letzte Buch.

»Ich kaufe Ihnen eine Orchidee, wenn Sie mit mir hingehen.«

Ich war am Ende des Flurs angelangt und drehte mich, die Tür zum Labor aufstoßend, zu ihm um.

»Nein, Michael. Nein, nein, nein und nochmals nein.«

Ich trat rückwärts durch die Tür, schloß sie mit einem Schwung und starrte ihn noch einmal zornig durch das Glasfenster an, bevor ich mich umdrehte und weiterging.

~

»Sie sind ein dummes Mädchen«, sagte Mrs. Maxwell. »Ich bin sehr enttäuscht von Ihnen, Liz. Ich hätte Sie für klüger gehalten. Sie haben einen zauberhaften Abend verpaßt.«

»Diese jungen Leute wissen einfach nicht mehr, was Anstand ist«, lamentierte Mrs. Wilmot. »Mehrere Leute haben sich darüber geäußert, daß Sie nicht dabeiwaren.«

»Es war ein so reizender Abend«, sagte Sally. »Sie wissen ja gar nicht, was Sie versäumt haben – Michael Westbury war sehr enttäuscht, daß Sie nicht mit ihm zusammen hingegangen sind; er war gar nicht erfreut, daß er keine Partnerin hatte.«

»Michael hat sich besoffen und dann in einen Blumentopf gereihert«, erzählte Jackie. »Er gibt dir die Schuld daran. Und hättest du geglaubt, daß Derek vom Verkauf verheiratet ist? Er kam mit seiner Frau – und das nach alldem, was er mir versprochen hat, und nachdem er versucht hat, mich im Kopierraum zu küssen.«

»Sie haben mir den ganzen Abend ruiniert«, sagte Michael Westbury. »Es ging mir so schlecht, daß ich vorzeitig nach Hause mußte. Ich nehme nicht an, Sie haben Lust, nach der Arbeit noch mit auf einen Drink zu gehen? Nicht ... habe ich mir schon gedacht – ich habe einfach kein Glück bei den Frauen.«

»Soso, Miss Beard«, meinte Dr. Murray, als er von seiner Reise zurückkam. »Ich höre, Sie haben gegen die Konvention verstoßen und die unverzeihliche Sünde begangen, dem jährlichen Dinnerdance fernzubleiben.«

Ich war noch immer so beschämt über mein Eindringen in seine Privatsphäre, daß ich ihm nicht in die Augen schauen konnte.

Dein Geburtstag stand vor der Tür, und ich wollte dir etwas ganz Besonderes schenken. Das ideale Geschenk. Was konnte ich dir schicken, das dir zeigte, was du mir bedeutetest? Eines Abends, ich lag schon im Bett, fiel mir das Sonett ein. Mitten in der Nacht stand ich auf, drehte das Licht an und zog Elizabeth Barrett Browning aus dem Regal. Bei den *Sonetten aus dem Portugiesischen* fand ich es. Nummer dreiundvierzig.

Wie ich dich liebe?
Laß mich zählen wie.

Der Mann in der Buchhandlung schüttelte den Kopf. »Tut mir leid. Es gibt eine Anthologie mit diesem Gedicht, aber keine Einzelausgabe.« Umständlich ging er die Listen durch, klopfte zwischendurch mit seiner Pfeife auf die Theke und summte vor sich hin. »Wie schnell brauchen Sie es denn?«

»So schnell wie möglich. Es ist für meinen Verlobten zum Geburtstag. Ich möchte es ihm nach Amerika schicken.«

»Schade«, sagte er. »In ein paar Monaten werde ich es dahaben. Eine neue Geschenkedition dieser Sonette – schauen Sie, hier!«

Er drehte den Katalog um und schob ihn mir quer über die Theke zu.

»Auslieferung August«, sagte er. »Elizabeth Barrett Browning, *Sonette aus dem Portugiesischen*, Sonderausgabe der Folio Society, rotes Leinen im Goldschuber. Genau das Richtige für Ihren jungen Mann. Aber ich nehme an, Sie können nicht so lange warten.«

»Wenn Sie die Bücher bekommen«, fragte ich, »könnten Sie dann eines für mich zurücklegen? Ich besorge ihm etwas anderes zum Geburtstag und schicke ihm die Gedichte dann später.«

Er notierte meinen Namen und meine Telefonnummer und versprach, mich anzurufen, sobald das Buch da war.

Das Leben schien seinen Sinn verloren zu haben. Ich zählte die Wochen und Tage. Ich wollte nicht ausgehen, ich wollte nicht daheim sitzen. Ich spielte deine Schallplatten, schrieb dir abends lange Briefe und wartete auf Post von dir. Du schriebst häufig. Deine Briefe waren voller Liebesbeteuerungen und Versprechungen für die Zukunft. Jeden Morgen wartete ich auf den Briefträger. Fiel ein Luftpostumschlag auf die Matte, steckte ich ihn mir unter den Mantel, holte meinen Motorroller und fuhr zur Arbeit. Ein Stück vor dem Büro, in der Nähe der Dorfschule, gab es eine kleine Grünanlage, und dort, auf einer Bank unter einem Baum, riß ich den Brief auf und versank in deinen Worten. Den Straßenlärm des morgendlichen Pendlerverkehrs nahm ich ebensowenig wahr wie Wind oder Kälte.

Ich stellte mir dich in San Francisco vor, eine steile kurvige Straße hinuntergehend, die sich gerade ein *cable car* heraufmühte, und im Hintergrund überspannte die Golden Gate Bridge das im Sonnenlicht glitzernde Wasser der Bucht. Ich war ein paar Meter hinter dir, blieb stehen und rief deinen Namen. Und du drehtest dich um und lächeltest.

»Komm her, Sweetheart«, riefst du, wie du es in Brighton getan hattest, und ich rannte die Straße hinunter, nahm deine Hand, lehnte mich gegen die Wand, und du küßtest mich, wie du mich unter dem Pier geküßt hattest. In meinen Träumen schien in Kalifornien immer die Sonne. In meinen Träumen waren wir immer allein, nur wir beide, und die Wahrzeichen der Stadt verschwommen im Hintergrund. Fast immer holte ich dann das Foto von Brighton Beach heraus und starrte darauf, um dir näher zu sein. Schließlich aber mußte ich Brief und Foto wieder einstecken und meinen Motorroller starten, damit ich nicht zu spät ins Büro kam.

Dein Geburtstag kam, und ich saß allein in meinem Zimmer. Bei uns war es Abend, bei dir fing der Tag gerade erst an. Ich überlegte, wie du wohl feiern würdest. Nächstes Jahr würde ich dir eine Geburtstagstorte backen. Ich würde dich wachküssen und dir Frühstück ans Bett bringen und wieder zu dir unter die Decke kriechen. Gemeinsam würden wir uns an diesen einsamen Tag erinnern, deinen zweiunddreißigsten Geburtstag, den wir so weit voneinander entfernt verbringen mußten.

»Was macht Karl an seinem Geburtstag?« wollte meine Mutter wissen.

Ich saß mit untergeschlagenen Beinen auf dem Sofa und blätterte lustlos in einer Illustrierten. Zu unglücklich, um zu sprechen, zuckte ich nur mit den Achseln.

»Schau«, sagte sie und ließ sich in einen Sessel fallen. »Das Leben geht weiter. Warum gehst du nicht ein bißchen raus? Mit Jenny hast du dich seit einer Ewigkeit nicht mehr getroffen, und mit Trisha bestimmt auch nicht. Du telefonierst ja nicht mal mit ihnen. Karl würde bestimmt nicht wollen, daß du nur daheim herumhängst und Trübsal bläst. Ich bin sicher, er möchte, daß du auch einmal etwas unternimmst. Ruf die zwei doch an, geht zusammen ins Kino, oder trefft euch einfach in der Milchbar.«

»Die gehen nur aus, um Jungen kennenzulernen«, sagte ich.

»Nun, du könntest trotzdem mitgehen, du brauchst ja nicht nach einem Jungen Ausschau zu halten. Aber du könntest doch einfach mit ihnen tanzen gehen.«

Ich schüttelte den Kopf. »Ich bleibe lieber daheim.«

»Schau, Liebes. Dein Vater und ich, wir machen uns allmählich Sorgen um dich. Du gehst nicht mehr aus. Das ist nicht gut so, du solltest dich amüsieren. Das ist doch nicht richtig in deinem Alter, die ganze Zeit daheim zu hocken.«

»Warum laßt ihr mich dann nicht nach Amerika fahren und Karl heiraten? Dann würde ich mich amüsieren.« Ich schleuderte die Illustrierte auf den Boden, rannte aus dem Zimmer und ließ mir ein heißes Bad ein, in dem ich so lange heulte, bis das Wasser kalt wurde und es Zeit war, ins Bett zu gehen.

Am nächsten Morgen entschuldigte ich mich für mein unflätiges Verhalten. Ich entschuldigte mich dieser Tage überhaupt viel. Die Milchbar, beliebter Treffpunkt für Pärchen und Singles auf der Suche nach Anschluß, kam für mich nicht in Frage. Aber June Frasier, eine junge Kollegin, hatte vor kurzem mit Judo angefangen und fragte mich, ob ich nicht Lust hätte mitzumachen. Den Gedanken an einen Selbstverteidigungskurs fand ich nicht schlecht, und so war wenigstens einer der langen einsamen Abende in der Woche ausgefüllt. Ich war überzeugt, du würdest es gutheißen, daß ich einen sinnvollen Zeitvertreib gefunden hatte, und ich berichtete dir in meinen Briefen von den Unterrichtsstunden.

Das Wetter wurde wärmer, Wiesenkerbel und Gänseblümchen erschienen auf den Feldern, und das Gras wuchs lang und weich. Noch immer lagen acht Monate vor mir, es schien wie eine Ewigkeit.

»Komm doch heute abend mit«, sagte Dad. »Wir gehen zu Carmens Geburtstagsparty.« Ich unterdrückte die innere Stimme, die mir sagte, ich solle daheim bleiben und Platten hören, und ging nach oben, mich umziehen.

Das Pub war voll, und auf dem Klavier, auf dem du für mich »Wooden Heart« gespielt hattest, hämmerte eine Frau Lieder aus dem Ersten Weltkrieg. Dad bahnte sich mit den Ellbogen einen Weg zur Bar und holte uns etwas zu trinken. Er war auf dem Rückweg zu uns, drei Gläser in den Händen, da tauchte auf einmal Doreen aus der Menge auf und nahm sein Gesicht in ihre Hände.

»Len, Len«, rief sie, »du bist einfach zum Abknutschen!« Sie zog ihn an sich und drückte ihm einen Kuß auf die Glatze. Die Getränke schwappten über, und Doreen lachte und hob ihre tropfende Hand zum Mund, um das Verschüttete abzulecken.

»Du weißt doch, kahlköpfige Männer sind unheimlich sexy, Darling«, sagte sie und winkte einer Frau zu, die sich umgedreht hatte, um zu sehen, was los war. »Ich war schon immer unheimlich scharf auf Männer mit Glatze.«

»Du bist scharf auf alle Männer, Doreen«, meinte die Frau und wandte sich wieder ab.

»Das stimmt, Darling. Das stimmt. Ich liebe sie alle.« Und sie drängte sich durch die Menge, ihr nächstes Opfer bereits im Visier.

»Sie ist eine richtige Landplage«, murmelte mein Vater und zückte sein Taschentuch.

»Sie meint es nicht böse«, sagte meine Mutter. »Sie bringt Leben in eine Party, und mir ist nicht aufgefallen, daß du dich gegen sie gewehrt hättest.«

Er wischte sich mit dem Taschentuch über den Kopf. »Ist es weg?« fragte er mich.

Ich nahm ihm das Taschentuch aus der Hand, befeuchtete eine Ecke mit Speichel und säuberte ihm den Kopf.

Ich beobachtete Doreen bei ihrer Runde durch das Lokal und erinnerte mich daran, wie abscheulich wir beide ihr Verhalten gefunden hatten, und dann wandte ich mich ab und suchte mir einen Platz in der Nähe des Klaviers.

Gestern abend habe ich Doreen gesehen, schrieb ich dir am folgenden Tag. *Sie war auf einer Party im Red Lion und hat wie üblich wieder sämtliche Männer abgeküßt.*

Der Juli begann mit tagelangem Dauerregen. An einem Dienstag, als ich auf die Post wartete, schien es, als wollte der Himmel seine Schleusen nie wieder schließen. Ich schlüpfte gerade in meine wasserfeste Jacke, als ich um halb acht den Postwagen vor der Tür halten und den Briefträger den Weg zum Haus herankommen sah. Ein Bündel Briefe fiel durch den Türschlitz auf die Matte. Zwischen den weißen und braunen Umschlägen leuchtete das vertraute Hellblau eines Luftpostkuverts, mit den dunkelblauen und roten Streifen am Rand. Ich zog es rasch heraus, steckte es in die Tasche der Regenjacke, rief Mom auf Wiedersehen zu und rannte zu meinem Motorroller. Der Verkehr bewegte sich an diesem Morgen im Schneckentempo, und fast wäre ich durchgefahren zum Büro und hätte deinen Brief dort gelesen, aber als ich in die Nähe der Schule kam, hörte der Regen auf, und so schwenkte ich doch von der Straße ab und schlenderte zu meiner vertrauten Bank.

Du begannst deine Briefe immer mit »Sweetheart« oder »Mein liebster Darling Liz«, und ich weiß heute nicht mehr, wie dieser anfing, aber es war eine andere Anrede. Er enthielt keine Koseworte, keine Versprechen, keine Liebeserklärungen. Du würdest nicht verstehen, schriebst du, warum ich es für nötig erachtete, dir von Doreen zu erzählen. Warum ich ihr Verhalten so interessant und reizvoll fände. Du könntest daraus nur schließen, ich hielte ihr Benehmen für akzeptabel – für nachahmenswert womöglich. Da du ein solches Verhalten meinerseits niemals ertragen könntest, sähest du keine andere Möglichkeit, als unsere Beziehung zu beenden.

Es hatte wieder angefangen zu regnen, und ich las den Brief ein zweites, ein drittes und noch ein viertes Mal. Suchte nach einem Satz, einer Formulierung, aus der ich hätte schließen können, daß es dir nicht Ernst war. Ich suchte nach etwas, das mir erklärte, weshalb du so plötzlich der Meinung warst, ich hätte mich derart verändert. Warum glaubtest du, wenn ich Doreen in einem Brief erwähnte, ich wolle so werden wie sie? Aber da war keine Erklärung. Da war nicht ein freundliches Wort, nur erbarmungslose, zornige Kälte in jeder Zeile. Ich starrte auf die vorbeifahrenden Autos. Tränen und Regentropfen strömten mir über das Gesicht, während ich versuchte, das Unfaßbare zu begreifen. Wie konntest du so etwas tun? Wie konntest du, viele tausend Meilen entfernt, zu einem derart falschen Schluß gelangen und so unversöhnlich reagieren? Bestürzung und Verwirrung mischten sich, dein Brief hatte dich zu einem Fremden gemacht. Und neben dem Schmerz des Verlustes, der mir jegliche Lebenskraft entzog, öffnete sich eine andere Wunde: Ich war eines Verbrechens verdächtigt, angeklagt und schuldig befunden worden, das ich nicht begangen hatte. Ich war zutiefst gekränkt.

~

»Ich habe ja gleich gewußt, daß es so kommen würde«, meinte Mrs. Maxwell. »Er war einfach zu alt für Sie, meine Liebe. Und noch dazu geschieden. Aber Sie wollten ja nicht hören. Du lieber Himmel, sind Sie in diesem Zustand Motorroller gefahren? Sie sind ja bis auf die Haut durchnäßt.

Na, kommen Sie! Andere Mütter haben auch schöne Söhne. Jetzt trocknen Sie sich erst einmal ab und waschen sich das Gesicht, Liebes.«

Ich starrte in den Spiegel und sah ein fremdes, dunkeläugiges Geschöpf, das mir wie ein hilfloses verwundetes kleines Tier entgegenstarrte.

»Ach du lieber Gott!« Jackie streckte den Kopf durch die Tür. »Du siehst ja furchtbar aus. Mrs. Maxwell hat gesagt, ich soll nach dir schauen. Sie sagt deiner Mutter Bescheid, daß wir dich mit einem Taxi heimschicken.«

Sie begleitete mich in Mrs. Maxwells Büro. »So ein Mistkerl«, sagte sie, während sie mich durch die Tür schob. »Er hat dich sitzenlassen? Er hat bestimmt eine Freundin dort, wahrscheinlich schon die ganze Zeit ...«

»Nicht!« fiel ich ihr ins Wort und brach erneut in Tränen aus. »Bitte nicht!«

»Hallo, Mrs. Beard? Jetzt ist passiert, was wir alle haben kommen sehen«, sprach Mrs. Maxwell in den Telefonhörer, als wir das Zimmer betraten. »Liz hat einen Brief von Karl bekommen ...«

So, dachte ich, während sie weiter mit meiner Mutter sprach. Alle hatten also gewußt, daß es so kommen würde – alle außer mir. Warum hatte ich es nicht gewußt? Wie war es mit dir, Karl? Hattest auch du es immer gewußt?

Eine Decke aus dem Erste-Hilfe-Raum um die Schultern gehängt, wurde ich auf den Rücksitz eines Taxis gepackt. Meine Zähne klapperten vor Schock und Kälte. Ich wußte nicht, wie ich dich verloren hatte oder warum, aber ich kannte dich gut genug, um die Endgültigkeit deines Briefes zu erkennen. Es war vorbei.

»Schau«, sagte meine Mutter. »Es ist wirklich am besten so. Versuch es einmal so zu sehen. Wir haben uns von Anfang an Sorgen um dich gemacht. Er war zu alt für dich, und dann diese Scheidung – er war einfach nicht der Richtige.«

Sie saß auf meiner Bettkante und drückte mir eine Tasse heißen, stark gesüßten Tees in die Hand. »Er war ungeheuer charmant, aber ein so viel älterer Mann – und in Amerika ...« Sie verstummte.

»Er hat gesagt, daß er mich liebt«, sagte ich und zupfte mit zittrigen Fingern an der Bettdecke. »Wir haben uns geliebt. Ich liebe ihn immer noch.«

»Schau, du bist doch noch viel zu jung, um zu wissen, was Liebe ist«, sagte sie und blickte hinaus in den verregneten Garten. »Du hast noch so viel Zeit. Du wirst einen anderen kennenlernen. Karl war ein sehr gebildeter Mann. Sehr ehrgeizig. Er hat bestimmt gemerkt, wie wenig ihr zueinander paßt. Die Frau, mit der er vorher zusammengelebt hat, war Architektin, wie er. Vielleicht ist er wieder bei ihr. Er brauchte jemanden wie sie.«

Du brauchtest also eine ältere, eine gebildetere Frau. Warst du zu ihr zurückgekehrt, zu der Architektin mit den langen blonden Haaren, die ich auf deinen Fotos gesehen hatte, zu der Frau, die dich verlassen hatte? Sie hatte gedroht, sich umzubringen, wenn du sie verlassen würdest, und dann, wenige Monate später, hatte sie dich verlassen. Du sagtest, unsere Begegnung hätte dich von ihr befreit – war das eine Lüge gewesen oder nur ein Irrtum?

»Trink deinen Tee, und ruh dich ein bißchen aus. Sieh es einmal so – was für ein Glück, daß du nicht mit ihm nach Amerika gegangen bist. Was wäre gewesen, wenn er sich dort so gegen dich gewendet hätte? Was wäre gewesen, wenn du da drüben ganz auf dich allein gestellt gewesen wärst?«

Sie zog die Tür hinter sich zu und ging wieder in die Küche. Ich sank zurück in die Kissen. Ich zitterte nicht mehr, war vielmehr völlig benommen von dem Schock, aber meine Gedanken fanden keine Ruhe. Ich konnte keine Logik in dem Ganzen sehen. Wenn du zu ihr zurückgegangen warst oder eine andere Frau kennengelernt hattest, warum mußtest du mir die Schuld geben? Du hattest mir deine Liebe entzogen und mich mit leeren Händen zurückgelassen, und ich sollte die Schuld daran tragen.

Ich stellte die Teetasse ab und schlüpfte unter die Decke. Das Gesicht im Kopfkissen vergraben, schluchzte ich vor Trauer und Wut über die unfaire Kränkung, bis ich keine Tränen mehr hatte. Stundenlang lag ich da, leer und wie betäubt vor Schmerz, bis die Dämmerung kam und dem Tag das letzte Licht entzog.

Als Big Ben Mitternacht schlug und der BBC-Sprecher mit dem Verlesen der Nachrichten begann, beendete ich meinen Brief an dich. In qualvollem Unverständnis und voller Gram klebte ich das Kuvert zu und lehnte es gegen das Radio, um es am nächsten Tag einzuwerfen. Ich weiß nicht mehr, was genau ich schrieb, nur daß ich dir sagte, daß ich Doreens Verhalten auf keinen Fall gutheißen könne. Und ich schrieb von meinem Kummer und wie sehr ich dich liebte und daß ich nicht verstehen könne, was dich zu einer solchen Mutmaßung bewogen haben könnte. Dich anzuflehen oder dir zu widersprechen wäre mir nie in den Sinn gekommen. Die Kälte deines Briefs verängstigte mich, und ich war zu jung und unsicher, um deine Entscheidung in Frage zu stellen, zu schwach und unterwürfig, um zu erkennen, daß ich hätte kämpfen können. Mit nur wenigen Zeilen hattest du alle meine Hoffnungen und Träume zunichte gemacht. Ich war in einer eigenartigen kleinen Familie aufgewachsen, meine Eltern hatten sich immer wieder bemüht, ihre sterile Beziehung aufrechtzuerhalten. Du hattest mir gezeigt, daß es auch anders sein konnte. Du hattest die Tür zu einer anderen Welt aufgestoßen und mich einen Blick darauf erhaschen lassen. Jetzt hattest du sie zugeschlagen, mir mitten ins Gesicht, du hattest den Schlüssel umgedreht und mich ausgesperrt. Ich war nicht nur ausgeschlossen, ich wurde für etwas bestraft, was ich nicht getan hatte – was ich mir niemals hätte erträumt zu tun.

»Die Sekretärinnen« blickten mich lange und durchdringend an.

»Schauen Sie«, sagte Sally behutsam. »Es ist wahrscheinlich besser so. Er war so viel älter als Sie, und jetzt sehen Sie ja, daß es bestimmt nicht gutgegangen wäre.«

Ohne aufzusehen, machte ich weiter Dr. Murrays Post auf.

»Schließlich sind Sie noch so jung«, fuhr sie fort. »Sie haben noch gar keine Erfahrung. Er war bereits einmal verheiratet gewesen, war sehr reif, es hätte unmöglich funktionieren können. Wir haben das alle von Anfang an gewußt.« Die anderen nickten und murmelten zustimmend.

»Und er war Ausländer, Deutscher. Den Deutschen darf man einfach nicht trauen«, schaltete sich Mrs. Wilmot ein. »Ich weiß, man soll nicht nachtragend sein, aber der Krieg – nun, Sie sind natürlich zu jung, um sich daran zu erinnern, aber diejenigen, die alt genug sind ... wir kennen sie eben besser.«

Ich warf die leeren Briefumschläge in den Papierkorb und fing an, die Briefe auf einen Stapel zu legen, um sie in Dr. Murrays Büro zu bringen.

»Sie haben uns gar nicht erzählt, was eigentlich passiert ist«, fragte Sylvia vorsichtig, und fünf Augenpaare durchbohrten mich.

»Nichts«, antwortete ich. »Gar nichts ist passiert. Er hat einfach Schluß gemacht. Das ist alles.«

»Aber er muß doch einen Grund genannt haben«, hakte sie nach. »Hat er sich denn gar nicht dazu geäußert?«

Mrs. Wilmot warf ihr einen vernichtenden Blick zu. »Seien Sie nicht so neugierig, Sylvia. Das ist unhöflich.«

Sie kam zu meinem Schreibtisch herüber und baute sich vor mir auf. »Sie haben sich ihm zu sehr an den Hals geworfen, wissen Sie. So übertrieben. Haben sich jedes Wochenende mit ihm getroffen. Anständige Männer mögen keine Frauen, die so etwas tun. Sie heiraten keine Mädchen, die so leicht zu haben sind. Sie sind noch so jung, Sie haben noch so viel zu lernen über das Leben. Natürlich werden Sie andere Männer kennenlernen, und ich hoffe, Sie ziehen ihre Lehre daraus und sind beim nächsten Mal nicht mehr so unbesonnen. Es lohnt sich, sie ein wenig zappeln zu lassen.«

»Hören Sie, Mrs. Wilmot wollte Sie nicht verletzen«, sagte Sally, die mir gefolgt war, als ich schluchzend auf die Damentoilette rannte. »Sie hat Sie wirklich gern, wir alle mögen Sie. Aber wir haben uns nun einmal auch alle von Anfang an Gedanken gemacht.«

»Aber Sie haben mir doch noch geholfen. Sie sind mit mir die Bluse kaufen gegangen, haben mir Ratschläge wegen meiner Frisur gegeben ...«

»Sicher, aber das hat doch einfach Spaß gemacht, oder nicht? Wir hätten doch nie geglaubt, daß Sie sich das so zu Herzen nehmen. Sie sollten sich mit jemandem wie Michael Westbury anfreunden, jemandem in Ihrem Alter, einem Engländer, jemandem, der – na ja – besser zu Ihnen paßt.«

»Du hast dich wirklich ganz schön angebiedert«, sagte Jackie. »Ich habe das schon gedacht, als du ihm damals diesen Brief geschrieben hast. Er hat dich einfach benutzt, du weißt ja, wie ältere Männer sind. Denk bloß an Derek vom Verkauf. Er war die ganze Zeit verheiratet.«

»Nein«, sagte ich. »Ich weiß nicht, wie ältere Männer so sind, aber ich weiß, wie Karl ist, und er hat mich nicht benutzt. Nie. Und er ist überhaupt nicht wie Derek.«

»Also, ich verstehe beim besten Willen nicht, warum du ihn noch in Schutz nimmst, nachdem er dich derart im Stich gelassen hat. Er hätte hierbleiben sollen. Wenn er dich wirklich so geliebt hätte, wie du sagst, dann wäre er in England geblieben, bis ihr hättet heiraten können.«

»Es tut mir so leid, daß es so gekommen ist, Miss Beard«, sagte Dr. Murray. »Wenn Sie noch ein paar Tage für sich haben möchten, bleiben Sie ruhig daheim bei Ihrer Mutter. Aber irgendwann, wissen Sie, werden Sie einen anderen kennenlernen, ganz sicher.«

»Reißen Sie sich zusammen, meine Liebe«, sagte Mrs. Maxwell und setzte sich neben mich. »Konzentrieren Sie sich auf Ihre Arbeit, das lenkt Sie ab. Wissen Sie«, fuhr sie fort, die Stimme zu einem verschwörerischen Flüstern senkend, »ein Mann wie der, ein Mann, der mitten im Berufsleben steht, der schon verheiratet war, nun, so jemand braucht gewisse Dinge, Sie wissen schon.«

»Was meinen Sie?« fragte ich, ehrlich verwirrt, während ich mir mit einem bereits nassen Taschentuch die Augen abtupfte.

Sie schaute sich um, um sicherzugehen, daß niemand mithörte, was sie mir sagte. »Nun, Dinge, Sie wissen schon – Dinge –, intime Dinge. So ein Mann braucht eine reife Frau, die weiß, was ihm gefällt. Sie haben in dieser Hinsicht ja überhaupt keine Erfahrung, Sie hätten ihm nie das geben können, was er sich wünschte.«

»Ich finde, du solltest Karl einen Brief schreiben«, meinte mein Vater. »Du mußt ihm sagen, daß du nicht nach Amerika kommen wirst. Damit es keine Mißverständnisse gibt.«

»Ich habe ihm schon geschrieben.«

»Aber du mußt dich wirklich klar und deutlich ausdrücken – du würdest da drüben nicht glücklich werden. Es ist zu weit weg.«

Alle wußten es also, hatten es immer gewußt. Alle hatten die Signale gesehen, die dem Desaster vorausgingen. Zu alt, zu jung, zu deutsch, zu geschieden, zu erfahren, zu unschuldig, zu leichtfertig, zu weit weg. Vielleicht hatte ich mir unsere Liebe ja tatsächlich nur eingebildet, vielleicht war alles nur ein Hirngespinst, und du hattest mich einfach als netten Zeitvertreib angesehen, wie es ältere Männer mit jungen Mädchen eben so tun. Ich sehnte mich immer noch nach dir, aber der Schmerz ließ mich innerlich erkalten. Ob du eine alte Liebe wiederentdeckt oder eine neue gefunden hattest oder einfach so hattest Schluß machen wollen – allem Kummer zum Trotz war ich auch zutiefst verletzt und gekränkt, daß du die Schuld für unsere Trennung mir angelastet hattest.

Über eine Woche verging, und ich war wie betäubt. Eines Nachmittags klingelte das Telefon, mein Vater meldete sich, und meine Mutter rannte los, mich zu rufen.

»Es ist Karl«, sagte sie. »Er ist am Telefon.«

Ich starrte sie an.

»Du mußt ihm sagen, daß du nicht nach Amerika kommen wirst«, sagte sie. »Dann ruft er nicht noch einmal an.«

Ich ging zum Telefon, und mein Vater legte die Hand über die Sprechmuschel.

»Sag ihm, daß du nicht kommst«, sagte er. »Dann hast du es hinter dir.«

Ich nahm den Hörer und stand zwischen meinen Eltern, die schweigend abwarteten.

»Komm nach Amerika«, batst du, aber du mußt gewußt haben, daß sie mich nicht würden fahren lassen.

»Sag es ihm«, flüsterte meine Mutter.

»Bitte komm wieder nach England«, sagte ich verzweifelt. »Ich werde nicht nach Amerika kommen.«

Das war nicht, was ich fühlte. Es war nicht, was ich sagen wollte. Ich konnte dir nicht sagen, daß ich dich immer noch liebte, daß ich in deine Arme eilen wollte, daß ich dich immer noch heiraten wollte. Ich sagte, was ich sagen mußte, sagte das wenige, das ich konnte, und hoffte, du würdest heraushören, was ich nicht sagte. Ich hoffte, du würdest wieder nach England kommen und alles richtigstellen. Ich fühlte mich von dir unfair behandelt, und ich wünschte mir, daß du mir zurückgabst, was du mir genommen hattest. Aber mir fehlten der Mut und das Selbstvertrauen, dir das zu sagen.

Ich hängte ein und verließ das Haus. Ich war ein Kind, und du warst ein Mann. Ich hatte zu hoch gegriffen. Wie hast du dich gefühlt, als du jenen Brief schriebst, als du ihn in den Postkasten warfst und auf den Weg zu mir schicktest? Wie hast du dich gefühlt, als du vom Telefon weggingst? Hat es dir das Herz gebrochen so wie mir? Hast du es jemals bereut?

Ich ging über die Felder, durch den Wald zu dem See und dem Wasserfall und stand allein dort, wo wir an dem Tag vor deiner Abfahrt zusammen gestanden hatten. Die Leidenschaft jenes Tages erfüllte mich wieder, als ich zusah, wie das Wasser schäumend über die Felsen stürzte. Ich erinnerte mich an die feste Wärme deines Körpers, eng an meinen gepreßt, an den entschlossenen Zug um deinen Mund und an die Härte, mit der du meine Arme umfaßt hieltst.

»Wir werden immer zusammensein«, hörte ich dich wieder sagen. »Ich liebe dich, wie ich noch nie geliebt habe.«

In Ufernähe umkreiste ein Wildentenpärchen einander. Eine Runde nach der anderen schwammen sie, das Weibchen klein und unscheinbar auf dem Wasser schaukelnd, während der Erpel sie umwarb, sich von ihr entfernte, um dann wieder näherzukommen. Sie erreichten das Seeufer, die Ente watschelte an Land ins feuchte Gras und drehte sich um, um den Erpel zu beobachten. Er zog noch einige Kreise, paddelte ebenfalls an Land, machte dann aber abrupt kehrt und erhob sich flügelschlagend in die Luft. Jadegrüne und tiefrote Federn leuchteten juwelengleich im Licht der Nachmittagssonne auf, als er nach oben zog und jenseits des Sees über den Bäumen entschwand.

»Ich habe mir Sorgen gemacht«, sagte mein Vater und schob den Farn beiseite, dessen Wedel über den Weg fielen. »Du warst ja eine Ewigkeit weg.« Schweigend gingen wir nebeneinander zurück zum Haus.

»Ihr hättet mich mitfahren lassen sollen«, sagte ich, als wir beim Gartentor anlangten. »Dann wäre alles gut geworden.«

»Es wäre trotzdem passiert«, sagte er. »Karl ist ein guter Mensch, aber ihr habt von Anfang an nicht zusammengepaßt. Du mußt ihm schreiben und ihm noch einmal sagen, daß du nicht nach Amerika kommen wirst.«

»Ihr wolltet nie, daß ich fahre. Euch ist egal, daß ich ihn liebe.«

»Deine Mutter und ich wollen nur dein Bestes, Bill. Du bist noch zu jung, um das zu verstehen. Laß ein paar Jahre verstreichen, dann wirst du genauso denken wie wir.«

Aber ich habe es nie verstanden. Wenn du wirklich nur ein opportunistischer älterer Mann warst, der einen verliebten Teenager benutzte – warum hast du mich dann nicht wirklich benutzt? Von Anfang an hatte ich geglaubt, ich würde in deiner Gegenwart wachsen, klüger werden, weiser, lustiger, schöner. Ich würde so viel von dir und mit dir lernen. Mit dir zusammen würde ich behütet wachsen, die Grenzen der Liebe, des Lebens, der Kreativität ausloten. Aber ich war nicht gut genug gewesen für dich, deiner nicht wert, und so hatte ich dich verloren. So simpel war das. Ich aß nichts mehr und redete kaum noch. Ich wurde mager und blaß und verließ das Haus nur noch, um zur Arbeit zu gehen.

»Ich habe das Buch mit den Sonetten für Sie«, sagte der Buchhändler. »Ich wollte nur anrufen, um Ihnen mitzuteilen, daß es jetzt da ist. Ein sehr schöner Band, sehr edel.«

»Es tut mir leid«, sagte ich, »aber ich brauche es jetzt nicht mehr.«

»Was du brauchst, ist ein Tapetenwechsel«, sagte meine Mutter. »Wir haben gedacht, du würdest vielleicht gerne wegfahren und etwas anderes sehen.«

»Als ich wegfahren wollte, habt ihr es nicht erlaubt«, sagte ich.

»Nicht ganz so weit weg«, sagte mein Vater. »Nach Paris. Dein Französisch ist recht gut. Ich habe eine Arbeit für dich gefunden und eine Familie, bei der du wohnen kannst. Die Luftveränderung wird dir guttun. Du lernst neue Leute kennen. Und wenn du ein paar Monate bleibst, sprichst du fließend Französisch.«

»Es wird dir gefallen«, sagte meine Mutter. »Es ist so eine wunderbare Stadt und nicht zu weit weg. Die Familie hat eine verheiratete Tochter und einen Sohn, der ein paar Jahre älter ist als du. Eine junge Amerikanerin wohnt auch dort. Ich bin sicher, daß es dir gefällt.«

»Mir ist egal, wo ich hinfahre«, sagte ich. »Mir ist alles egal.«

Die ersten Wochen in Paris waren eine einzige Qual. Ich fühlte mich isoliert und einsam. Ich wohnte bei einer großen verarmten Adelsfamilie, die mit dem gesellschaftlichen Abstieg rang, aber in einer riesigen, einstmals prächtigen, jetzt heruntergekommenen Wohnung am Boulevard Haussmann residierte. Meine Arbeit im Einkauf einer großen Warenhauskette verstand ich nicht. Kein Mensch im Büro sprach Englisch, und mein Französisch war längst nicht so gut, wie meine Eltern angenommen hatten. Ich durchstreifte fremde Straßen oder saß allein in einem Café und kämpfte inmitten der Künstler und Touristen auf der Place du Tertre mit meiner Einsamkeit und Verwirrung.

Es war mir ein Rätsel, warum mir das Alleinsein unter wildfremden Menschen in Paris guttun sollte, während Kalifornien mit dir, den ich liebte, so voller potentieller Gefahren steckte, daß man es mir verbot.

Meine Einsamkeit gab mir viel Zeit zum Nachdenken. Ich begann zu begreifen, daß ich niemals ermuntert worden war, nach innen zu schauen. Ich war dazu erzogen, mein Leben und mich ausschließlich in Relation zu Kirche, Familie und Gesellschaft zu sehen. Du, Karl, hattest es mir ermöglicht, einen anderen Teil von mir zu entdecken, Liebe zu erkennen und mich zu fragen, wie *ich* Glück definierte. Du hattest angefangen, mir die Bedeutung eines inneren, geistigen Lebens zu offenbaren, aber ich hatte es noch nicht selber entwickeln können. Jetzt war ich ohne Rettungsring ins Wasser geworfen worden. Du hattest mir beigebracht, an etwas anderes zu glauben, aber ich wußte nicht, wie ich es ohne dich leben sollte.

Im vorangegangenen Jahr waren meine ersten beruflichen Ambitionen im Keim erstickt worden. In der Schule wie auch zu Hause waren immer mein sprachliches und schauspielerisches Talent gelobt worden, aber als ich mit sechzehn den Wunsch äußerte, eines von beiden zu meinem Beruf zu machen, hatten meine Eltern unmißverständlich klargestellt, daß weder die Schriftstellerei noch die Bühne in Frage kamen. Anständige Mädchen wurden Lehrerin, Krankenschwester oder Sekretärin, bis sie den passenden Mann trafen und heirateten. So hatte ich mich der stumpfsinnigen Realität gefügt und Steno, Schreibmaschine und das Erledigen der Ablage gelernt. Jetzt war auch die Hoffnung dahin, mein Leben in einer leidenschaftlichen Ehe mit dir zu verbringen, einer Ehe, in der ich mich hätte entfalten können.

Angesichts der Leere meines Daseins ärgerte mich, daß du andere Dinge hattest, die dir Kraft gaben: deine Arbeit – Architektur war für dich weit mehr als ein Beruf – und deine Musik. Ich war nach wie vor ein Kind, unfähig, ein eigenes Urteil zu fällen, und ohne ausgeprägte eigene kreative oder geistige Existenz. Ich war den Entscheidungen ausgeliefert, die andere für mich oder auf meine Kosten trafen. Allerdings verstand ich nicht, weshalb alle anderen zu wissen glaubten, was gut für mich war, und weshalb alle anderen über mein Leben bestimmten. Aber ich konnte mich noch nicht dagegen auflehnen. Ich war noch nicht in der Lage, mein Leben selbst in die Hand zu nehmen.

Eines Abends Ende Oktober kam ich von der Arbeit und fand beim Aufsperren der Wohnung am Boulevard Haussmann einen an mich adressierten Brief, den meine Mutter mir von Smugglers Cottage aus nachgeschickt hatte. Die Schrift war mir fremd, aber auf der Rückseite des Kuverts stand als Absender Charles Russell mit einer Adresse in Chicago. Den Umschlag an die Brust gepreßt, rannte ich den Flur zu meinem Zimmer entlang und warf mich, den Brief aufreißend, auf das Bett. Vielleicht hatte er dich gesehen. Vielleicht hatte er Nachrichten von dir.

Liebe Liz,
erinnern Sie sich an mich? Ich bin Karls Freund aus London. Ich schreibe Ihnen in der Hoffnung, daß Sie mir mit Karls Adresse helfen können. Irgendwie haben wir uns kurz nach unserer Abreise aus Europa Anfang des Jahres aus den Augen verloren, und jetzt finde ich seine Adresse in San Francisco nicht mehr, die er mir gegeben hat. Ich würde sehr gerne wieder den Kontakt zu ihm aufnehmen. Könnten Sie mir also bitte seine Anschrift mitteilen?
Ich hoffe, es geht Ihnen gut und die Zeit bis zu Ihrer Abreise nach Kalifornien vergeht rasch.
Ich freue mich darauf, von Ihnen zu hören,
und bin mit besten Grüßen
Charles Russell

Die Enttäuschung hinterließ einen bitteren Nachgeschmack. Du warst also auch aus Charles' Leben verschwunden. Vorsätzlich oder ungewollt? Aber während ich über meine Antwort nachsann, fing ich an, mich zu fragen, ob es womöglich ein Trick sein könne, der Versuch, in deinem Auftrag die Lage zu sondieren. Selbst wenn die Anfrage ehrlich war, bestand immerhin die Möglichkeit, daß meine Antwort über Charles zu dir gelangen könnte.

Am nächsten Tag formulierte ich ein sorgfältig durchdachtes Schreiben, in dem ich ihm erzählte, daß du unsere Beziehung vor etwas über drei Monaten beendet hattest.

Ich habe von Karl seitdem nichts gehört, schrieb ich. *Um eine abgedroschene Phrase zu benutzen: Es hat mir das Herz gebrochen.* Ich fügte die letzte Anschrift bei, die ich von dir hatte, und wünschte ihm Glück bei seinen Bemühungen, dich zu finden. Vielleicht würden ja meine Worte ihren Weg zu dir finden, und in ein paar Wochen würde auf dem Tisch in der Diele ein Brief von dir auf mich warten.

Aber die Wochen und Monate verstrichen ohne Nachricht von dir. Du schriebst nicht, du kamst nicht zurück, und ich fand mich damit ab, daß, falls es überhaupt jemals eine zweite Chance gegeben hatte, diese dein Anruf gewesen war und ich sie verspielt hatte. Und, daß falls du deine Entscheidung bedauertest, falls du mich tatsächlich noch lieben solltest, jener letzte Brief, den meine Eltern mich nach deinem Anruf zu schreiben zwangen, das endgültige Ende herbeigeführt hatte. Und so war ich vom unschuldigen Opfer zum Täter geworden, dem das nicht wiedergutzumachende Verbrechen anzulasten war. Ich hatte auf die Stimmen anderer gehört und ignoriert, was mein Herz mir sagte. Anstatt auf das zu vertrauen, was ich von dir wußte, hatte ich Menschen vertraut, die zu wissen vorgaben, was für mich das Beste war. Ich war weder mir selber noch dir treu geblieben. Ich hatte unsere Liebe verraten und den letzten Nagel in den Sarg geschlagen.

Ich sah dich die Straße in San Francisco hinuntergehen, wie du es in meinen Tagträumen so oft getan hattest. Aber dieses Mal bliebst du nicht stehen und drehtest dich nicht um, als ich dich rief. Jetzt gingst du weiter, um für ein anderes Mädchen innezuhalten, das auf dich zugerannt kam und deine Hand nahm, und ihr beide gingt gemeinsam weiter, lachend, und unterhieltet euch unter der kalifornischen Sonne.

Allmählich erstarrten meine Tränen zu Eis, und mit der Zeit hörte ich auf, darauf zu warten, daß du zu mir zurückkamst, und mir wurde klar, daß es endgültig vorbei war. Erste Liebe, verlorene Liebe, spurlos zerronnen im Wüstensand des Lebens.

~

Dies also ist meine Geschichte. Eine Liebesgeschichte, die an einem Winternachmittag in London begann und an einem regnerischen Julimorgen in Sussex endete, während ungezählte Pendler fluchend im täglichen morgendlichen Stau steckten. Es ist eine Geschichte, die mir keine Ruhe läßt. Denn im Laufe der Jahrzehnte habe ich wieder zu glauben begonnen, daß es so war, wie ich zuerst gedacht hatte. Daß wir mit jenem ersten Blick am Northumberland Crescent etwas unendlich Seltenes und Kostbares gefunden hatten, daß wir uns selbst ineinander gefunden hatten. Älter und weiser geworden, glaube ich heute nicht mehr an das, was man mir damals sagte. Ich glaube an das, was wir waren und was wir hatten. Ich werde niemals begreifen, was damals schiefging, und mir fehlt die Kraft, zu versuchen, es herauszufinden.

Zusammengehalten von blauen Bändchen, verwahrte ich deine Briefe und Fotos in einer Schachtel. Sie begleiteten mich mehr als zwanzig Jahre lang, durch zwei Ehen hindurch, und als sie mitsamt einer Truhe auf dem Weg nach Australien verlorengingen, lebte die Erinnerung an dich in meinem Herzen fort. Du bist immer da, in der Musik, die du liebtest, und in den Liedern, die du für mich spieltest. In Gedichtfragmenten und in den kostbaren Reminiszenzen, in

Bildern aus der Vergangenheit, so klar, als sei es erst gestern gewesen. So oft habe ich dich in jemand anderem gesehen: ein Lächeln, eine vertraute Geste, ein Akzent, ein Lachen, die Drehung eines Kopfes, eine Stimme, die mich aufhorchen läßt. Immer ist es dein Name, den ich flüstere. Auf hunderttausenderlei Arten bist du immer bei mir gewesen. Immer hast du – eine Million ungeweinter Tränen – in der Eiskammer meines Herzens gewohnt.

Das ist meine Geschichte, Karl. Dies sind meine Fragen. Wenn wir uns nebeneinander in jenem Flugzeug wiederfänden, während die Stewardessen ihre Durchsagen machen und Getränke servieren, während der Jumbo-Jet uns hinauf über die Wolken trägt, würdest du deine Hand auf der Armlehne des Sitzes zwischen uns bewegen, würdest du meine Hand nehmen, sie an deine Lippen heben und sie noch einmal küssen?

TEIL II

Entscheidung

4

England, Oktober 1998

In dem Mietwagen, der in die Einfahrt abbiegt, sitzen zwei Männer, beide über sechzig. Einer fährt, der andere hält die Landkarte. Der Fahrer stellt den Motor ab und zieht die Handbremse. Einen Augenblick lang starrt er auf das vor ihnen liegende Tudorhaus, auf die weiße Fachwerkfassade mit den dunkel gebeizten Holzbalken, die rautenförmigen Bleiglasfenster, die bemoosten Ziegel des steilen Daches.

»Ist es das?« fragt der Beifahrer.

»Das ist es«, sagt der Fahrer. »Smugglers Cottage.«

»Muß ein Vermögen wert sein«, sagt der Beifahrer. »Was willst du jetzt tun?«

Der Fahrer sitzt ganz still, dann zieht er ein Taschentuch heraus und drückt es sich gegen die Augen. Er räuspert sich, dann sagt er: »Schauen wir mal, ob jemand zu Hause ist.« Und er geht zur Eingangstür. Er ist ein hochgewachsener Mann und kann unter dem niedrigen Vordach nur leicht gebückt stehen. Er hebt die Hand zu dem runden eisernen Türklopfer und fährt leicht mit den Fingern darüber, als spüre er etwas Vertrautes. Dann klopft er mehrmals kurz hintereinander und geht ein Stückchen zurück, um zu warten.

Schritte sind zu hören, und eine kleine Frau mit grauem Dutt und klaren Augen öffnet die obere Hälfte der geteilten Tür.

»Guten Morgen«, sagt der Fahrer. »Es tut mir leid, Sie zu stören, aber ich hoffe, Sie können mir helfen. Ich suche eine Familie, die früher hier gewohnt hat.«

Der Beifahrer tritt neben ihn, und die Frau unterzieht beide einer genauen Musterung. Sie kommt zu dem Schluß, daß die beiden Männer anständig und rechtschaffen aussehen.

»Sie haben Glück, daß jemand zu Hause ist«, sagt sie. »Normalerweise gehe ich montags nämlich immer arbeiten, aber wir haben die Handwerker, und deshalb bin ich daheim geblieben.«

»Vor vielen Jahren war ich oft in diesem Haus zu Gast«, sagt der Fahrer, geht ein paar Schritte zurück und deutet auf ein Fenster im ersten Stock. »In dem Zimmer dort habe ich immer geschlafen.«

Er ist ein schlanker Mann mit grauem Bart und strahlend blauen Augen. Die Frau findet ihn charmant. Er zieht einen Umschlag aus der Jackentasche und nimmt ein paar Fotos heraus, reicht sie ihr lächelnd.

Auf den Bildern ist das Haus gepflegt, die Büsche sind ordentlich geschnitten, die Wege frei von Unkraut. Der riesige Kirschbaum im Vorgarten, längst nicht mehr da, prangt in weißer Blüte. Auf einem Bild stehen ein Mann und eine Frau vor eben dieser Haustüre. Auf einem anderen lächelt ein schlankes Mädchen den Fotografen an, und auf wieder einem anderen schaut sie aus einem Schlafzimmerfenster zu ihm hinunter.

»Ich sehe ohne Brille nicht gut«, sagt die Frau. »Kommen Sie doch herein.«

Normalerweise lädt sie keine Fremden ein, aber diese beiden scheinen ihr vertrauenswürdig.

Die beiden Männer treten ein, und sie führt sie in die Küche, wo sie ihre Brille aufsetzt und die Fotos noch einmal betrachtet.

»Es tut mir leid«, sagt sie und schüttelt den Kopf. »Ich

kenne die Leute nicht. Wann sind diese Bilder denn aufgenommen worden?«

»Vor sechsunddreißig Jahren, 1962«, sagt der blauäugige Mann. Er spricht mit ausgesprochen amerikanischem Akzent, aber es schwingt auch etwas Europäisches mit.

Sie lacht. »Das ist ja eine Ewigkeit her. Ich nehme an, das Haus hat seitdem mehrmals den Besitzer gewechselt. Möchten Sie eine Tasse Kaffee?«

Die beiden sehen sich kurz an, dann nicken sie.

»Das ist sehr freundlich von Ihnen«, sagt der hochgewachsene Mann und streckt ihr die Hand entgegen. »Ich heiße übrigens Karl, und das ist Roger.«

»Und ich bin Jess«, antwortet sie. »Mein Sohn und seine Frau haben das Haus vor ein paar Jahren gekauft, und ich wohne hier bei ihnen.«

Während sie Kaffeewasser aufstellt und Becher von einem Wandregal nimmt, spürt sie eine schmerzhafte Stille, und ihr fällt auf, wie angespannt Karl dasitzt. Sein Blick wandert durch den Raum, er sucht vergessene Erinnerungen. Roger beginnt ein Gespräch, stellt ihr Fragen über das Haus, das Wetter, den Garten, den großen Hund, der durch das Küchenfenster hereinguckt und sie beobachtet.

»Möchten Sie sich vielleicht etwas umsehen, bis der Kaffee fertig ist? Mein Sohn hat ein paar Änderungen vornehmen lassen, aber es ist ein so wunderbares Haus, so geschichtsträchtig.«

Während sie ihnen das Erdgeschoß zeigt, erklärt sie, welche Verpflichtungen der Denkmalschutz ihrem Sohn auferlegt hat, erzählt von den manchmal qualvollen Beschränkungen, die man bei der geringsten Veränderung beachten muß. Sie ist lebhaft und gesprächig, voller natürlicher Wärme und Humor. Zuletzt führt sie die beiden die Treppe hinauf zu den Schlafzimmern.

»Es ist genauso wie in meiner Erinnerung«, sagt Karl. »In diesem Zimmer habe ich immer geschlafen, und in dem hier ...« Er verstummt und räuspert sich wieder. Sie gehen durch die Räume, ducken die Köpfe unter den niedrigen Türschwellen, halten sich auf der steilen schmalen Treppe am Geländer fest.

Zurück in der Küche, schenkt Jess ihnen Kaffee ein, und sie setzen sich an den Tisch. Roger fragt sie nach ihren Enkelkindern. Er bewundert die Kaffeebecher, und sie erklärt ihm, wo er ganz ähnliche kaufen könne.

»Sie sind so freundlich«, sagt Karl. »Ich kann Ihnen gar nicht sagen, was es für mich bedeutet, wieder in diesem Haus zu sein.«

Jess nimmt die Fotografien in die Hand.

»Diese Leute«, sagt sie und mustert die Bilder noch einmal ganz genau. »Beard, sagten Sie, war der Name? Warum suchen Sie sie? Sind es Verwandte von Ihnen?«

Das Schweigen dauert eine ganze Weile, dann schüttelt er den Kopf.

»Vor vielen Jahren«, setzt er an, und seine Stimme bebt. »Vor vielen Jahren habe ich mich in ihre Tochter verliebt. Wir wollten heiraten, aber ihre Eltern waren der Ansicht, sie sei zu jung. Sie verlangten, daß wir warten. Ich mußte zurück nach Amerika und – nun, ich war ein kompletter Idiot und ...« Er wendet den Blick ab.

»Sie sind immer noch in sie verliebt?«

Er nickt, schluckt, und wieder vergeht eine Weile, bevor er mit stockender Stimme sagt: »Ich konnte sie nie vergessen – habe sie immer geliebt. Ich muß sie wiederfinden.«

Schweigen erfüllt den Raum. Das Heulen einer Elektrosäge im Garten durchschneidet den stillen Morgen, und der Hund reagiert mit Gebell auf das ungewohnte Geräusch.

»Nun«, sagt Jess. »Wollen wir doch mal sehen, ob ich Ihnen dabei helfen kann.«

Tränen stehen in seinen Augen. »Danke. Ich danke Ihnen so sehr.«

5

Westaustralien, Dezember 1998

»Als erstes, Liz«, sagt die Interviewerin, »erzählen Sie uns doch bitte: Was hat Sie bewogen, ein Buch über die Zukunft Australiens zu schreiben?«

Mein Kopf ist leer, ich habe einen totalen Blackout. Es ist, als wäre mein Gehirn gelähmt. Ich starre sie an und spüre, wie mir Schweißtropfen auf die Stirn treten und den Rücken hinunterlaufen. Ich kenne sie gut, wir sind seit Jahren befreundet, wir haben früher zusammengearbeitet, aber mit einemmal ist sie eine Fremde. Ich kenne dieses Radiostudio. In diesem Raum habe ich in den vergangenen Jahren Hunderte von Radiosendungen produziert und moderiert. Aber plötzlich ist auch er mir fremd. Ich hänge in der Luft. Ich schaue auf das Buch hinunter, für das ich fast das ganze letzte Jahr recherchiert habe, starre auf den Schutzumschlag und habe keine Ahnung, was darin steht.

Verity bemerkt meine Verwirrung und eilt mir zur Hilfe.

»War es das Millennium, das Sie auf diesen Gedanken gebracht hat?« fragt sie und gestikuliert ermutigend, fleht mich an, das Stichwort aufzugreifen.

Ich fange an zu sprechen, und offenbar kommt etwas Vernünftiges über meine Lippen. Ich habe dieses Interview schon bei anderen Sendern gemacht, ich weiß, warum ich hier bin. Ich rede über das Buch und darüber, wie es ist, wenn man sich nach so vielen Jahren als Radiomoderator ganz auf das Bücherschreiben verlegt. Was ich sage klingt logisch, schlüssig, ja sogar unterhaltsam. Schließlich bin ich ein Profi. Der Zeiger der Uhr wandert langsam nach oben, auf die volle Stunde zu, und Verity bringt das Interview zu einem runden Ende und sagt die Eurythmics an, deren Song die Hörer bis zu den Zehn-Uhr-Nachrichten unterhalten wird.

»Was war denn?« will sie wissen, nachdem unsere Mikrophone abgeschaltet sind.

»Ich hatte einen Blackout«, sage ich. »Mein Kopf war wie leergefegt ... tut mir leid ... es kam mir vor wie eine halbe Stunde.«

»Es waren ungefähr sieben Sekunden.« Sie grinst. »Ich vergebe dir noch mal, aber ist mit dir alles in Ordnung?«

»Mir geht es gut, aber ich freue mich jetzt wirklich auf meinen Urlaub.«

»Toi, toi, toi für das Buch«, sagt sie, ein Auge schon wieder auf der Uhr und die Aufmerksamkeit auf ihren Computermonitor gerichtet, wo eine Nachricht des Redakteurs erscheint. »Grüß mir Portugal und England.«

Vollkommen desorientiert verlasse ich das Gebäude der Australian Broadcasting Corporation und trete in die sengende Hitze der westaustralischen Sonne hinaus. Ich stelle überrascht fest, wie weit ich den Streß der Live-Sendungen hinter mir gelassen habe, die unablässige Suche nach Stories und geeigneten Interviewpartnern, die ständige Hektik, die unmenschlich frühen Termine und die Prominenz, die zwar dem Selbstbewußtsein guttut, aber auch Nerven kostet. Ich fühle mich körperlich krank, mir ist übel. Ich habe das Gefühl, ich müßte mich in den Baumfarn, dessen Wedel die Hauswand streifen, übergeben.

Jahrelang bin ich zu allen Tag- und Nachtzeiten durch diese Glastüren gegangen. Der Sender war meine zweite Heimat. Zwei Tage frei, und die Decke fiel mir auf den Kopf. Jetzt war mir das Gebäude fremd – und mit ihm das Leben, das sich hier drinnen abspielte. Ich gehörte nicht mehr hierher.

Ich fühle mich jetzt so viel wohler in der kühlen Ruhe meines eigenen Arbeitszimmers, wo ein kleiner Wasserfall vor dem Fenster plätschert und Papageien plappernd die Samen aus den Sonnenblumen picken, die in meinem Garten wachsen. Meine Arbeitstage sind lang, nur ab und zu lege ich eine kurze Pause ein, mit einer Tasse Kaffee oder einem kühlen Drink auf der Veranda. Manchmal arbeite ich die ganze Nacht durch. Fast jedes Wochenende verbringe ich am Schreibtisch. Ich ärgere mich, wenn Telefon oder Türklingel die Stille durchbrechen und meine Konzentration stören. Wie hatte ich jenes andere Leben nur ertragen können? Ein Leben inmitten von Menschen, Lärm und Hektik. Einen Terminkalender, zum Bersten gefüllt mit Meetings und Arbeitsessen in Restaurants, vom Frühstück bis spät in die Nacht hinein. Jedesmal ein Dutzend Nachrichten auf dem Anrufbeantworter, wenn ich heimkam. Bei dem bloßen Gedanken daran bricht mir der kalte Schweiß aus. Ich habe mich nach Ruhe und Abgeschiedenheit gesehnt, und ich habe gelernt, mit der Einsamkeit zu leben. Ich habe mein Leben im Griff. Ich bin keinem Menschen Rechenschaft schuldig. Kein ständiger Konkurrenzkampf mehr. Keine Beziehungen mehr. Nie wieder Druck, nie wieder die Gefahr von Intimität und die komplizierte Suche nach Ausreden.

Als junges Mädchen glaubte ich an die Liebe, an die große, romantische, leidenschaftliche Liebe, aber es kam alles anders. Danach durchstreifte ich die Weiten der Zuneigung, doch auch diese führten unweigerlich zu Enttäuschungen und Verlust. In diese Regionen will ich mich nicht mehr begeben.

Meine Zurückgezogenheit, mein kreativer Freiraum, mein innerer Friede sind hart erarbeitet. Ich bin Schriftstellerin.

Meine Bücher stehen in den Regalen von Buchhandlungen und Bibliotheken im ganzen Land, sie bekommen gute Rezensionen. Ich habe, was ich wollte.

Doch irgend etwas macht mir zu schaffen, setzt mir stichelnd zu, piesackt mich, stört meine Zufriedenheit. Gibt es da nicht noch etwas? Wirst du immer so sein – sicher, kompetent, zurückgezogen, allein? Was ist mit der Traurigkeit? Was willst du gegen diese endlose, uferlose Traurigkeit unternehmen, die wie ein dunkler Strom die kontrollierte Ruhe jedes Tages begleitet?

Die glühende Hitze des Tages macht der sanften Dämmerung Platz, und es folgt die samtige Weichheit der Nacht. Das Haus beginnt abzukühlen, im leisen Knarren der Balken flüstert es mir zu, und die Brise vom Meer rauscht in den aromatischen Blättern des Pfefferminzbaumes vor meinem Fenster. Durch die Atelierfenster im Giebeldach kann ich die Sterne sehen, und die Schatten der Bäume tanzen auf den Wänden. Der Schlaf flieht mich, das Grübeln beginnt. In ein paar Tagen bin ich in Lissabon. Was ich brauche, sind Ferien.

Um fünf Uhr morgens zeigt das Thermometer bereits fünfundzwanzig Grad, und mein Gepäck ist im Taxi. Ich schaue mich noch einmal um. Ich fühle mich wie eine Schildkröte, die für kurze Zeit ihren Panzer verläßt, die aber weiß, daß sie jederzeit dorthin zurückkriechen kann. Ein Sonnenstrahl fängt sich in der blauen Glastaube, die am Küchenfenster hängt, und läßt sein Licht wie einen Leuchtkäfer durch die Stille fliegen. Ich schließe die Tür meines Schneckenhauses und steige ins Taxi.

Aus der trockenen Hitze von Perth fliegen wir nach einem dampfigen Tag in Singapur über eine geschlossene, vom Sonnenuntergang rosarot überhauchte Wolkendecke in die

Dunkelheit und einen unruhigen, unbequemen Schlaf. Es folgen ein paar Stunden am Flughafen Frankfurt, wo Schneepflüge die Start- und Landebahnen räumen und den Schnee zu riesigen Haufen türmen, so daß er keine Gefahr mehr darstellt.

In der Morgendämmerung beginnt es zu tauen, und ich beobachte vom Fenster der Flughafenlounge aus, wie die weißen Berge zu Matsch werden, schrumpfen und sich verfärben. Die Lounge ist voller deutscher Geschäftsleute mit blauen Blazermänteln und silbergrauen Schläfen. Sie sind ruhig, höflich und vollauf damit beschäftigt, sich Kaffee, Mineralwasser, eine Zeitung zu besorgen und einen leeren Tisch zu finden. Ich lehne mich zurück und beobachte eine Gruppe, die sich leise unterhält. Frankfurt. Zwei Stunden Wartezeit bis zum Anschlußflug nach Lissabon.

Vom Balkon von Neils Wohnung etwas außerhalb Lissabons blicke ich auf den Atlantik. Frachter und Fischerboote durchbrechen die harte Gerade des Horizonts. Blutrot geht die Sonne unter, die letzten Strahlen malen den Himmel rosa und gold.

»Es ist so schön, dich hierzuhaben, Mom«, sagt Neil. »Es ist eine Ewigkeit her, daß wir uns gesehen haben.«

Ich bin so glücklich, bei ihm zu sein, daß ich die Tränen nicht zurückhalten kann. Wir setzen uns über die Landkarten und planen die Reise, die wir Ende der Woche antreten wollen, wenn – Neil ist Lehrer – die Schulferien beginnen. Fünf Tage ins Landesinnere von Portugal, dann Weihnachten hier in seiner Wohnung, und danach für ein paar Wochen nach England.

»Geht es dir gut, Mom? Du siehst ein bißchen ... nun ... erschöpft aus.«

»Jetlag. Das ist in ein paar Tagen vorbei.«

Aber die innere Unruhe, die Nadelstiche, die Fragen gehen nicht vorbei. Sie begleiten mich durch die zauberhaften Dörfer mit weiß gekalkten Häusern, wo nur Kirchenglocken mit ihrem Geläute die Stille durchbrechen, und durch die von Korkeichen geprägte sanfte Hügellandschaft. Sie peinigen mich in den Kreuzgängen prächtiger Kathedralen, auf marmorgepflasterten Plätzen und baumbedeckten Anhöhen.

Am Heiligen Abend macht Neil Feuer im Kamin, wir spielen Backgammon auf dem Balkon und genießen unser Weihnachtsessen, während die Sonne hinter den Zypressen versinkt.

»Möchtest du, daß ich dir Schach beibringe?« fragt Neil.

»Ich habe gerade erst die Regeln für Backgammon begriffen«, sage ich. »Vielleicht warten wir mit Schach besser noch ein oder zwei Tage.«

»Was dir fehlt, ist ein Abenteuer, Mom«, sagt er. »Ich mache mir Sorgen um dich. Du solltest etwas Ausgefallenes tun, irgend etwas Verrücktes.«

Ich finde, er hat recht, und ich versuche, begeistert auszusehen, aber im Augenblick habe ich einfach nicht die nötige Kraft zu einem Abenteuer. Traurigkeit raubt einem soviel Energie, und ich habe das Gefühl, die Traurigkeit eines ganzen Lebens habe mich eingeholt.

»Ich denke, ein paar Wochen in England sind genau das Maß an Abenteuer, das ich im Moment verkraften kann«, sage ich, als wir in der milden Sonne des zweiten Weihnachtsfeiertages auf der Promenade von Estoril Kaffee trinken.

Am nächsten Tag besteigen wir eine British-Airways-Maschine nach London, und als wir am Flughafen Gatwick den bestellten Mietwagen abholen, ist es kalt und dunkel draußen.

Die Strecke ist mir vertraut. Ich habe England vor achtzehn Jahren verlassen, um nach Australien zu ziehen, aber obwohl sich einiges verändert hat, erkenne ich so vieles wieder. Hier ist der Golfplatz, hier das Pub mit dem Klavier, da ist die Kirche, da die Arztpraxis. Dieser Weg ist die halbe Meile, die ich jeden Morgen zum Schulbus laufen mußte. Smugglers Cottage liegt ein Stückchen weiter die Straße hinunter – wie gut ich diese Straße kenne. Lichter brennen in Little Smugglers, dem Haus, das mein Vater für meine Großeltern baute und in dem ich später während meiner ersten Ehe wohnte. Hier ist die alte Stechpalmenhecke, die wir jedes Jahr vor Weihnachten plünderten. Hier ist das Feld, wo die Gänse gehalten wurden, dort der Verschlag für die Ziegen, und hinter allem stehen die hohen Fichten am Teichrand. Dieser Ort ist Teil meines Lebens. Hierher habe ich nach den Entbindungen meine Babys gebracht. Unzählige Male bin ich von hier zur Arbeit gefahren, unzählige Male habe ich die schlafenden Kinder aus dem Auto gehoben und ins Haus getragen. Dies ist das Haus, das ich 1972 verließ, um meine Ehe zu beenden. Es hat immer meiner Familie gehört. Jetzt gehört es meinem Exmann, der es einer gemeinsamen Freundin vermietet hat, Irene. Ein merkwürdiges Gefühl, als Gast zurückzukehren.

Neil kämpft damit, das Gepäck aus dem Kofferraum zu hieven.

Irene reißt die Haustür auf. »Kommt rein, kommt nur schnell rein«, ruft sie, da der Regen immer stärker wird.

Und wir eilen über das rutschige, moosbedeckte Steinpflaster zu der Tür und in die helle, einladende Wärme der Küche.

»Du setzt dich besser«, sagt Irene. »Ich könnte mir denken, daß du bald einen Drink brauchst.«

Sie reicht mir einen weißen Umschlag, und ich starre auf die Handschrift. Etwas sehr Merkwürdiges geschieht mit meinem Herzschlag. Ich schlitze das Kuvert auf und ziehe eine Weihnachtskarte heraus. In der Faltkarte sind ein paar Fotos, und ich sehe mich selbst. Auf einem lächle ich schüchtern aus meinem Schlafzimmerfenster, auf einem anderen stehe ich vor der Tür von Smugglers Cottage, in einer weißen Bluse mit Rosenmuster und einem dunkelgrünen Rock.

»Von wem ist er?« fragt Neil, der immer noch mit dem Gepäck beschäftigt ist. Er betrachtet die Handschrift auf dem Umschlag, den ich beiseite gelegt habe. »Hmmm. Eine Architektenschrift«, sagt er. »Kennst du irgendeinen Architekten?«

San Francisco, 19. Dezember 1998

Liebste Liz,
mindestens zehn Leute stehen hier vor mir im Flughafenpostamt Schlange.
Ich habe gerade Deine derzeitige Adresse in der Nähe von Smugglers Cottage bekommen und hoffe, daß Dich diese Zeilen rechtzeitig zum zweiten Weihnachtsfeiertag erreichen – Du weißt doch, dem Tag, an dem man alles Überflüssige zurückgeben kann – darunter vielleicht auch diese Karte. Aber ich gehe das Risiko ein.
Später mehr.
Mit viel Liebe und einer Umarmung,
Dein Karl

Alles verschwimmt vor meinen Augen. Ich sehe nichts als die Worte auf der Karte, höre nur noch, wie sie in meinen Ohren nachklingen. Ich will die Worte sezieren – will sie zwingen, preiszugeben, auf welcher Ebene ich diese Nachricht zu verstehen habe. Was bedeuten sie – diese Worte? Warum hat er mir geschrieben? Was will er? Könnte es sein – könnte es möglich sein, daß er mich immer noch liebt? Lieber Gott, bitte mach, daß er mich liebt.

»Er will um acht anrufen«, sagt Irene. »Er hat vorhin schon mal angerufen. Er hat versucht, dich in Australien zu erreichen, aber du warst bereits unterwegs nach Portugal.«

»Wer ist dieser Mensch?« fragt mich Neil, und da ich nicht zu einer Antwort in der Lage bin, wendet er sich an Irene.

Irene zuckt die Achseln. »Er sucht sie seit Jahren«, sagt sie. »Er hat eine Detektei beauftragt, aber die haben sie nicht gefunden. Jetzt hat er sie über die neuen Besitzer von Smugglers Cottage ausfindig gemacht.«

Das Telefon klingelt, und meine Hände zittern. Mein ganzer Leib zittert.

»Liz«, sagt er durch das Telefon von der anderen Seite der Erde. »Erinnerst du dich an mich?«

Ich erinnere mich.

Er redet sehr schnell, und ich brauche einen Moment, um zu begreifen, daß er aufgeregt ist, genauso nervös, noch nervöser als ich. Diese Stimme hat mir Worte der Liebe ins Ohr geflüstert, hat mich zu sich an den Strand gerufen, hat mir vorgesungen, hat gesagt: »Sweetheart, wir haben noch das ganze Leben vor uns.« Sein Englisch, schon immer fast perfekt, ist stärker amerikanisch gefärbt, aber noch immer mit jenem Anflug eines deutschen Akzents, der mein Herz höher schlagen läßt. Er erzählt von seiner Tochter, die jetzt zehn Jahre älter ist als ihr Vater, als ich ihn kennenlernte.

»Es ist so lange her«, sage ich, als er eine Pause macht, um Luft zu holen.

»Siebenunddreißig Jahre«, sagt er.

Schweigen.

»Fünfundzwanzig Jahre lang habe ich versucht zu vergessen, und dann, vor zwölf Jahren, habe ich es aufgegeben und angefangen, dich zu suchen.«

Ich bin nicht in der Lage zu sprechen, und er setzt noch einmal an.

»Ich mußte mit dir reden«, sagt er, jetzt etwas zögernd. Er hat die Stimme gesenkt, sie klingt jetzt intimer. Ich sehe ihn vor mir, in einem Zimmer irgendwo in San Francisco, einem großen, lichtdurchfluteten Raum mit Blick über Bäume und Dächer, über Wasser und wirbelnde Nebelschwaden. Er trägt den braunen Pullover, den er an dem Tag anhatte, als wir uns das erste Mal begegneten, das Haar ist zurückgekämmt, seine Gesichtszüge sind klar. Ich sehe die Augen, die mich dahinschmelzen lassen, die kleine Vertiefung unten an seinem Hals, die ich an jenem ersten Tag am Northumberland Crescent küssen wollte.

»Ich mußte mit dir reden, dir erklären ... ich muß dir sagen ...« Wieder eine Pause.

»Der Brief«, sage ich. »Du hast mir diesen Brief geschrieben – ich habe nie verstanden, warum ...« Ich verstumme.

»Ich weiß, ich möchte dir sagen ... ich möchte es erklären.«

Panik steigt in mir hoch. Will ich es wirklich wissen? Siebenunddreißig Jahre lang habe ich meine Erinnerungen gehütet. Was wird er tun? Ich muß ihn wissen lassen, daß er sich auf gefährliches Terrain begibt. »Verlorene Liebe ist ganz besonders kostbar«, wage ich zu äußern.

Wieder Schweigen – hat er mich gehört? Hat er verstanden, was ich ihm sagen will?

»Kostbar, ja«, sagt er, und jetzt bebt seine Stimme. »Ich habe mich gefragt, ob du dich erinnerst.«

»Ich erinnere mich.«

Irene und Neil unterhalten sich, sie decken den Tisch für das Willkommensessen, das Irene für uns zubereitet hat.

»Hör zu«, sage ich. »Ich bin erst vor zehn Minuten angekommen. Ich habe Irene seit Jahren nicht gesehen, und ich habe noch keine zehn Worte mit ihr gesprochen, seit ich hier bin. Könnten wir später miteinander reden ... vielleicht später heute abend? Nicht, daß ich nicht möchte ... es, es erscheint mir nur so unhöflich.«

»Natürlich, natürlich«, sagt er. »Um elf vielleicht – soll ich dich um elf wieder anrufen?«

»Das wäre großartig.«

Schweigen.

»Ich möchte dich wiedersehen«, sagt er.

»Ja.«

»Ich habe in Australien angerufen, aber du warst schon unterwegs nach Portugal zu deinem Sohn. Wann fliegst du zurück? Ich könnte nach Perth kommen, das sind zwanzig Flugstunden von San Francisco.«

Er hat sich also danach erkundigt.

»Du würdest nach Australien kommen? Ich bin Ende Januar wieder dort.«

»Du klingst noch genauso wie früher, deine Stimme – sie hat mich immer bezaubert ...«

»Ich bin nicht mehr dieselbe«, sage ich rasch, mit einemmal voller Angst vor dem, was ich einmal war, vor dem schlanken Mädchen, an das er sich erinnert. »Ich bin keine achtzehn mehr. Ich bin vierundfünfzig. Ich habe zwei Söhne. Ich bin Großmutter.«

»Großmutter!«

»Ja, und du?«

»Nein. Nur meine Tochter – und ein Sohn, er ist jetzt vierunddreißig.«

»Du hast wieder geheiratet?«

»Zweimal.«

»Ich auch. Siehst du noch so aus wie früher?«

»Ich habe weniger Haare!«

»Du hattest noch nie besonders viele«, sage ich, und sein Lachen klingt ehrlich, spontan. Er kann also noch über sich selbst lachen.

»Liz – es ist so wunderbar, mit dir zu reden«, sagt er, und seine Stimme bricht. »Ich kann gar nicht glauben, daß ich dich endlich gefunden habe.«

»Es ist ein Wunder«, sage ich, »Magie.«

»Ich rufe um elf wieder an«, sagt er. »Wirst du drangehen?«

»Natürlich.«

Kurz vor elf nehme ich das schnurlose Telefon mit in Irenes Gästezimmer und warte, die Bettdecke um mich gewickelt, auf seinen Anruf. Die Erinnerungen bereiten mir fast körperlichen Schmerz. Seine Stimme klingt in meinen Kopf, seine Worte, sein Lachen. Warum hat er angerufen? Warum hat er nach mir gesucht? Einst hat er mir die Zukunft geraubt, kann ich ihm jetzt vertrauen, daß er mir nicht auch die Vergangenheit nimmt?

Ich sehe sein Gesicht über mir, wie damals, als wir auf seinem Bett lagen, in Bobbys Haus. Ich sehe, wie er sich am Strand zu mir umdreht und mich ruft. Wie er mir die Hand entgegenstreckt, als ich auf ihn zurenne, mich an sich zieht, während wir Richtung Pier laufen. Ich schlucke die Tränen hinunter. Ich will nicht weinen. Ich muß wissen, was er will, warum er angerufen hat. Will er nach all den Jahren sein Leben aufräumen, bin ich Teil eines emotionalen Hausputzes? All die Jahre – nachdem der Schmerz und die Wut abgeklungen waren – hatte ich mich in dem Glauben gewiegt, daß seine Liebe aufrichtig gewesen war. Wird er mir das nun auch fortnehmen? Ich stehe am Rande eines schwarzen Lochs. Er kann mich zurückholen in die Herrlichkeit des Weltalls oder mich über die Kante ins Dunkel stoßen.

Siebenunddreißig Jahre, und er besitzt immer noch die Macht, alles zu verändern – die Vergangenheit, die Zukunft, meine Erinnerungen. Hat er mich geliebt? Besteht auch nur die leiseste Möglichkeit, daß er mich tatsächlich noch immer liebt? Was will er?

»Ich weiß gar nicht, wo ich anfangen soll«, sagt er, und seine Stimme umfängt mich wie ein samtweicher Schal, den er um meine Schultern legt. »Ich war ein solcher Narr. Ich war so sehr verliebt in dich und damit so verletzbar. Du hattest diese unbeschreibliche Macht über mich, du hattest die Macht, mich zu zerstören. Und als dein Brief kam, da dachte ich, du wolltest mir etwas sagen – ich hatte Angst. Ich werde alt, ich mußte dich finden, ich wollte es dir erklären.«

TEIL III

Erklärung

6

San Francisco, Juli 1962

An einem Spätnachmittag im Juli springt er aus dem Bus und biegt in die ruhige Straße ein, in der seine Wohnung liegt. Die Schatten werden länger, die Nachmittagssonne ist nicht mehr so stechend und grell. Er geht vorbei an kleinen Holzbauhäusern mit weißen Putzwänden, an hübschen Gärten voll leuchtendroter Geranien und violetter Bougainvilleen. Vor ihm läuft ein anderer Mann, ebenfalls auf dem Heimweg, die Hemdärmel hochgekrempelt, das Sakko über die Schulter geworfen. Dieser Mann öffnet ein Gartentor, und eine Frau kommt heraus und begrüßt ihn. Sie lächelt, und er beugt sich zu ihr, um sie zu küssen. Arm in Arm gehen sie ins Haus.

Neid quält ihn. Er will, daß auch seine Liebste auf ihn wartet, ihm entgegenläuft, um ihn zu begrüßen. Er will ihre Lippen kosten, wenn er durch die Tür tritt, den Duft ihres Haares, in das er sein Gesicht vergräbt, das Versprechen ihres warmen Körpers, eng an ihn gepreßt. Er verwünscht die Trennung, möchte sie immer bei sich haben, aber das Beste, auf das er heute hoffen darf, ist ein Brief, und bei dem Gedanken daran beschleunigt er seinen Schritt.

Er hat Glück gehabt. Schon wenige Tage nach seiner Rückkehr nach San Francisco hat er eine Stelle gefunden, eine gute Stelle und ein angenehmes Zimmer in einem dieser hübschen Häuser. Ein Südzimmer mit Blick über grünes, mit kleinen Häuschen übersätes Hügelland. Er kann die Küche mitbenutzen, muß nicht für teures Geld essen gehen, kann jeden Abend am Tisch sitzen und seine Briefe nach England schreiben. Er geht nicht oft aus, andere Leute interessieren ihn nicht. Seine ganze Aufmerksamkeit ist auf die Zukunft gerichtet. Er will Geld sparen, bis er sie heiraten und als seine Frau nach Kalifornien holen kann. Die Liebe hat ihm all die einsamen Wochen hindurch Kraft gegeben, die Erinnerung an gemeinsam verbrachte Tage und Stunden, die quälende Zärtlichkeit ihrer Küsse und ihre noch nicht gänzlich ausgelebte Leidenschaft.

Er war schon immer romantisch veranlagt gewesen. Nach dem Scheitern seiner Ehe hatte er geglaubt, eine neue Liebe gefunden zu haben, dieses Mal in New York. Zu Beginn war er auf der Hut gewesen, doch sie schwor ihm ihre Liebe. Aber als er anfing, Vertrauen zu entwickeln und mehr Nähe zu suchen, zog sie sich zurück, schrittweise zunächst, bis sie fort war. Von seiner fordernden Liebe erstickt, floh sie zurück in ihr Zuhause nach England, und er folgte ihr, in der Hoffnung, sie zurückzugewinnen oder sich wenigstens aus der emotionalen Lähmung zu befreien, die er ohne sie empfand.

Er bleibt am Randstein stehen, wartet ein vorbeifahrendes Auto ab, um die Straße überqueren zu können, und denkt an Melanie, die, noch vor kurzem Herrin seiner Gefühle, jetzt nur mehr eine rasch verblassende Erinnerung ist. Die Straße ist frei, aber er vergißt, sie zu überqueren. Er steht da, an einen Laternenpfahl gelehnt, und denkt an den Augenblick, in dem er wußte, daß der Gedanke an Melanie ihn nicht länger verfolgen würde. Er denkt an den trüben Winternachmittag, an dem er das Wohnzimmer seiner Londoner Vermieter betrat und Liz sah. Liz, die alles ändern sollte.

Sie sahen sich an, und er konnte ihre Haut fühlen, sie förmlich schmecken. Das Verlangen, das ihn heiß überkam, war mehr geistiger als sexueller Natur. Doch in demselben Augenblick, in dem er sie sah und besitzen wollte, kam sie ihm unerreichbar vor, und er verwarf die Vorstellung als undenkbar. Sie war ein junges und schönes Mädchen, doch er sah eine Göttin. Ihr Lächeln, ihre Haltung, der Klang ihrer Stimme gingen ihm unter die Haut, und obwohl er wußte, daß er sie nie würde haben können, war ihm augenblicklich klar, daß sie ihn von Melanie befreit hatte. Er meinte zu ihr gesprochen zu haben, aber vielleicht hatte er sie nur angeschaut, und sie hatte sich umgedreht und etwas zu Joan gesagt. Er hielt sie für Anfang Zwanzig, und alles an ihr schien einem anderen Reich anzugehören. Sie stand in jeglicher Hinsicht so weit über ihm, daß er nicht einmal auf den Gedanken kam, sie könne sich für ihn interessieren. Doch als sie sich erhob und an ihm vorbeiging, um ihren Mantel zu holen, zog er seine eigene Jacke über und ließ sich neben sie auf die Rückbank von Jocks Auto gleiten.

Jeder saß artig auf seiner Seite des Wagens, und während der Fahrt erfuhr er, daß sie erst siebzehn war. Unerreichbare Frau, unantastbares Mädchen – er bemühte sich, auch emotional möglichst weit von ihr abzurücken, in sichere Entfernung. Als sie vor dem Bahnhof hielten, stieg er aus und holte ihre Einkäufe aus dem Kofferraum. Sie umarmte Joan, und als sie sich ihm zuwandte, traf ihn die Erkenntnis, daß er sie möglicherweise nie wiedersehen würde, wie ein Schock. In wenigen Sekunden würde sie in der Menschenmenge verschwinden. Er mußte ihr irgendwie seine Gefühle offenbaren, aber Takt und Höflichkeit verlangten ein äußerst sensibles Vorgehen. Instinktiv nahm er ihre Hand und hob sie, sich selbst leicht verneigend, an seine Lippen. Diese Geste verkörperte Respekt und Bewunderung. Sie zeigte seine Besorgnis um ihre Gefühle genauso wie seine Sehnsucht, ihr nahe zu sein. Er hob seinen Blick zu ihr, und einen Moment lang erwiderte sie ihn, dann drehte sie sich lächelnd um und ging davon. Er war sich sicher, daß sie ihn vergessen würde, aber die Begegnung hatte ihn befreit, hatte ihn geheilt.

Ein paar Wochen später las er am Küchentisch Zeitung, während seine Vermieterin ihre Weihnachtspost erledigte.

»Sie erinnern sich an Liz«, sagte Joan und schob ihm die Karte zu. »Schreiben Sie ihr doch einen kurzen Gruß mit drauf.«

Er legte die Zeitung weg und überlegte einen Moment – rief sich ihr Bild vor Augen. Dann nahm er den Stift, schrieb rasch »Fröhliche Weihnachten – Karl« und schob die Karte zurück über den Tisch. Selbst als sie ihm als Antwort einen Brief schickte, hielt er sie nur für charmant und wohlerzogen.

»Ein ganzseitiger Brief als Antwort auf drei Worte auf einer Weihnachtskarte.« Joan lachte. »Sie haben eine Eroberung gemacht, Karl.«

Er schüttelte den Kopf. Seine Vermieterin hatte offensichtlich wenig Sinn für gute Manieren und Feingefühl. Dieses Mädchen war tabu für ihn. Ihr Brief war nichts anderes als die höfliche Antwort einer jungen Frau an einen älteren Mann.

An einem Samstagnachmittag im Januar besuchte er ein Konzert und schlenderte, Mozart noch im Ohr, den Northumberland Crescent entlang nach Hause, als die Dämmerung erste Schatten warf. Er überlegte, ob er einen Freund anrufen oder Frank, einen anderen Untermieter, fragen sollte, ob er Lust hätte, mit ihm ein Bier zu trinken. Als er die Haustür aufsperrte, hörte er Jenny und Angus im Bad kreischen. Joan – ihre Stimme klang noch schriller, wenn sie verärgert war – befahl ihnen, mit dem Planschen aufzuhören. Aus dem Wohnzimmer drang Gemurmel männlicher Stimmen, und die Klänge eines Jazzpianos ertönten aus Franks Zimmer. Frank war also daheim, ein Ausflug ins Pub wäre wirklich keine schlechte Idee.

Mit großen Schritten eilte er die Treppe hinauf, und als er die Küche betrat, fand er sich ihr plötzlich wieder gegenüber. War es Einbildung, oder änderte sich ihr Ausdruck, als sie ihn sah? Wandelte er sich von Langeweile zu Freude, von Sorge zu Erleichterung, oder war es gar ein Anflug von Glückseligkeit, der ihre Züge erhellte? Sie öffnete den Mund, um etwas zu sagen, schwieg dann aber. Bis unter die Haarwurzeln errötend, legte sie ein Geschirrtuch zusammen und hängte es über die Stange.

»Ich habe mich gefragt, wo Sie sind«, sagte sie, so, als habe sie auf ihn gewartet. »Ich dachte schon, ich hätte Sie verpaßt.«

Sie stand ganz ruhig, ein bißchen nervös, und schaute ihn aus Augen an, in denen er hätte ertrinken mögen.

»Ich hatte nicht erwartet, Sie wiederzusehen. Ich wußte nicht, daß Sie kommen«, sagte er und fühlte sich entsetzlich hilflos. »Vielen Dank für den Brief.«

Sie starrten sich an, bis Jenny pudelnackt und triefend naß aus dem Bad gerannt kam, ein Handtuch hinter sich herziehend.

»Mummy sagt abtrocknen, Wiz.«

Stumm beobachtete er, wie sie sich bückte und das Handtuch um den feuchten Kinderkörper wickelte.

»Karl!« Jock hatte unbemerkt die Küche betreten. »Sie sind zurück? Kommen Sie mit auf ein Bier ins Pub. Wir haben einen Babysitter.«

Das Prospect of Whitby war gestopft voll an jenem Samstagabend. Sie saß auf einer Bank, und er stand neben ihr, seine Hand auf der Lehne hinter ihrem Rücken. Im Gedränge waren viele Pärchen, die lachten, sich unterhielten, sich berührten, sich küßten. So viele Leute schienen sich zu küssen. Von der anderen Tischseite aus sagte Joan etwas zu ihm, aber der Lärm der Menge und die Musik aus der Jukebox erstickten ihre Worte. Ein Mann mit einem Tablett voller Gläser stieß ihn an, ein anderer drängelte sich auf dem

Weg zur Bar an ihm vorbei. Er trat näher an ihren Sitz, und seine Hand streifte ihre Schulter. So viele Leute schienen sich zu küssen. Sie schaute zu ihm auf, und als sich ihre Blicke trafen, da waren sie mit einemmal eins inmitten der lärmenden Menschenmenge.

Sie hatte ihr Gesicht zu ihm gehoben, und er glaubte, vielleicht einen Kuß wagen zu können.

Jetzt denkt er daran, hier auf dieser Straße in San Francisco, wo Essensgerüche aus einem nahegelegenen Küchenfenster ziehen und Kinderstimmen von einer Garage herauftönen, vor der ein Basketballkorb hängt.

Niemals wird er diesen Kuß vergessen, den Geschmack ihrer Lippen, die Art, wie sie aufstand und auf ihn zukam, und wie er sie fortzog von dem Tisch, weg von Joans entsetztem Blick. Sie lehnte sich zurück, und er stützte seine Hände gegen die Wand, an der sie lehnte, und während er sie so umfing, küßte er sie wieder und wieder. Ihre Lippen schmiegten sich an seine, er spürte ihren Körper, ihre Brüste warm gegen seine Brust gepreßt. Dieser Augenblick ist für immer in seinem Gedächtnis eingebrannt, dieser Abend, als er mit einemmal wußte, daß er endlich gefunden, was er sein Leben lang gesucht hatte und was er nie wieder loslassen wollte.

Am folgenden Tag, als er mit ihr im Park spazierenging, stieg Angst in ihm auf. Der Gedanke, wieder zu lieben, verwirrte ihn, seine Erinnerungen holten ihn ein. Er erzählte ihr von der Vergangenheit, warnte sie vor dem Schutzwall, den er um sich herum hochgezogen hatte, sagte ihr, daß er nicht sicher sei, ob er es noch einmal wagen solle. Aber noch während er sprach, fühlte er, daß sie füreinander bestimmt waren. Es schien unausweichlich. Er spürte Tränen in seine Augen treten, als er sie festhielt, und Verlangen durchflutete ihn, als er sie erneut küßte. Er wußte, daß er sich auf dünnes Eis vorwagte, aber gegen die Kraft der Liebe war er machtlos.

An demselben Abend, nachdem sie abgefahren war, las Joan ihm die Leviten.

»Wie konnten Sie nur, Karl? Haben Sie sich denn überhaupt nicht im Griff? Sie müssen doch wissen, wie anziehend Sie auf Frauen wirken. Liz ist so jung, und Sie haben sie einfach nur benutzt.«

Seine schlimmste Sünde war jedoch offenbar, daß er zugelassen hatte, daß dieses unschuldige Mädchen seine Tränen sah. So hätte er sich in ihr weiches Herz eingeschlichen.

»Das ist Manipulation«, fuhr Joan fort. »Wie konnten Sie sie nur mit all Ihren Problemen belasten? Sie ist zu jung für Sie, sie braucht jemanden in ihrem eigenen Alter.«

Die anderen Untermieter lauschten fasziniert Joans weiteren Anschuldigungen, die in der Aufforderung gipfelten, sich am nächsten Tag eine neue Bleibe zu suchen. Beim Zusammenpacken seiner Sachen überkam ihn das Gefühl, verraten worden zu sein. Warum hatte sie dieser Frau erzählt, was zwischen ihnen gewesen war? Er begann zu glauben, einen großen Fehler gemacht zu haben. Er war ein sehr zurückhaltender Mensch, und seine Gefühle öffentlich ausgebreitet zu sehen verletzte ihn. Vielleicht hatte sie kein Verständnis für Diskretion – für Privatsphäre. Seine Ängste wurden stärker, und im Lauf der Woche kam er zu dem Entschluß, die Geschichte zu beenden. Er würde sein Versprechen halten und sie am Wochenende besuchen, aber er würde einen Weg finden, ihr zu sagen, daß es keinen Sinn hätte weiterzumachen. Er würde einen Schlußstrich ziehen, sich befreien, bevor es zu spät war.

Samstag vormittag bestieg er in der Victoria Station den Zug, und während dieser vorbei an den rußigen Häusern und tristen Hinterhöfen Südlondons in die liebliche Landschaft von Sussex rollte, grübelte er darüber nach, wie er es ihr beibringen würde. Sie hatte versprochen, ihn an der Three Bridges Station abzuholen, und als der Zug mit quietschenden Bremsen einfuhr, holte er seine Tasche aus dem

Gepäcknetz und trat mit der festen Absicht auf den Bahnsteig hinaus, sich höflich, aber deutlich und auf immer zu verabschieden. Doch als sie auf ihn zukam, da erkannte er in ihren Augen eine solche Liebe und Hingabe, daß es kein Zurück gab und seine Fluchtgedanken sich in Luft auflösten. Sie kam auf ihn zu, und er fühlte ihr Verlangen, nicht minder stark als sein eigenes. Er nahm ihren Arm, und gemeinsam verließen sie den Bahnhof und schritten in den Sonnenschein hinaus.

Schließlich überquert er die Straße und legt die letzten Meter zurück. Sein Herz macht einen kleinen Sprung, als er den Brief aus dem Postkasten nimmt, und mit großen Schritten eilt er die Stufen zu seinem Zimmer hinauf. Er wirft das Sakko aufs Bett, läßt sich auf einen Stuhl fallen und reißt den Umschlag auf. Er lebt nur für diese Briefe, sie zeichnen eine Landschaft der Liebe, in der er sich verlieren kann, aber heute ist es besonders wichtig, von ihr zu hören. Heute braucht er diesen Brief zu seiner Beruhigung. Seit Tagen ringt er mit den Sorgen, die ihm ihr letztes Schreiben verursachte. Sie hat angefangen, Judo zu lernen, und seither verfolgt ihn ihre Beschreibung, wie sie vom Judolehrer zu Boden geworfen wird. Er ist nicht in der Lage, sich von dem Bild freizumachen, wie sie unter diesem gesichtslosen Mann flach auf dem Rücken liegt. Der Gedanke quält ihn, daß sie dabei dasselbe körperliche Verlangen empfinden könnte, das sie ihren eigenen Worten nach fühlt, wenn er sie an die Wand drückt und mit seinen Armen umschließt, um sie zu küssen, wie er es an jenem ersten Abend getan hat. Sein Besitzanspruch kennt keine Grenzen, er ist verwirrt, hin und her gerissen zwischen Schmerz und Verärgerung. Vor allem aber hat er Angst. Angst, wieder verletzt zu werden, Angst vor seiner eigenen Verwundbarkeit und Angst, seine Ängste einzugestehen.

Ihre ersten Worte beruhigen ihn, sie schreibt über ihr Zuhause und Orte, die er kennt, über den Wechsel der Jahreszeiten, was sie gemacht hat und wie sehr sie ihn liebt. Die Anspannung läßt nach, die verkrampften Muskeln lockern sich. Er seufzt vor Erleichterung und Freude, und tiefer in seinen Stuhl sinkend, beginnt er die nächste Seite. Doch plötzlich erstarrt er, alles in ihm schlägt Alarm. Warum erzählt sie ihm, ohne die geringste Mißbilligung, von dieser Frau, deren Verhalten er abgrundtief verabscheut, dieser Frau, die er selbst dabei beobachtet hat, wie sie sich jedem anwesenden Mann anbot, während ihr Ehemann schweigend aus der Zimmerecke zusah? Er läßt den Brief fallen, springt auf und läuft, die Hände in den Hosentaschen, im Zimmer auf und ab wie ein Raubtier im Käfig. Angst steigt in ihm auf, erfüllt sein ganzes Sein und Denken.

Er ist wieder mit Melanie in einem Nachtclub, bei gedämpftem Licht, gedämpfter Musik. Er beugt sich zu ihr und berührt sie am Arm, bittet sie, mit ihm zu tanzen. Aber sie zieht ihren Arm weg, schüttelt den Kopf und beobachtet die anderen Gäste, die sich auf der Tanzfläche in den wandernden Lichtkegeln wiegen. Minuten später bleibt ein anderer Mann neben ihrem Stuhl stehen und fordert sie auf. Er hält ihr seine Hand hin, sie nimmt sie, geht mit ihm auf die Tanzfläche, tritt in die Umarmung des Fremden. Verletzung und Eifersucht überwältigen ihn. Er weiß, er sollte gehen, hier und jetzt, aber er bleibt. Monate später, als sie ihn für immer verläßt, verwünscht er sich dafür, sich nicht an jenem Abend von ihr getrennt zu haben. Nicht Schluß gemacht zu haben, bevor der emotionale Preis so hoch wurde.

Nun, er wird nicht zulassen, daß ihm dasselbe noch einmal widerfährt. Wird nicht erlauben, daß Liz ihm das gleiche antut wie Melanie. Er fühlt ihre Macht über seinen Körper und seine Seele, fühlt, wie sie ihn in die Finsternis hinabzieht. Sie hätte die Macht, ihn zu vernichten. Er liest den Brief noch einmal. Sie hat eine Botschaft geschickt, um das Terrain zu sondieren. Es ist ein Versuchsballon. Sie läßt ihn wissen, daß sie andere Männer braucht, daß er sich darauf einstellen muß, sie mit anderen zu teilen. Sie wünscht sich ein kokettes, flatterhaftes Leben und wechselnde Partner, aber er braucht Ausschließlichkeit. Er ist zutiefst erschüttert von der Erkenntnis, daß er sie eher umbringen würde, als mit ansehen zu müssen, wie sie ihn ständig betrügt. Er muß entkommen, solange er noch kann. Er liest den Brief noch einmal, und dann setzt er sich an den Tisch, nimmt einen Block und einen Stift und beginnt zu schreiben.

Am nächsten Tag schickt er den Brief auf die Reise und verspürt einen absurden Stolz, weil er die Stärke besessen hat, sich von ihr zu lösen. Er stürzt sich in seine Arbeit, versenkt sich völlig in die Pläne auf seinem Zeichenbrett. Er sitzt an dem Neubau der Kapelle und der Unterkünfte für die Klosterschwestern eines Krankenhauses, und seine Entwürfe für das Dach spiegeln die geschwungene Form der Flügelhauben der Nonnen wider. Alle Ängste, allen Zorn in Arbeitswut umleitend, verdrängt er jeglichen Gedanken an das, was er getan hat. Block um Block füllt sich mit Berechnungen und Zeichnungen, und er erstickt jede Erinnerung an die vernichtenden Zeilen, die er geschrieben hat, im Keim. Musik durchflutet sein Denken, während er arbeitet, und er läßt sich von ihr mitreißen. Immer und immer wieder, wie die stets wiederkehrende Flut, steigt und fällt Beethovens »Die Ruinen von Athen« in seinem Kopf, erfüllt seinen Atem, und er arbeitet, lebt nach ihrem Takt. Es ist ein Marsch von ausgesprochen männlichem Charakter, er unterdrückt, erdrückt die Trauer und Sehnsucht, die ihn beschleichen. Die Musik bestätigt ihn, bestärkt ihn in der Meinung, das einzig Richtige getan zu haben, als er der Liebe den Rücken kehrte.

Doch nach einigen Tagen beginnt Trauer den Stolz zu verdrängen. Sein Zorn verlagert sich, weg von ihr und hin zu der Kultur, in der sie zu Hause ist. In der Tradition, der er entstammt, werden Zurückhaltung und Enthaltsamkeit großgeschrieben, aber in England hat er eine Kultur vorgefunden, die ihm fremd ist. Hier herrscht ein lockererer Umgang zwischen den Geschlechtern, ein Kuß ist nichts weiter als ein Kuß. Er sieht seine Werte in Frage gestellt. Er hatte an die Treue geglaubt, aber Melanie war vor den damit verbundenen Verpflichtungen geflohen, und jetzt schickt ihm Liz eine Warnung. Er weiß, daß er so nicht leben kann, glaubt, es wäre besser gewesen, erst gar keine Beziehung einzugehen. Ihre Eltern hatten ihn freundlich aufgenommen, aber sie wollten ihn nicht als Schwiegersohn. Sie wollten einen jüngeren Mann für ihre Tochter, einen Engländer, einen Mann ohne die Verpflichtungen einer früheren Ehe und ohne Kind, einen, der ihre Tochter nicht auf einen anderen Kontinent entführen würde. Sie wollten einen aus ihren eigenen Kreisen. Aber noch während er dies denkt, beginnt der Zorn zu verrauchen, und auch der Stolz auf seine Stärke löst sich allmählich in Luft auf. Die ersten Zweifel beginnen an ihm zu nagen.

Aus Tagen werden fast zwei Wochen, und mit klopfendem Herzen öffnet er einen weiteren Umschlag. Er ersehnt ihren Protest, ihr Flehen, es nicht einfach so enden zu lassen, ihre Bitte, es sich noch einmal zu überlegen. Aber ihr Brief enthält keinen Protest, kein Flehen, nur stilles Akzeptieren und Trauer, eine tiefe, qualvolle Trauer, die ihm unter die Haut geht. Sie ist verwirrt und verletzt, sagt sie. Sie könne Doreens Verhalten nicht verurteilen, strebe es selber aber nicht an. Sie versteht es nicht, aber sie scheint es zu billigen. Warum verurteilt sie nicht, was er so abscheulich findet? Er möchte so gern etwas anderes lesen, aber er sieht sie in ihrem Zimmer am Schreibtisch sitzen und ihre letzten Worte an ihn schreiben, während Big Ben im Radio den neuen Tag einläutet. Er liest den Brief noch einmal. Er sieht ihr Gesicht, wie sie ihn am Bahnhof erwartet, schmeckt ihren Mund, sein Körper erinnert sich, wie es war, den ihren zu spüren. Er muß mit ihr reden, muß herausfinden, was sie wirklich empfindet, muß sie fragen, wie sie ihre geschriebenen Worte gemeint hat. Er faltet den Brief zusammen, steckt ihn in die Tasche, verläßt das Haus und fährt in die Innenstadt zu einer Telefonzelle.

Seine Hände zittern, als er den Hörer abhebt und die internationale Vermittlung wählt. Noch ist es nicht zu spät, alles in Ordnung zu bringen; sie schreibt, daß sie ihn immer noch liebt. Wenn er nur mit ihr sprechen könnte, nur ihre Stimme hören – gewiß wird sie ihm sagen, was sie denkt, gewiß kann er ihr die Bestätigung entlocken, die er braucht, um seiner Ängste ledig zu werden. Er hört, wie ihr Vater sie ans Telefon ruft, schweigend wird der Hörer übergeben. Spannung knistert durch das Telefonkabel; über die vielen tausend Meilen, die sie trennen, sagt ihm das Schweigen, daß sich seit ihrem letzten Schreiben etwas verändert hat.

»Bitte komm wieder nach England«, fleht sie. Ist sie sich denn nicht bewußt, daß er dafür nicht genug Geld hat? Erinnert sie sich denn nicht, daß sein Besuchervisum abgelaufen ist? »Ich werde nicht nach Amerika kommen«, sagt sie. Das eisige Schweigen wird durch das Klicken des aufgelegten Hörers unterbrochen. Ihre Sehnsucht und ihre Trauer sind zu Eis erstarrt. Es ist vorbei, das weiß er jetzt. Die internationale Vermittlung fragt, wie er für das Gespräch bezahlen will. Und während er in die Sonne des Spätvormittags hinaustritt, beginnt auch sein Herz langsam zu erkalten. Er leidet, aber er ist sicher, das Richtige getan zu haben. Kurz vor dem Ertrinken ist es ihm noch gelungen, das rettende Ufer zu erreichen. Energisch legt er den ersten Gang ein, läßt den Motor aufheulen und donnert die Straße hinunter.

Ihr zweiter Brief erreicht ihn wenige Tage später. Er klingt kühl, entschieden und endgültig. Er legt ihn zu all den anderen Briefen, glaubt diese Geschichte damit abgeschlossen. Er hat keine Ahnung, daß es noch weitere Kapitel geben wird, die erst noch geschrieben werden müssen. Er hat keine Ahnung, daß das, was er jetzt als seine Freiheit ansieht, eine Gefangenschaft ist, die ihn jahrzehntelang zum Sklaven machen wird. Er bündelt die Briefe, Karten und Gedichte, wirft auf jeden einen letzten Blick. Unfähig, sie zu vernichten, hüllt er sie in seine eigene Trauer.

Ein paar Monate später erhält er einen Brief von Charles, der ihn daran erinnert, mit welcher Skepsis der Freund damals seinen Entschluß kommentierte, Liz in England zurückzulassen. »Das ist keine gute Idee, Karl«, hatte er gesagt. »Heiratet, nimm sie mit nach Amerika, oder bleib du hier. Ihr setzt zuviel aufs Spiel, wenn ihr euch trennt.«

Jetzt berichtet Charles, daß sie in Paris ist, und sein Herz verhärtet sich weiter. Mit ihm nach Amerika konnte sie nicht kommen, aber jetzt ist sie in Paris, in der Stadt der Liebe, und lebt ganz ohne Zweifel jenes promiskuitive Leben, das sie so erstrebenswert fand. Sie sagt, es habe ihr das Herz gebrochen, ihn zu verlieren, schreibt Charles, und seine Zweifel verwandeln sich in Hohn und Verachtung. Sie hat ihn nie geliebt, hat ihn nie wirklich gewollt, und er sollte froh sein, sich rechtzeitig von ihr und allem, wofür sie steht, befreit zu haben.

Die Jahre verstreichen, und sie läßt ihn nicht los. Die Briefe bleiben gebündelt, doch ihre Worte lassen ihn nicht zur Ruhe kommen. Sie quälen ihn bis zu jenem Tag, an dem ihm die schreckliche Ahnung zur Gewißheit wird.

Er blättert die Kuverts durch, sucht den einen Brief, den sie ihm um Mitternacht als Antwort auf den seinen geschrieben hat, jenen, in dem sie ihm von ihrer Verwirrung erzählt, ihm erzählt, daß sie ihn liebt, und sein Blick verharrt auf dem Wort des Anstoßes, und er erkennt seinen Fehler. Er war überzeugt gewesen, daß sie geschrieben hatte, sie könne das Verhalten jener Frau »nicht verurteilen«, aber jetzt sieht er ganz deutlich, daß da nicht »verurteilen« steht, sondern »gutheißen«.* Sie schreibt, sie könne es »nicht gutheißen«. Er liest den Satz immer und immer wieder. Bleierner Schmerz von Reue und Trauer übermannt ihn. Er verflucht sein oberflächliches Lesen, sein schlechtes Englisch, seine Schwachheit, seine impulsive Reaktion, und er läßt die Woge des Kummers über sich zusammenschlagen. Doch es ist zu spät.

Seit zwei Jahren ist er verheiratet, gebunden durch eine Vernunftehe, die er einging in der Hoffnung, Zuflucht vor den Qualen der Liebe zu finden. Er ist gefangen in einem Teufelskreis aus Verzweiflung und Feindseligkeit. Bald darauf sind die Briefe, die er verborgen gehalten hatte, verschwunden. Verbrannt von seiner Frau – aus Wut, weil er nicht vermag, sie zu lieben.

Doch das Feuer kann seine Erinnerungen nicht zerstören. Und er hat noch ein paar Fotografien – und die Geburtstagskarte, die er ständig bei sich trägt. »Du bist niemand, bis jemand Dich liebt«, steht darauf. »Happy Birthday, Jemand!« Die Zeilen, die sie in ihrer adretten Handschrift daruntergesetzt hat, bilden eine ständige Erinnerung an die Liebe, die er verloren hat.

Mein liebster Schatz,
ich wünsche Dir einen wunderschönen Geburtstag. Ich werde an Dich denken, so wie ich immer an Dich denke, und mich danach sehnen, bei Dir zu sein. Ich liebe Dich so sehr.
All meine Liebe
Liz

* Anm. d. Übs.: Die Verwechslung basiert auf der schriftbildlichen Ähnlichkeit der englischen Wörter *condone* (= gutheißen, dulden) und *condemn* (= verurteilen, verdammen). Die beiden schrieben sich ja auf englisch, Karls Muttersprache ist Deutsch.

Manchmal, dann und wann im Laufe der Jahre, begegnet er einer Frau, die ihr ähnlich sieht, hört eine Stimme, die der ihren gleicht, meint, sie spräche zu ihm durch den Text eines Liedes oder rufe ihn durch den Schall des Windes. Aber es ist immer eine Illusion. Alle Welt besucht San Francisco, gewiß wird auch sie eines Tages kommen. Sie wird die Auskunft anrufen und seine Nummer bekommen, und er wird ans Telefon gehen und ihre Stimme hören. Aber vielleicht weiß sie bereits, daß er verheiratet ist, und er verflucht sich dafür, einen Weg eingeschlagen zu haben, der ihn ihr nur noch weiter entfremdet. Die Zeit lindert den Schmerz nicht, und auch vergessen kann er nicht. Er stellt sich vor, sie zu finden, vor ihrer Tür zu stehen, zu sehen, wie ihr Gesicht aufleuchtet vor Glück, wie ihr Freudentränen in die Augen treten, wie sie zur Begrüßung die Arme ausbreitet, wie sie flüstert, daß sie ihn immer geliebt hat. Aber es ist ein hoffnungsloser Traum, denn er weiß, daß seine eigene Unreife und sein Mangel an Mut ihn ihrer Liebe beraubt, seine Ängste sie auseinandergebracht haben, und daß sie ihn unmöglich noch wollen kann. Er muß völlig verrückt gewesen sein, als er jenen furchtbaren Brief schrieb. Die Angst vor der Macht, die sie über ihn besaß, trieb ihn in die Flucht. Wieder und wieder versucht er, die Gefühle, die ihr letzter Brief in ihm ausgelöst hat, in Verse zu fassen. Aber jedesmal, wenn er sie zu Papier bringen will, verflüchtigen sie sich.

Aus Tagen werden Wochen, aus Wochen Monate, aus Monaten Jahre. Vierundzwanzig Jahre später, 1986, blickt er vom Deck eines Schiffes wieder auf die Küste Englands – das erste Mal, seit er sie an der Three Bridges Station zum Abschied geküßt hat.

Als er seinen Fuß auf englischen Boden setzt, bedrückt ihn ihre Abwesenheit. Er sieht sie überall, ständig dreht er sich um, weil er glaubt, ihre Stimme gehört zu haben. Ein roter Londoner Omnibus erinnert ihn an sie, ein Verkehrspolizist erinnert ihn an sie, grüne Hügel und sonnenbeschienene Wälder, rote Backsteinhäuser mit regennassen Dächern, verfallene Steinmauern, Fachwerkfassaden, Osterglocken in einer Vase – alles erinnert ihn an sie. Er weiß noch genau, wie es war, erinnert sich nicht nur im Geiste, sondern mit jeder Faser seines Leibes. Sie war Frühling und Sonnenschein, sie war Schönheit und Leben für ihn, und als die Räder des Zuges über die Schwellen rattern, rufen sie ihm unablässig ihren Namen zu – Liz, Liz, Liz. Alle Klischees sind wahr. Er muß sie finden, ihr alles erklären. Er ist sicher, daß sie verheiratet ist, verheiratet mit einem wunderbaren Mann, der sie genauso liebt wie sie ihn und der ihr das Leben bietet, das ihr Vater sich für sie gewünscht hat, den Standard, den sie verdient. Er wird nicht versuchen, sich zwischen sie zu drängen, vielleicht will sie nicht einmal mit ihm sprechen, aber falls sie es tut, wird er ihr alles erklären, wird er ihr seine Schwäche gestehen und ihr sagen, wie sehr er sie immer geliebt hat.

Vielleicht erinnert sie sich an ihn. Vielleicht hat sie sich in einem Winkel ihres Herzens sogar ein Quentchen Zuneigung für ihn bewahrt. Vielleicht – aber nein, er hat gelernt, sich nicht das Unmögliche zu erhoffen. Nur mit ihr sprechen, ihr erklären – das wird reichen.

Es ist 1986, und weitere zwölf Jahre werden vergehen. Privatdetektive werden eingeschaltet, Nachforschungen angestellt, Kirchenbücher und Immobilienmakler befragt werden. Das ist nicht einfach, vom anderen Ende der Welt aus. Er ist überzeugt, bei Smugglers Cottage die Antwort zu finden, aber jetzt schiebt er es wieder hinaus, aus Angst, die Antwort könnte lauten, sie sei gestorben, nicht mehr am Leben.

Zwölf Jahre vergehen, bevor er es über sich bringt, das Haus aufzusuchen, und dann, zurück in Kalifornien, rechnet er täglich mit der schlimmsten aller Nachrichten. Aber nach wenigen Wochen starrt er ungläubig auf einen Brief aus Smugglers Cottage, der ihm ihre Adresse und Telefonnummer in Australien nennt und mitteilt, daß sie in wenigen Wochen in England sein wird. Und ein paar Tage vor Weihnachten steht er im Flughafenpostamt von San Francisco und schreibt jene Karte, die sie hoffentlich schon erwartet, wenn sie in England ankommen wird.

Einige Tage später versucht er sich dadurch zu beruhigen, indem er Notizen für seinen Anruf macht, und dann steht er wie gelähmt neben dem Telefon und versucht, den Mut aufzubringen, die Nummer zu wählen.

Siebenunddreißig Jahre nach seinem letzten Anruf hört er ihre Stimme wieder, hört sie durch den Schwall seiner eigenen Worte sagen: »Verlorene Liebe ist ganz besonders kostbar«, und sein Herz macht einen Sprung.

TEIL IV

Erfüllung

7

»Und – meldet er sich noch mal?« fragt Neil am nächsten Tag.

»Er hat schon wieder angerufen, heute früh«, klärt ihn Irene auf. »Du hast noch geschlafen. Das macht dreimal in weniger als zwölf Stunden.«

Beide schauen mich an, und einen flüchtigen Moment lang fühle ich mich in die Küche von Smugglers Cottage zurückversetzt, wo mich meine Mutter zu den Küssen verhört, von denen Joans Mutter ihr erzählt hat.

»So«, sagt Neil. »Und was weiter?«

»Ich weiß nicht. Ich weiß es einfach nicht.«

»Du könntest nach San Francisco fliegen und ihn besuchen!«

»Er hat gesagt, er kommt nach Perth.«

»Du solltest hinfahren. Das ist genau das Abenteuer, das du brauchst.«

»Ich weiß nicht recht.«

»Oh! Entschuldige!« sagt Irene und rennt zum CD-Player, als Nat King Cole gerade »Too Young« anstimmt und mir die Tränen übers Gesicht laufen. Sie steckt die CD zurück in ihre Hülle und legt ein Klavierkonzert von Beethoven auf, nicht ahnend, daß dies noch weit schmerzlichere Erinnerungen wachruft.

»Wie fühlst du dich?«

Ich schüttle den Kopf und starre hinaus auf die windgepeitschten Felder hinter dem Haus. Felder, über die ich so oft mit ihm gegangen bin, wo wir uns unter den Eichen geküßt haben. Die Äste waren damals genauso kahl wie jetzt.

»Wie seltsam, daß ich gerade hier war, als er mich gefunden hat. Es ist erst das zweite Mal in achtzehn Jahren, daß ich wieder in England bin. Ich würde mich nicht trauen, einen Roman daraus zu machen. Kein Mensch würde an diesen Zufall glauben.«

Irene räumt das Brot weg. Sie wischt die Arbeitsfläche ab und schüttelt die Krümel in den Abfalleimer.

»Vielleicht ist es ja gar kein Zufall. Vielleicht ist es Schicksal.«

Sie überrascht mich. Irene ist kein schicksalsgläubiger Typ. Sie ist Realistin, Skeptikerin, eine erfolgreiche Geschäftsfrau, unabhängig, willensstark und bodenständig. »Er hat letzte Woche angerufen und kurz bevor ihr ankamt. Er klingt sehr nett, er hatte Angst, daß du nicht mit ihm sprechen wolltest. Wie fühlst du dich?«

»Ich weiß nicht.«

Wir beschließen, einen Ausflug nach Brighton zu machen, und Neil nimmt die Straße, die an der Three Bridges Station vorbeiführt.

»Hier habe ich ihn zum letzten Mal gesehen, hier haben wir uns auf Wiedersehen gesagt.«

Für Neil ist das von geringem Interesse, während er uns durch den dichten Verkehr chauffiert. Für mich ist es ein Wiedererleben. Vor siebenunddreißig Jahren brannten Karls Augen schwarz vor Schmerz, als er mich hier zurückließ.

»Willst du wirklich jemanden in deinem Leben?« fragt Neil. »Ich dachte, du lebst gern allein. Das Singledasein paßt zu dir. Da warst du dir doch immer sicher.«

»Gestern war ich mir noch sicher. Ich wollte niemanden. Ich wollte allein sein. Aber das ist etwas anderes.«

»Also, was willst du?«

»Ich weiß es nicht.«

Ich weiß gar nichts mehr. Ich bin wie gelähmt. Elektrisiert? Aufgeregt? Verwirrt? In Angst? Was, wenn ich es mir erlaubte, wieder etwas zu fühlen? Was, wenn ich, statt die Juwelen der Erinnerung nur wehmütig anzusehen, mir erlaubte, sie wieder zu tragen? Ich habe gut funktionierende Selbstschutzmechanismen entwickelt; soll ich mich jetzt verbarrikadieren oder die Zugbrücke wieder herunterlassen? Soll ich mich ihm erklären oder gespannt abwarten, was weiter geschieht? Ich werde abwarten, ich muß warten. Zu etwas anderem bin ich im Augenblick nicht fähig.

»Versteh bitte«, sagt Karl, »ich erwarte gar nichts. Ich mußte dich einfach nur finden, dir alles erklären, dir sagen, wie sehr ich mein Verhalten bedaure.« Er schweigt. Ich höre ihn atmen, er schluckt. »Ich wollte dir sagen, daß ich dich wirklich geliebt habe, daß du die Liebe meines Lebens warst und daß ich dich nie habe vergessen können. Ich habe dich immer geliebt. Ich liebe dich noch immer.«

Ich wage nicht zu antworten. Ich kann ihm nicht sagen, was ich fühle, weil ich sprachlos bin, fassungslos. All die Jahre habe ich ihn geliebt, und jetzt bin ich nicht in der Lage, es auszusprechen. Nicht in der Lage, irgend etwas zu fühlen. Wie gelähmt vor Angst vor den möglichen Konsequenzen. Erschrocken über seine Offenheit und das Gefühl, daß sich nichts – absolut nichts – verändert hat und doch alles anders ist.

Am nächsten Tag, Dienstag, bekomme ich Blumen. Unmengen von Blumen. Zwei Männer tragen sie herein, einer allein würde es gar nicht schaffen: Orchideen und Lilien, Nelken, Rosen und Tulpen. Rosafarben, weiß, cremegelb, mauve und zartgrün.

»Du lieber Himmel«, sagt Irene. »So was habe ich noch nicht gesehen. Wir haben nicht genügend Vasen.«

»Mehr Blumen paßten nicht in den Lieferwagen«, sagt der Florist und fährt wieder ab.

Wir suchen in Schränken, auf dem Speicher und im Keller nach Vasen und anderen Gefäßen, die wir bestücken und über alle Zimmer verteilen. Das ganze Haus gleicht der Garderobe einer Operndiva am Premierenabend.

»Ich wollte, daß dich bei deiner Ankunft ein Meer von Blumen erwartet«, erklärt er. »Ein Blumenmeer, mit meiner Karte dabei. Ich dachte, sie würden dich vielleicht dazu bringen, mit mir zu sprechen, wenn ich anrief, aber niemand wollte am zweiten Weihnachtsfeiertag oder am Montag Blumen ausliefern.«

»Sie sind wunderschön«, sage ich. »So wunderschön. Danke.«

»Ich hoffe, sie sagen dir etwas. Mir fehlen die Worte dafür.«

Noch ist der Block gefrorener Tränen in meinem Innersten kalt und schwer, noch schützt er mich. Solange er da ist, bin ich sicher, kann ich mich umdrehen und weggehen, kann ich den Telefonhörer auflegen, kann ich meine Koffer packen und nach Australien zurückfahren und so tun, als wäre nichts geschehen, als hätte sich nichts verändert. Alles könnte so bleiben, wie es war. Sicher, überschaubar, intakt.

Mittwoch früh um sieben klingelt das Telefon. Irene hat nach den Feiertagen wieder zu arbeiten angefangen. Neil ist nach London gefahren. Schlaftrunken renne ich in der Dunkelheit hinunter, um dranzugehen. Ich wickle mir eine Decke um die Schultern und setze mich auf den Dielenfußboden.

»Ich habe es so geliebt, wenn du für mich Klavier gespielt hast«, sage ich.

»Tatsächlich«, sagt er. »Das wußte ich nicht, du hast nie etwas gesagt.«

Ich bin entsetzt zu erfahren, daß ich ihn niemals wissen

ließ, was ich fühlte, wenn er für mich spielte, wie es mich erregte, seine Hände auf den Tasten zu beobachten, die Musik zu hören. Vielleicht gibt es noch mehr, das ich ihm nie gesagt habe. Habe ich ihn je wissen lassen, wie sehr ich ihn liebte? Hat mich meine damenhafte Zurückhaltung gehindert, ihm meine Gefühle zu erklären? Vielleicht.

»Erinnerst du dich noch, wie du ›Wooden Heart‹ gespielt hast?«

»›Muß i denn‹? Ja, ich erinnere mich.«

»Dieses Lied trage ich in meinem Herzen für dich. Immer. Immer«, sage ich.

»Sweetheart!« sagt er, und bei diesem einen, einzigen Wort zerbirst der Eisblock. Ich bin wieder achtzehn, bin wieder im Park am Northumberland Crescent, wieder am See, wieder auf seinem Bett in Bobbys Haus, wieder in Smugglers Cottage. Es ist wieder ein nasser Julimorgen, der Regen verwischt die Worte auf seinem Brief, und mein Leben bricht vor meinen Augen entzwei. Er ist in mein Herz eingedrungen, hat meinen Selbstschutz durchbrochen, zwingt mich, mich meinen Gefühlen zu stellen. Selbst die Illusion von Sicherheit ist dahin, und unter Tränen erzähle ich ihm, was ich ihm siebenunddreißig Jahre früher am Telefon hätte sagen sollen.

»Ich liebe dich. Ich habe dich immer geliebt. Es warst immer nur du.«

~

Zweimal am Tag ruft er an, zweimal täglich reden wir stundenlang miteinander, und die Telefongesellschaft in San Francisco kann ihr Glück kaum fassen und bietet ihm einen Sondertarif für Gespräche nach England. Zweimal am Tag schwelgen wir im Gedankenaustausch, springen hin und her zwischen den Kontinenten, zwischen den Jahren. Wir füllen Gedächtnislücken, überbrücken Zeitschluchten. Stück für

Stück rekonstruieren wir die gemeinsamen Tage, erzählen von der versäumten Vergangenheit. In unseren Gesprächen entdecken wir vieles von dem wieder, was das Gedächtnis, durchwoben von Reue und Bedauern, verloren hatte.

»Das Prospect of Whitby«, sagt er. »Das war der wichtigste Abend meines Lebens.«

»Das was?«

»Das Prospect of Whitby. Das Pub – das Pub, in dem wir uns zum ersten Mal geküßt haben.«

»Sind wir da hingegangen an jenem Abend?«

»Ja – das Pub, unten bei den Docks, das Prospect of Whitby! Das kannst du doch nicht vergessen haben!«

Ich bekenne mich zu dem schwarzen Loch in meinem Gedächtnis, das beginnt, als er ins Haus kommt, und erst dort endet, wo wir unter Jocks Aufsicht in der Küche sitzen.

Er ist am Boden zerstört. Es ist, als hätte ich seinen kostbarsten Besitz zertrümmert. Ich habe seine wertvollste Erinnerung vergessen. Seine Stimme klingt belegt, er glaubt beinahe, es sei Absicht, und ich weiß, daß ich ihn unermeßlich verletzt habe.

»Vielleicht hast du es vergessen, weil es dir nichts bedeutet hat.«

»Nein, das stimmt nicht.«

»Vielleicht war es für dich vollkommen normal, in einem Pub geküßt zu werden.«

»Schau, ich bin absolut sicher, daß weder das eine noch das andere der Fall gewesen sein kann. Es ist auch nicht so, daß ich es einfach vergessen habe – mir fehlt der ganze Abend.«

Er kann es nicht dabei bewenden lassen. Kann nicht mit einem Lachen oder Achselzucken darüber hinweggehen. Er ist verletzt, und ich werde wieder daran erinnert, wie unglaublich empfindsam und sensibel er ist, wie intensiv er fühlt, wie schnell er Worten und Ereignissen den Stempel seiner eigenen Interpretation aufdrückt. Ich habe Angst vor seiner Neigung, die Vergangenheit so zu gestalten, wie sie in seiner Erinnerung existiert, Angst, nicht so zu sein, wie er mich in seinem Herzen erschaffen hat. So sehr ich mich auch anstrenge – bei dem Abend im Prospect of Whitby setzt mein Gedächtnis aus. Während wir miteinander reden, erinnert einer den anderen an vergessene Ereignisse, vieles kehrt in die Erinnerung zurück, kommt wieder hoch, wird zu neuem Leben erweckt. Doch das Prospect of Whitby bleibt für mich ein weißer Fleck. Es ist eine erste Spannung zwischen uns, eine kleine dunkle Wolke, die vor dem hell leuchtenden Antlitz der Sonne vorüberzieht. Andere werden sich dazugesellen; einige bleiben, mindern den Glanz ein wenig, andere – die meisten – lösen sich in der Wärme der Sonnenstrahlen auf.

»Du warst immer so ehrenhaft«, sage ich. »Ich habe es immer hoch geachtet, daß du meine Unschuld beschützt hast.«

»Ich habe mich oft gefragt, ob du mich für einen Dummkopf gehalten hast«, sagt er. »Aber ich hatte es deinem Vater versprochen.«

»Meinem Vater versprochen? Was hast du ihm versprochen? Wann?«

»An jenem ersten Wochenende, als ich bei euch war.«

»Was hast du ihm versprochen?«

»Daß wir kein intimes Verhältnis haben würden.«

»Warum? Warum hast du das versprochen? Habt ihr zwei an diesem Wochenende über mich geredet?«

»Natürlich – er machte sich Gedanken, weil ich so viel älter war, er wollte deine Jungfräulichkeit bewahrt wissen.«

Ich bin schockiert und gekränkt. Siebenunddreißig Jahre sind vergangen, und ich reagiere auf diese Nachricht mit der Empörung einer Frau von Mitte Fünfzig, die die letzten zwanzig Jahre damit verbracht hat, für die Selbstbestimmung der Frau zu kämpfen. Ich sehe die beiden nebeneinander durch den Garten gehen, in ein Gespräch vertieft –

oder war es eine Verschwörung? Männerangelegenheiten, zu ernsthaft, zu bedeutsam, um eine Frau einzubeziehen. Sie sprachen über mich, als wäre ich ein Kind oder ein Gegenstand. Sie beschlossen, was mit mir zu geschehen hatte, entschieden über mein Leben, ohne mich zu fragen.

»Dein Vater wollte dich beschützen«, sagt er. »Und ich habe dich geliebt und respektiert. Deine Unschuld war etwas Kostbares, und ich habe deinen Vater geachtet. Er wollte nur dein Bestes. Ich hatte angenommen, du wüßtest davon, ihr beide hättet darüber gesprochen und du wärst einverstanden gewesen. Gerade eben hast du doch noch gesagt, du hättest es mir hoch angerechnet, daß ich nicht mit dir geschlafen habe.«

»Aber ich dachte, es wäre deine Entscheidung gewesen, nicht die meines Vaters.«

»Er hat dich geliebt, er wollte ...«

»Er wollte bestimmen, was mit mir geschah, was mit uns geschah.«

»Und – war das denn so verkehrt? Du kannst ihm doch keinen Vorwurf daraus machen, daß er dich beschützen wollte. Hegst du, wenn es um deine eigenen Kinder geht, nicht ähnliche Gefühle? Willst du sie nicht auch immer noch beschützen?«

»Ja, aber ihr beiden habt diese Unterhaltung ohne mich geführt – hinter meinem Rücken.«

»Wir hätten das ja wohl schlecht in deiner Gegenwart besprechen können. Das war 1962 – es wäre damals undenkbar gewesen, über so etwas mit einem jungen Mädchen zu diskutieren. Es war eine andere Zeit. Wäre es um meine Tochter gegangen, ich hätte dasselbe getan.«

Ich versuche, meine Verärgerung abzuschütteln, frage mich, ob ich sie zu Recht empfinde oder nicht. Spielt es eine Rolle? Ist es eine politische Reaktion auf eine persönliche Erfahrung? Aber ist nicht auch das Persönliche politisch? Ist nicht eben das der Kernpunkt feministischen Denkens?

»Ich verstehe dich nicht«, sagt er, vorsichtig geworden. »Ich wollte für dich sorgen. Ich mußte zurück nach Amerika – stell dir vor, mir wäre etwas zugestoßen, bevor wir hätten heiraten können. War es da nicht wichtig, deine Unschuld zu bewahren?«

»Ja, ich nehme an – das war damals so, aber es hätte meine eigene Entscheidung sein müssen. Ich dachte, du hättest dich so entschieden, weil du es für das Richtige hieltest.«

»Das tat ich auch. Aber ohne das Versprechen, das ich deinem Vater gegeben hatte, wäre ich höchstwahrscheinlich schwach geworden.«

Es folgt ein Schweigen, während wir beide an den Tag in Bobbys Haus denken und an all die anderen Male, wo wir so nahe daran waren, uns und alles um uns herum zu vergessen.

»Ich weiß, du hättest es zugelassen«, sagt er sanft, fast schüchtern.

»Ja.«

»Mir war klar, daß ich die Verantwortung trug.«

Wortlos kämpfe ich mit meinen Gefühlen.

»Hättest du damals davon gewußt«, fragt er, »von unserem Gespräch, von dem Ersuchen deines Vaters, hättest du dich geärgert, und wärst du beleidigt gewesen?«

Ich will ja sagen. Ich will anworten, daß ich im Herzen schon immer Feministin gewesen bin, daß mir solche Dinge schon immer wichtig waren – aber ich kann es nicht, und ich ringe mit mir, die Wahrheit zu sagen und nicht die Vergangenheit so umzuschreiben, wie ich sie heute gerne hätte.

»Nein«, gestehe ich langsam. »Wahrscheinlich wäre es mir peinlich gewesen, daß ihr über mich spracht, aber ich wäre wohl kaum fähig gewesen, mich festzulegen. Und ja, wahrscheinlich hätte ich akzeptiert, daß das damals so üblich war. Ich hätte das Ganze nicht in jenen Kontext stellen können, in dem ich es heute sehe.«

»Spielt das siebenunddreißig Jahre später noch eine Rolle? Spielt es für dich und mich jetzt noch eine Rolle?«

Mir ist klar, daß dies die entscheidende Frage ist. Es geht darum, die Vergangenheit von der Gegenwart abzugrenzen, darum, wer ich mit achtzehn war, in welcher Welt ich damals lebte, und wer ich mit vierundfünfzig bin, welches Wissen und welche Ansichten ich mir in den dazwischenliegenden Jahren angeeignet habe. Das ist die Herausforderung: diese beiden Ichs in Einklang zu bringen – durch die Interpretation der Vergangenheit und das Leben in der Gegenwart. Das ist die Herausforderung: Ideologie gegen reale Erfahrungen. Was fühlt sie wirklich, diese Frau, die ich geworden bin? Wieviel von dem, was ich geschrieben und öffentlich gesagt habe, ist tatsächlich Teil meines Ichs? Wieviel ist Rhetorik, und wieviel ist Gefühl? Kann, will, werde ich zulassen, daß die Vergangenheit die Zukunft interpretiert? Werde ich zulassen, daß die Theorie den Sieg davonträgt, oder werde ich mich meinem Instinkt und meinen Gefühlen hingeben?

»Ich glaube, es spielt keine Rolle«, beginne ich. »Ich glaube, daß ich die Art, wie ich damals gefühlt habe, damit verwechsle, wie ich heute empfände. Damals war ich glücklich, daß du für alles die Verantwortung übernahmst. Ich wollte nichts weiter als dich heiraten, und das Mädchen oder die Frau, die ich damals war, hätte keine deiner Entscheidungen in Frage gestellt. Ich war sehr willfährig – ich war glücklich, das zu tun, was du sagtest.« Ich verstumme, und er wartet schweigend ab, bis ich fortfahre.

»Worauf es ankommt, sind die Liebe und die Achtung, die du mir und meinem Vater entgegengebracht hast. Worauf es ankommt, ist der Mensch, der du warst, und was dich bewogen hat, so zu handeln. Nur das zählt.«

»Die Tatsache, daß du so willfährig warst, erlegte mir eine ganz besondere Verantwortung auf«, sagt er. »Die Verantwortung, dein Vertrauen nicht zu mißbrauchen.«

Jetzt schweigt er, um seine Gedanken zu sammeln.

»Ich war regelrecht verrückt mit meiner besitzergreifenden Art. Als ich deinen Brief bekam, hatte ich Angst, du brauchtest außer mir noch andere Männer. Ich bin nicht sicher, ob du die emotionale Macht ermessen kannst, die du über mich hattest. Nach Melanie – nun, ich konnte, ich wollte das nicht noch einmal ertragen. Ich war ehrlich überzeugt, das nicht überleben zu können. Im Büro hatte ich einen Kollegen, dessen junge Frau ihn gerade wegen eines anderen Mannes verlassen hatte. Das hat ihn kaputtgemacht. Er konnte nicht mehr arbeiten. Er saß jeden Tag vor seinem Zeichentisch und starrte in die Luft. Er verlor jeden Halt im Leben und verkam zur bloßen Hülle. Ich wußte, daß mir dasselbe passieren könnte, und ich hatte eine Art emotionales Radar entwickelt, so empfindlich, daß es eine Mücke über Sibirien wahrgenommen hätte. Du hattest diese Macht über mich, und ich glaube, mir blieb nichts anderes übrig, als wegzulaufen.«

Das ungeheure Ausmaß dessen, was wir beide uns damals nicht hatten sagen können, erschreckt mich. Die Verletzlichkeit, die wir beide empfanden, war niemals zur Sprache gekommen. Wie anders hätte es kommen können, hätten wir gewagt, uns gegenseitig unsere Ängste und Gefühle füreinander einzugestehen. Jahre bevor »Abhängigkeit« Teil der populärwissenschaftlichen Definiton »ungesunder« Partnerschaften wurde, hatten wir den Ausdruck unserer beiderseitigen Abhängigkeit aus unserem Wortschatz gestrichen, um uns und unseren falschen Stolz zu schützen.

Ich hole tief Luft und stelle ihm die Frage, die ich mir selbst so oft gestellt habe.

»Ich verstehe, wie verletzbar du warst«, sage ich. »Aber was wäre gewesen, wenn du dein Wort gebrochen hättest – wenn wir miteinander geschlafen hätten?«

Er schweigt lange, es kommt mir vor wie eine Ewigkeit,

und ich höre, wie er darum ringt, seine Stimme unter Kontrolle zu bringen.

»Verstehst du denn nicht«, sagt er sanft. »Wenn wir miteinander geschlafen hätten, hätte ich dich niemals verlassen können. Ich hätte mich moralisch verpflichtet gefühlt, wieder nach England zu kommen und dich zu heiraten. Ich hätte dich niemals im Stich lassen können. Also, bewunderst du mich immer noch, daß ich mich so in der Hand hatte? Bist du immer noch froh, daß ich nicht mit dir geschlafen habe?«

Ich sehe siebenunddreißig versäumte Jahre. Versäumt aus so vielen verschiedenen Gründen: durch das Eingreifen anderer Menschen, Vorurteile, Mißverständnisse, Unreife, falschen Stolz, gute Absichten und Angst – vor allem Angst –, die Angst meiner Eltern, Karls Angst, meine eigene Angst. Ich bewundere und achte seine ehrenhafte Zurückhaltung als Ausdruck seiner Liebe, aber ein Teil von mir schaudert angesichts der Erkenntnis, daß eine intime Beziehung, daß sexueller Besitz ihn zurückgebracht hätte. Die Botschaft ist so alt wie die Menschheit. Es geht um Besitzdenken und Besitzansprüche. Was, bitte, fängt eine Feministin nun mit so etwas an?

Ganz allmählich, in liebevollen, bisweilen schmerzlichen Gesprächen, fallen die Hüllen, Lücken werden geschlossen, Wahrnehmungen ausgetauscht. Verwirrung weicht Klarheit, Angst wird durch Zuversicht ersetzt. Und über allem leuchtet die unglaubliche und wundervolle Wahrheit, daß er mich siebenunddreißig Jahre lang geliebt hat und daß er die Energie und den Mut aufgebracht hat, mich zu suchen und wieder in mein Leben zu treten.

Eine Woche ist seit seinem ersten Anruf vergangen. Eine Woche, die mein Leben verändert hat, die Vergangenheit und die Gegenwart. Aber was bedeutet das für die Zukunft? In einer Woche werde ich nach Lissabon zurückfliegen, zehn Tage später nach Australien. Ich werde in das Leben zurückkehren, das ich mir geschaffen habe, zurück in meine mühsam erkämpfte Eigenständigkeit, zurück in die Sicherheit meines Hauses, meiner Arbeit, zurück zu meinen Freunden, meinem Hund. Doch ich bin mir bewußt, daß mir die Kleider dieses alten Lebens nicht mehr passen. Ich habe mich verändert, total und vollständig verändert, und obwohl ich diese Veränderung noch nicht genau zu definieren vermag, weiß ich, daß sie elementar ist. Ich mag England nicht verlassen; hier, an den Orten, die er kennt, den Orten, wo wir einst zusammen waren, fühle ich mich ihm nah. Ich habe Angst wegzufahren, Angst, daß dadurch die Seifenblase zerplatzen wird, Angst, daß, wenn ich in Perth aus dem Flugzeug steige, sich dieser Zauber im heißen Sommerwind verlieren wird und alles vorbei ist. Wieder wird er fort sein und eine große Leere in meinem Leben hinterlassen. Ein Verlust, der diesmal unwiederbringlich wäre.

Was bedeutet dies alles? Ich schreite die Grenzen einer erträumten Zukunft ab, in der wir zusammen sein werden. In der wir das gemeinsame Leben beginnen, das wir bereits seit Jahren führen sollten. Doch in die Mitte dieses ungeheuer emotionalen Orkans wage ich mich nicht vor.

Bei unserem ersten Gespräch hatte er mir gesagt, daß er mich treffen wollte, und ich träume davon, ihn am Flughafen abzuholen, mit ihm heim nach Fremantle zu fahren und ihn in meinem Zuhause umhergehen zu sehen. Ich bin sicher, daß ihm das Haus gefallen wird, die Ecken und Winkel, die Geräumigkeit, die Mauern aus gestampfter Erde und der warme, dunkle Schimmer des australischen Mahagonis, das Sonnenlicht, das durch die großen Fenster fällt, die Harmonie der Farben und Texturen, die sonnige Veranda und der kleine Garten mit den Schneewittchenrosen, Lavendelbüschen und Zitrusbäumen. Ich träume davon, mit ihm frühmorgens am South Beach schwimmen zu gehen und Hand in Hand am Strand entlangzuspazieren, wenn die

Sonne untergeht und das letzte Tageslicht mit sich nimmt. Ich stelle mir vor, wie ich mit ihm in einem Café am Cappuccino-Strip sitze, ihn Freunden vorstelle, wie wir auf dem Wochenmarkt einkaufen, zusammen kochen, gemeinsam auf der Veranda frühstücken. Ich träume davon, ihm die feuchtgrünen Wälder und Weinberge des Südwestens zu zeigen und die endlosen weißen Dünen der Südküste.

Vor allem aber träume ich davon, wie er war und wie er jetzt sein könnte. Ich träume von der Zärtlichkeit seiner Berührung, von seinem Lächeln und der Art und Weise, wie seine Stimme jede Härte verlor, wenn er mit mir sprach. Davon, wie er mich vor all diesen Jahren küßte und mein Gesicht berührte und mir sagte, wie sehr er mich liebte. Natürlich zieht sich durch diese Träume die Sorge, ob er mich in Australien noch immer so lieben wird wie in England und wie in meiner Erinnerung, ob er nicht nur in einen Traum verliebt ist, den er zu träumen begann, als er seine Liebe für immer verloren glaubte.

»Ich könnte nach Lissabon kommen«, sagt er. »Könnten wir uns nicht treffen, bevor du nach Australien zurückfliegst?«

»Nicht Lissabon«, antworte ich, weil ich weiß, daß ich dort meine Aufmerksamkeit und Kraft zwischen ihm und Neil teilen müßte. Weil ich weiß, daß der beste Ort einer wäre, wo wir allein sein können.

»Aber mein Rückflug nach Perth geht über Frankfurt.«

»Dann komme ich nach Frankfurt«, sagt er, ohne zu zögern. »Willst du mich in Frankfurt treffen?«

8

Und so treffe ich die nötigen Vorbereitungen, meine Rückkehr nach Australien um eine Woche aufzuschieben. Eine Woche verlängerter Urlaub bringt einiges an organisatorischem Aufwand mit sich. Druckfahnen wollen gelesen, Verabredungen verschoben, Abgabetermine bei Verlagen eingehalten werden. Aber die beruflichen Verpflichtungen und Pläne sind unkompliziert, verglichen mit den privaten. Mit einemmal summen die Telefonleitungen zwischen England und Westaustralien aufgeregt.

»Wunderbar!« sagt Jan. »Kann ich irgend etwas für dich tun? Ich freue mich so für dich. Genieße die Zeit, und triff ja keine Entscheidungen ohne mich!« Sie ist meine beste Freundin und zieht mich liebevoll auf. Ihre Unterstützung ist rückhaltlos, ihre Sorge echt.

»Natürlich können wir den Workshop auch eine Woche später besprechen«, sagt Carolyn. »Aber was ist mit deiner Schreiberei? Hat dich das sehr aus der Bahn geworfen? Du hast so hart gearbeitet, laß dich jetzt nur nicht ablenken.« Als Schriftstellerin versteht sie mein Bedürfnis nach Zurückgezogenheit und persönlichem Freiraum. Als Frau versteht sie mein Bedürfnis, meinem Herzen zu folgen.

Viele tausend Kilometer von meinem derzeitigen Aufenthaltsort entfernt, verbreitet sich die Geschichte wie ein Lauffeuer, und andere Freunde rufen an oder schicken E-Mails, um mir zu sagen, wie sehr sie sich für mich freuen. Doch nicht alle reagieren entzückt.

»Warum hast du mir nie von ihm erzählt?« fragt eine, und ich bin mir nicht sicher, ob es beleidigt oder verärgert klingt. »So wichtig kann er ja wohl nicht gewesen sein – du hast ihn nie auch nur erwähnt. Findest du nicht, daß du ein bißchen überreagierst? Warum wartest du nicht und läßt ihn hierherkommen?«

»Das kann doch nicht dein Ernst sein«, meint eine andere. »Du wirst meine Geburtstagsparty verpassen. Schau, ich weiß, das Ganze erscheint jetzt ungeheuer romantisch, aber du kannst doch nicht ernsthaft in Erwägung ziehen, eine Woche in Frankfurt mit einem Mann zu verbringen, der dich vor siebenunddreißig Jahren sitzengelassen hat. Du bist verrückt. Ich dachte, du wolltest keine Beziehung mehr, und jetzt wirfst du dich diesem Kerl an den Hals, der dir schon einmal den Laufpaß gegeben hat. Er braucht bloß mit den Fingern zu schnippen, und schon kommst du mit fliegenden Fahnen angerannt.«

»Das klingt ganz wunderbar, aber du nimmst dich in acht, ja?!« sagt eine andere.

»In acht wovor?«

»Nun – sei einfach vorsichtig, und geh keine Verpflichtungen ein. Du mußt zurückkommen, du kannst nicht von Australien wegziehen!«

Das ist eine Feststellung, keine Frage, und ich habe das Gefühl, das schon einmal erlebt zu haben. Nur war es damals eine Gruppe von Sekretärinnen, deren eigene Ängste und Hoffnungen, deren eigene Träume, Sehnsüchte und Enttäuschungen ihre Reaktionen und ihre Kommentare bestimmt hatten. *Sie läßt nicht locker.*

»Ich freue mich ehrlich für dich, du verdienst es. Genieße die Woche in vollen Zügen, aber dann mußt zu zurückkommen und uns alles haargenau berichten.«

»Natürlich komme ich zurück, ich muß am zehnten Februar einen Workshop halten«, sage ich, um sie mit harten Fakten abzulenken. »Und Karl muß auch wieder in sein Büro.«

»Das ist mir schon klar, aber was ich meine, ist, daß du, sollte das Ganze weitergehen, eine Möglichkeit finden mußt, ihn zu sehen, mit ihm zusammenzusein, ohne von hier wegzuziehen.«

Wieder versuche ich abzulenken, diesmal mit Humor.

»Du lieber Himmel – wir haben uns ja noch nicht einmal getroffen. Er macht sich Sorgen, daß er zu alt ist, und ich, daß ich zu fett bin!« Ich lache.

»Das ist er, aber du bist es nicht!« erwidert sie mit einer Inbrunst, die an Feindseligkeit grenzt.

Verletzt lege ich den Hörer auf und nehme die Fotografie in die Hand, die Karl mitgeschickt hat. Ich gehe aus dem Haus und schlage den Feldweg zu Smugglers Cottage ein. Vor dem Haus bleibe ich stehen und schaue zum Fenster meines ehemaligen Schlafzimmers hinauf, zu jenem Fenster, an dem ich auf dem Foto stehe. Ich erinnere mich an jenen Frühlingsmorgen, als seine Stimme vom Garten herauf nach mir rief.

»Hallo, Liz«, ruft Jess von unten an der Haustür. »Möchten Sie eine Tasse Kaffee?«

Wir hatten uns vor ein paar Tagen kennengelernt, und sie hatte mir von dem Tag erzählt, als Karl im Oktober letzten Jahres an ihre Tür klopfte und sie so ergriffen war von seiner Geschichte, daß sie den Entschluß faßte, ihm bei seiner Suche nach mir zu helfen. Zusammen mit ihrer vierjährigen Enkeltochter durchkämmte sie das Dorf, fragte in Geschäften nach, erkundigte sich bei Passanten und klingelte an fremden Häusern, um jemanden zu finden, der sich an meine Familie erinnerte. Schließlich verwies jemand sie an Irene. Obwohl sie so dicht beieinander wohnten, waren sie sich noch nie begegnet. Von Irene bekam Jess dann meine Adresse und Telefonnummer in Australien und erfuhr, daß ich am zweiten Weihnachtsfeiertag nach England kommen wollte.

Ohne Jess' Beharrlichkeit hätte mich Karl wahrscheinlich nie gefunden. Sie hatte Erfolg, wo selbst eine der fähigsten Detekteien noch wenige Jahre zuvor versagt hatte.

»Haben Sie heute schon mit ihm gesprochen, Liebes?« fragt sie, während sie die Tassen holt.

»Ich spreche jeden Tag mit ihm, Jess. Er ruft mich zweimal täglich an.«

»Das überrascht mich überhaupt nicht – er hat so ziemlich jeden Tag hier bei mir angerufen, nachdem ich ihm Ihre Adresse gegeben hatte. Er wollte nicht nach Lissabon telefonieren, wollte lieber warten, bis Sie hier sind. Er war in einem ganz furchtbaren Zustand, so aufgeregt – er hatte solche Angst, Sie würden nicht mit ihm sprechen wollen.« Sie setzt den Kaffee auf und bringt die Tassen an den Tisch. »Ich habe es ihm gesagt: Karl, hören Sie doch bloß auf, sich Sorgen zu machen, Liz wird hin und weg sein. Obwohl ich Sie nicht kannte, war ich mir vollkommen sicher. Wissen Sie, ich habe das manchmal – ich kann in die Zukunft schauen.«

Mein skeptisches Ich lächelt und schweigt.

»Sie schmunzeln und denken sich, jaja, Jess, wer glauben Sie, daß Sie sind, aber Liz, ich wußte es! In dem Augenblick, in dem er mir die Geschichte erzählte, wußte ich es. Er liebt Sie immer noch, und er hat sich in den Kopf gesetzt, Sie zu finden. Er ist ein guter Mann, Liz. Lassen Sie ihn bitte nicht ein zweites Mal gehen!«

Tränen steigen mir in die Augen, und ich wische sie mit dem Handrücken fort.

»Sagen Sie mir, wie er aussieht, Jess.«

»Dasselbe hat Karl mich gestern am Telefon gefragt.« Sie lacht. »Sagen Sie mir, wie sie aussieht, Jess, und ich habe ihm gesagt, sie ist eine sehr schöne Frau, Karl. Sie hat ein paar graue Haare, aber sie ist noch immer eine sehr schöne Frau.«

»Und er?« dränge ich sie.

»Er ist ein wirklich gutaussehender Mann, meine Liebe. Sehr groß und gerade, und er wirkt rechtschaffen und sehr distinguiert. Er hat nicht mehr sehr viel Haar, aber einen gepflegten Bart und ganz wundervolle blaue Augen. Und er ist ungeheuer charmant, ein richtiger Gentleman.«

»Ich werde mich auf der Rückreise nach Australien für ein paar Tage in Frankfurt mit ihm treffen«, erzähle ich ihr zögernd.

»Das ist wundervoll, Darling!« ruft sie und klatscht vor Freude spontan in die Hände. »Das ist ganz großartig – warum warten, wenn Sie so viele Jahre nachzuholen haben!«

»Sie finden nicht, daß ich es überstürze?«

»Natürlich nicht!« sagt sie. »Es ist aufregend, und was haben Sie schon zu verlieren?«

»Ein paar meiner australischen Freunde halten mich für verrückt«, erzähle ich ihr. »Sie sind der Ansicht, ich sollte erst mal abwarten, wie sich das Ganze entwickelt.«

»Blödsinn!« sagt Jess und stopft energisch die Hände in ihre Jackentaschen. »Warum in aller Welt sollten Sie denn warten? Die haben doch nur Angst, die hätten nicht den Mut, dasselbe zu tun, oder vielleicht haben sie auch einfach Angst, Sie zu verlieren. Am Ende sind sie sogar eifersüchtig!«

Es folgt Schweigen.

»Wie auch immer, Liz. Sie sind alt genug, Ihre eigenen Entscheidungen zu fällen. Seit wann brauchen Sie andere Leute, die Ihnen sagen, was Sie tun sollen? Schauen Sie, Liebes – ich weiß kaum etwas über Sie, wir haben uns ja gerade erst kennengelernt, aber Sie scheinen mir durchaus eine Frau zu sein, die weiß, was sie will, und die sehr wohl ihre eigenen Entscheidungen zu treffen imstande ist.«

Leichter Nieselregen fällt, als ich mich auf den Rückweg nach Little Smugglers mache, und ohne vorher ins Haus zu gehen, steige ich ins Auto, fahre auf die Landstraße hinaus, biege nach links ab und schlage den Weg ein, den ich damals jeden Tag zur Arbeit zu nehmen pflegte. Und an der Grünfläche bei der Felbridge School sehe ich die Bank, wo ich einst im Regen saß und Karls Brief las. Ich parke den Wagen am Seitenstreifen, und während ich hingehe, um mich zu setzen, wird der Regen heftiger. Hier bin ich also wieder, am selben Platz, auf derselben Bank im strömenden Regen, und in meiner Tasche befinden sich seine Karte und die Fotos.

Ich betrachte die Bilder und überlege, ob er mich wohl noch liebt, wenn wir uns von Angesicht zu Angesicht gegenüberstehen. Wenn er sich anstelle eines Teenagers von achtzehn Jahren mit einer vierundfünfzigjährigen Großmutter konfrontiert sieht. Ein Traum, den ich nie gewagt hatte zu träumen, ist dabei, wahr zu werden, und ich bin tatsächlich »hin und weg«, genau wie Jess es vorhergesagt hat.

Allerdings peinigt mich auch eine leise Angst. Meine Haare sind tropfnaß, und der Regen läuft mir in den Mantelkragen hinein, Brust und Rücken hinab und läßt mich schaudern. Wovor fürchte ich mich? In Australien wartet nach wie vor mein altes Leben. Ich setze weder meine Familie noch mein Zuhause oder meine Arbeit, weder Geld noch meine Sicherheit aufs Spiel. Ich fürchte mich davor, noch einmal zu verlieren, was ich scheinbar wiedergefunden habe. In unseren Telefonaten haben sich die Jahre gleichsam in Luft aufgelöst, aber die Liebe ist geblieben. Es ist so, als sei sie immer dagewesen. Als wärst du immer dagewesen. Aber wird unsere Liebe, kann sie in der Realität überdauern? Das ist es, was auf dem Spiel steht: der Verlust meiner Träume.

Aber die Reaktion meiner Freunde – das ist etwas anderes. Jess hat recht, ihr Verhalten hat damit zu tun, wie das Ganze auch sie betreffen könnte, sie sind mit ihren eigenen Ängsten und Enttäuschungen beschäftigt.

Ich sehe meine Mutter auf meiner Bettkante sitzen, an dem Tag, an dem Karls letzter Brief ankam. Ich höre sie fragen, was wohl gewesen wäre, wenn er sich »gegen mich gewendet« hätte, während ich, bereits viele tausend Kilometer entfernt, allein in Amerika gewesen wäre. Ich erinnere mich an die ständigen Anspielungen, er hätte es niemals ernst gemeint, an ihre Erleichterung, als es vorbei war, weil es ja von Anfang an nicht richtig gewesen war. Ich sehe Jackie und Mrs. Maxwell, Mrs. Wilmot und »die Sekretärinnen«, höre ihre Warnungen, ihre Ratschläge, ihr ständiges »Wir haben es doch gleich gewußt«. Zu alt, zu jung, zu geschieden, zu riskant, zu gefährlich, zu weit entfernt. Er liebt dich nicht, du hast dich ihm an den Hals geworfen, bleib das nächste Mal mit beiden Beinen auf dem Boden. Ohne diese Einflüsterungen hätte ich ihn in meinem Brief angefleht, hätte ich am Telefon mit ihm gesprochen und niemals jenen letzten Brief geschrieben, der nochmals unterstrich, daß ich nicht nach Amerika kommen würde.

Ich war das Produkt eines engstirnigen, konservativen mittelständischen Elternhauses und einer noch engstirnigeren und noch konservativeren Klosterschulerziehung. Mit achtzehn war ich noch ganz und gar unschuldig. Karls Leben war so vollkommen anders verlaufen. Nach dem Krieg schmuggelte er, damals erst sechzehn, regelmäßig Fisch und Schnaps über die Zonengrenze, wurde zweimal festgenommen und einmal auch für mehrere Tage inhaftiert, bevor er sich mit achtzehn endgültig in den Westen absetzte. Als ich ihn kennenlernte, hatte er bereits eine Scheidung hinter sich, war Vater, zweimal ins Ausland umgezogen und hatte eine weitere wichtige Beziehung noch frisch im Gedächtnis. Unser Hintergrund hätte unterschiedlicher nicht sein können, und diese Diskrepanz versetzte alle so sehr in Sorge – nur uns beide nicht.

Angst vor dem Unbekannten. Mißtrauen. Angst vor Veränderung. Werde ich zulassen, daß sie mich wieder beeinflussen? 1962 hatte ich nicht die Kraft besessen, mein Leben selbst in die Hand zu nehmen: Andere hatten darüber bestimmt – meine Eltern, Karl, andere Leute, die alle nur mein Bestes wollten. Sie hatten mich zu dem Schluß kommen lassen, ich sei nicht gut genug, ich verdiente seine Liebe nicht, ich müsse mich mit den Brosamen zufriedengeben, die für mich abfielen. Diese Gefühle haben mich mein Leben lang begleitet – obwohl ich später gelernt habe, mich im Privat- wie im Berufsleben erfolgreich durchzusetzen, und obwohl ich, auch wenn mir eine erfüllte Liebesbeziehung verwehrt blieb, in anderen tiefe Gefühle zu wecken vermochte. Es war ein Verhaltensmuster geworden, und ich hatte immer wieder denselben Fehler gemacht wie als junge Frau: zuviel herumerzählt, andere Meinungen eingeholt und mich danach gerichtet, anstatt meinem eigenen Instinkt zu vertrauen. Nicht auf das gehört, was mir mein Herz und mein Gefühl sagten, sondern immer nur getan, was mir, nach gründlichem Abwägen, vom Verstand her richtig erschien. Erst in den letzten Jahren hatte ich bewußt angefangen, mit dieser Gewohnheit zu brechen, und ganz allmählich begonnen, auf meine innere Stimme zu hören, meinen Gefühlen zu folgen.

Der Himmel über mir hat sich aufgehellt. Ein Stückchen Blau, gerade groß genug, um eine Seemannshose zu flicken, erscheint in der Wolkendecke, und ein schmaler Strahl Wintersonne bricht durch den Regen, fällt auf das nasse Gras und läßt tausend winzige Regenbogen aufleuchten.

Nun, ich bin nicht mehr derselbe Mensch, ich habe mich verändert. Für diese Reise in mein Inneres brauche ich keine zweite Meinung. Ich fange an, die Verwandlung zu begreifen, die sich in mir vollzogen hat. Aber ich erkenne noch mehr.

Ich hatte geglaubt, frei zu sein. Meine Verantwortlichkeit beschränkte sich auf meine beiden Söhne, Neil in Portugal, Mark mit seiner Frau und den Zwillingen in Perth, und auf meine siebenundachtzigjährige Mutter, die ich in einem Pflegeheim in Perth untergebracht habe.

Seit vielen Jahren ist auch mein Freundeskreis für mich so etwas wie eine Familie, ich spreche mit ihnen über die Zukunft, meine Träume, Ziele, Hoffnungen, Enttäuschungen.

Ich schätze ihre Freundschaft, in der ich mich geborgen, aber gleichzeitig auch frei fühle. In meinen Augen schließt Freundschaft zwar Verantwortung und gewisse Verpflichtungen ein, bringt aber nicht die Beschränkungen einer Partnerschaft mit sich. Ich erwartete von meinen Freunden, daß sie immer meine Freunde blieben, gleich, wo sie oder ich lebten. Unabhängig von Tätigkeit oder Aufenthaltsort würde die Freundschaft bestehen bleiben, zu manchen Zeiten inniger, zu anderen Zeiten weniger eng. Doch jetzt beginne ich zu sehen, daß einige meiner Freunde Erwartungen hegen, die das, was ich zu geben bereit bin, weit übertreffen. Ich will versuchen, meinen Drang nach Autonomie etwas zu mäßigen, aber dieses Mal lasse ich mich von niemandem aufhalten. Dieses Thema steht nicht zur Diskussion.

Es hört auf zu regnen, und die Sonne kämpft gegen die Wolken an, als ich zum Haus zurückfahre. In der Küche nimmt Irene Wäsche aus dem Trockner. Ich stehe neben ihr und lege die Stücke zusammen, während ich aus dem Fenster blicke.

»Und«, fragt sie. »Hast du in Australien alles regeln können?«

»Die praktischen Dinge schon«, sage ich. »Einiges andere braucht wahrscheinlich etwas mehr Zeit.«

Sie nickt. Sie weiß, was ich meine, und beugt sich herüber, um mir einen Stapel mit trockener Wäsche zu reichen. Als ich danach greife, hält sie einen Moment inne und wirft einen prüfenden Blick darauf.

»Sei mir nicht böse«, sagt sie schmunzelnd, »aber ich glaube, es ist an der Zeit, daß du dir neue Unterwäsche kaufst!«

Am nächsten Tag kaufe ich neue Unterwäsche, und nicht wenig davon, und ganz und gar nicht aus kochfester weißer Baumwolle.

Neil ist bereits wieder in Portugal, und ich werde ihm in ein paar Tagen folgen, aber vorher muß ich noch nach Rye fahren, an die Küste von Sussex. Es geht um Recherchen für ein Buch, und ich muß dort Notizen und Fotos machen, einige Gebäude und Stadtansichten besehen, durch die Straßen schlendern, die Atmosphäre auf mich wirken lassen und die Inschriften einiger Tafeln in der Kirche überprüfen.

Ich übernachte in einem winzigen Hotel, dessen Außenwände vor lauter Efeuranken kaum noch sichtbar sind, und abends sitze ich auf dem blütenweiß bezogenen Bett und schreibe an Karl.

In der fremden Umgebung fällt es mir ganz besonders leicht, ihm zu sagen, was ich tief in meinem Herzen fühle und was mir seine Rückkehr in mein Leben bedeutet. Ich schreibe einen Liebesbrief und erzähle ihm, daß ich keinen einzigen Liebesbrief mehr geschrieben habe seit meinem letzten an ihn. Ich erkläre ihm, daß ein Teil von mir starb, als er mich verließ, siebenunddreißig Jahre lang tot war und jetzt seine Auferstehung feiert.

Ich frage ihn, ob er sich an den Abend erinnert, als wir im Wohnzimmer von Smugglers Cottage saßen und ich ihm das Sonett von Elizabeth Barrett Browning vorlas – *Wie ich dich liebe? Laß mich zählen wie.* Ich fange an zu schreiben, daß ich neben dem Schreiben von Liebesbriefen auch die Lektüre von Gedichten aufgegeben habe, als er aus meinem Leben verschwand, aber nein – ich will ihn überraschen. Ich überlege schon die ganze Zeit, was für ein Geschenk ich ihm nach Deutschland mitbringen kann, und jetzt weiß ich, was. Ich unterbreche meinen Brief, zerknülle die Seite und schreibe dann über andere Erinnerungen.

In der Hauptstraße von Rye gibt es drei Buchhandlungen, und schon früh am nächsten Morgen durchstöbere ich ihre Regale nach einer Ausgabe der *Sonette aus dem Portugiesischen.* Zum zweiten Mal in meinem Leben versuche ich, dieses Buch zu finden, und wieder stoße ich auf dasselbe

Problem. Ich finde das Gedicht in einer Anthologie, aber das ist nicht das, was ich mir vorgestellt habe. Ich will alle vierundvierzig Sonette in einem Band. Es gibt mittlerweile doch gewiß eine Taschenbuchausgabe? Ich brauche sie jetzt und habe keine Zeit, darauf zu warten, nicht so wie damals, 1962.

Aber es ist ein Ding der Unmöglichkeit. Vor lauter Enttäuschung kommen mir die Tränen. Es wäre das perfekte Geschenk gewesen, aber ich muß mir wohl etwas anderes einfallen lassen. Traurig wandere ich über die kopfsteingepflasterten Gassen hügelaufwärts zur Kirche – vorbei am Rye Old and Rare Bookshop.

Irgend etwas läßt mich innehalten, ich drehe mich um und gehe zurück. Das Schaufenster ist voller Kinderbücher und Abenteuerromane aus den zwanziger Jahren, es gibt nichts, was mich hineinlocken könnte, von meiner Liebe zu alten Büchern einmal abgesehen.

Die Gedichtabteilung befindet sich ganz hinten in dem Antiquariat, und ich gehe direkt darauf zu, mein Blick sucht den Buchstaben B.

Dort, zwischen purpurnen, schwarzen und olivgrünen Lederrücken mit Goldprägung, dort, vor Browning, Burns und Byron, steht ein schmaler goldfarbener Band ohne Titel oder Namen. Ich greife hinauf und ziehe ihn aus dem Regal. Es ist ein goldener Schmuckschuber, und das Buch darin ist ein schlanker Band im Oktavformat ohne Titeleindruck. Er ist in dunkelrotes Leinen gebunden, mit goldfarbenem Lesebändchen aus Seide. Mit zitternden Händen schlage ich die Titelseite auf. *Sonette aus dem Portugiesischen* – ich halte ein Exemplar der Luxusausgabe der Folio Society von 1962 in der Hand. Ist es wahr, oder träume ich? Ich freue mich, und gleichzeitig wird mir das Ganze fast unheimlich, und ich bekomme eine Gänsehaut.

Die ältere Irin, die das Antiquariat führt, brennt darauf, mir Geschichten über hiesige Schriftsteller zu erzählen, über ihre Bücher, ihre Affären, ihren schamlosen Umgang mit Geld; sie erzählt mir von Henry James und E. F. Benson, von Joseph Conrad und H. G. Wells und Rumer Godden, die alle längere oder kürzere Zeit in der Region gelebt und gearbeitet haben.

»Ich habe auch eine Geschichte, eine zu diesem Buch«, sage ich, während sie es einpackt. Und ich erzähle ihr meine Geschichte, und sie kommt um die Ladentheke herum, um mich zu umarmen, während ihr die Tränen übers Gesicht laufen.

»Gott segne Sie, Sweetheart!« sagt sie und trocknet sich die Augen. »Das ist die schönste Liebesgeschichte, die ich seit Jahren gehört habe. Und wenn ich mir vorstelle, daß Sie das Buch hier in meinem Laden gefunden haben! Das ist ja wie im Kino.«

Ich bezahle zehn Pfund für das Buch, das jeden Penny davon wert ist – und noch viel mehr. Ich platze fast vor Stolz und Zufriedenheit, als ich das Antiquariat verlasse. Ein Mal im Leben habe ich das ideale Geschenk. Ein Geburtstagsgeschenk mit siebenunddreißig Jahren Verspätung.

Zehn Tage später schiebt Neil am Lissaboner Flughafen meinen Gepäckwagen zum Lufthansa-Schalter. Ich fühle mich wie ein emotionales Wrack. Der Abschied von Kindern tut immer weh, egal, wie alt sie sind. Hinzu kommen die Nervosität und die Angst vor dem, was mich erwartet.

»Es wird ganz bestimmt wundervoll, Mom«, sagt Neil und legt mir den Arm um die Schultern. »Das ist das Beste, was dir passieren konnte. Mach dir jetzt bloß keine unnötigen Sorgen.«

»Aber was, wenn er nicht mehr dasselbe empfindet, wenn er mich sieht?«

»Das wird er. Klar wird er das. Und falls nicht – was hast du schon zu verlieren?«

Jess hat das gesagt, und Irene, und jetzt Neil, und natürlich haben sie in so vieler Hinsicht recht. Nur können sie nicht wissen, daß ich sehr wohl etwas zu verlieren habe – meinen siebenunddreißig Jahre alten Traum. Daß ich dasselbe Risiko eingehe, das ich wagte, als ich seinen Anruf entgegennahm.

»Und wenn schon«, hatte Irene gesagt. »Nehmen wir an, du merkst, daß sich alles geändert hat – dann machst du dir eben eine nette Woche in Deutschland mit einem alten Freund.«

Sie hat recht – aber das ist nicht, was ich will. Was ich will, ist die Romantik und die Leidenschaft, die ich 1962 verloren habe. Was ich will, ist der Karl Jahrgang 1962, derselbe Karl, dem ich, glaube ich, alles bedeutet habe. Ich will jenen gutaussehenden, sensiblen, starken und warmherzigen Mann mit den verführerischen blauen Augen, und ich will, daß er mich mit all dem Feuer und der Zärtlichkeit von 1962 liebt. Ich will keine nette Woche in Deutschland mit einem alten Freund!

»Es wird bestimmt schön, Mom«, sagt Neil. »Es wird so sein wie früher – er hat dich immer geliebt, er hat dich nie vergessen, er ist um die halbe Welt gereist, um dich zu finden.«

Eine Weile verdrängt der Schmerz, Neil zu verlassen, alles andere. Wann werde ich ihn wiedersehen? Hat meine intensive Beschäftigung mit Karl, mit der Vergangenheit, mich von der Zeit mit ihm abgelenkt? Hat er das Gefühl, daß ich ihn vernachlässigt habe? Aber jetzt ist es zu spät, um mit solchen Fragen anzufangen. Ich passiere die Sicherheitskontrolle, und als ich mich umdrehe, sehe ich ihn fortgehen, zurück zu seinem eigenen Leben, seiner Arbeit, seinen Freunden, und ich blicke hinüber zur Abflugtafel, um zu sehen, an welchem Gate meine Maschine wartet.

An demselben heißen Januarmorgen in Fremantle holt die diensthabende Schwester die Post aus dem Briefkasten und sortiert sie auf dem Schreibtisch im Büro der Oberschwester. Eine Postkarte aus Portugal ist dabei, und sie bringt sie in ein kleines Zweibettzimmer, wo eine alte Frau in einem Stuhl vor der raumhohen Fensterfront döst.

»Rob«, sagt sie und berührt die Frau sanft am Arm. »Rob, schauen Sie, Sie haben wieder Post von Liz.«

Die Frau öffnet langsam die Augen, schaut sich um, ein bißchen verwirrt zuerst, bis ihr die vertraute Umgebung ein Gefühl von Sicherheit gibt. Sie mag diese Schwester, die sie mit Respekt behandelt. Die beiden unterhalten sich oft und lachen viel zusammen. Ein Jammer nur, daß sie sich nie an den Namen der Schwester erinnern kann, aber sie erinnert sich in letzter Zeit an gar keine Namen mehr. Genau genommen läßt ihr Gedächtnis sie fast völlig im Stich, und manchmal bringt sie alles durcheinander. Erst gestern hat sie gefragt, wann denn ihre Mutter endlich zu Besuch käme, und man hat ihr gesagt, daß ihre Mutter schon seit vielen Jahren tot sei.

»Du lieber Himmel, Rob«, hatte die Schwester gesagt. »Sie sind siebenundachtzig, wie alt müßte denn da Ihre Mutter jetzt sein?« Sie ist überrascht, hatte geglaubt, ihre Mutter erst vor wenigen Wochen gesehen zu haben, bevor sie nach Portugal in die Ferien geflogen ist. »Sie meinen Liz, Ihre Tochter«, korrigierte die Schwester sie geduldig.

Ach ja, das Leben ist so verwirrend, meistens weiß sie nicht einmal mehr, wo ihr Zimmer ist.

»Soll ich sie Ihnen vorlesen?« sagt die Schwester und hält ihr die Hand.

»Ja, Liebes, bitte. Das wäre sehr nett.«

Liebste Mom,
ich hänge noch einige Urlaubstage an.
Erinnerst Du Dich an Karl, den Deutschen, mit dem ich mit achtzehn verlobt war? Er hat mich nach all den Jah-

ren ausfindig gemacht, und ich treffe mich auf der Heimreise mit ihm für eine Woche in Frankfurt. Er erinnert sich so gut an Dich und Dad und schickt herzliche Grüße.

Ich bin bald zurück. Ich denke oft an Dich und hoffe, bei Dir ist alles in Ordnung.

In Liebe,

Liz

»Nun«, sagt die Schwester und klingt fast ein bißchen aufgeregt. »Ist das nicht zauberhaft? Erinnern Sie sich an ihn, Rob – an diesen Karl?«

Angesichts des lückenhaften Gedächtnisses der alten Dame erwartet sie auf diese Frage gar keine Antwort und ist überrascht, als Rob ihr nach kurzem Nachdenken fest in die Augen schaut.

»Ich erinnere mich an ihn«, sagt sie. »Ich erinnere mich, daß sie ihn heiraten wollte, aber wir haben es ihr nicht erlaubt. Später habe ich gedacht, daß es falsch war. Len und ich – wir haben uns getäuscht.«

Die Schwester gibt ihr die Ansichtskarte, zeigt ihr das Bild von Lissabon. »Nun, ist das nicht zauberhaft«, sagt sie noch einmal. »Ich bin gespannt, wie das weitergeht. Naja, Liz kommt ja bald wieder und wird uns dann alles genau berichten.«

Rob dreht die Karte mehrmals um. Alles ist so verschwommen. Karl – ja, er war Deutscher, aber da war auch irgend etwas mit Amerika. Und Liz – sie war so traurig.

»Ich glaube, ich mochte ihn sehr. Ich frage mich, warum wir sie nicht haben heiraten lassen«, sagt sie laut.

Die Katze des Pflegeheims stolziert durch die offene Terrassentür und springt ihr laut schnurrend auf den Schoß. Sie streichelt ihr den Kopf, und die Katze beginnt, sich zu räkeln, ihre Krallen dringen ein wenig durch den dünnen Plaid, aber es tut ihr nicht weh. Die überraschende Klarheit der letzten Minuten ist vorbei.

»Ich weiß noch, wie er aussah«, erzählt sie der Katze. »Aber ich weiß nicht mehr, warum wir nicht zuließen, daß sie ihn heiratet. Ich muß sie fragen, wenn sie wiederkommt.« Dann schließt sie die Augen, lehnt den Kopf zurück gegen das Kissen und ist bald wieder eingeschlafen, während die Katze leise weiterschnurrt.

Das ist der längste Flug meines Lebens. Er erinnert mich an eine Zugfahrt nach London, und ich bin sogar noch nervöser und aufgeregter als damals. Unsere Gespräche waren so intim gewesen, die Worte, die Gefühle, die Zeiten des Schweigens und die vielen Tränen, sie alle haben so vieles ausgedrückt. Wir haben eine Zeitreise in die Vergangenheit unternommen. Ein Teil von mir ist wieder achtzehn, ein Teil von ihm einunddreißig. Ich stelle ihn mir vor – den Mann, den ich kannte, und den, den Jess mir beschrieben hat –, und die Bilder überlagern sich und trennen sich wieder, wie asiatische Schattenspielpuppen hinter einer Stoffwand. Ich weiß, wie er aussehen wird, aber ich habe solche Angst vor dem, was er sehen wird. Als wir uns das letzte Mal sahen, war er ein reifer Mann und ich ein Teenager. Der Unterschied zwischen einem Mann von einunddreißig und einem Mann von achtundsechzig scheint weit geringer als der zwischen einem Mädchen von achtzehn und einer vierundfünfzigjährigen übergewichtigen Großmutter. Was wird er von mir halten? Ich zwinge mich, an etwas anderes zu denken, betrachte die Landschaft. Dies ist eine der wichtigsten Reisen meines Lebens. Ich bin Schriftstellerin, ich muß mir das alles einprägen.

Unter uns liegt Deutschland, eine Patchworkdecke aus Grün- und Brauntönen breitet sich unter einer wäßrigen Wolkenschicht aus. Schiefergrau und Ziegelrot kleiden die Dächer, Autos gleiten geräuschlos über ein silbergraues Netz von Straßen. Was werde ich ihm sagen? So viele Worte haben uns am Telefon einander nahegebracht – werden sie uns genauso flüssig über die Lippen kommen, wenn wir uns gegenüberstehen? Der Umkehrschub läßt die Motoren aufheulen, und wir rasen über die Landebahn. Er wird dasein, wird mich abholen.

»Wir brauchen ein Kennwort«, sagte er vor einigen Tagen. »Für den Fall, daß wir uns nicht erkennen.«

»Ich werde dich erkennen«, sagte ich.

»Nun, nur für den Fall – das Kennwort lautet ›siebenunddreißig Jahre‹, vergiß das ja nicht.«

»Ich vergesse es bestimmt nicht.«

Frankfurt. In den fünf Wochen, seit ich zuletzt auf diesem Flughafen stand und das Schmelzen der Schneeberge beobachtete, hat sich mein Leben vollkommen verändert. Es scheint unbegreiflich, daß sich in so kurzer Zeit so vieles ereignen kann. Es dauert ewig, bis das Gepäck kommt, aber endlich tauchen die ersten Koffer auf dem Rollband auf, und meine sind dabei. Ich schleppe sie zu einem Gepäckwagen, atme ein paarmal tief durch, um Mut zu fassen, und gehe in Richtung Ausgang. Er steht irgendwo da draußen und wartet auf mich. Nach all diesen Jahren der Trennung stehen wir wieder auf demselben Stück Erde. Der Zollbeamte winkt mich durch, und die automatischen Türen öffnen sich. Ich zittere so stark, daß ich kaum laufen kann.

Er steht da, und er ist unverkennbar. Alles an ihm ist unverkennbar, seine Haltung, die Form seines Kopfes, sein Gesicht und diese faszinierenden Augen. Er sieht mich, und er lächelt dasselbe Lächeln. Wir brauchen keine Worte, doch ohnedies könnte keiner von uns ein Wort hervorbringen, so sehr strömen uns die Tränen übers Gesicht.

9

An einem kalten Januarmorgen liegt frischer Schnee über der Landschaft ein paar Kilometer westlich von Nürnberg. Leicht ruht er auf den Ästen der Fichten und breitet einen strahlendweißen, weich gewellten Teppich über die Wiesen und Felder. Du lenkst den Wagen an den Straßenrand und stellst den Motor ab. Auf dem Feld neben uns ziehen zwei kleine Jungen einen Schlitten, ihr Großvater ist mit von der Partie. Ihre warmen Jacken und Hosen bilden in dem weißen Feld bewegliche rote und blaue Farbtupfer, ihre Stimmen klingen hell und klar durch die kalte Winterluft, durchbrechen jene unwirkliche Stille, wie sie nur Schnee erschaffen kann. Der Himmel trägt schwer an jenem lichten Grau, das weitere Schneefälle verheißt, und taucht alles in ein Licht, das sämtliche Farben verwandelt.

»Komm, machen wir ein paar Fotos«, sagst du. Und wir steigen auf einen Hügel, von dessen Kuppe aus das Land sich weit in alle Richtungen erstreckt, über bewaldete Hänge bis hin zu den Türmen von Nürnberg, kaum sichtbar in diesem seltsamen Schneelicht. Du gehst ein paar Schritte vor mir den Hügel hinab, und ich sehe dich, wie ich dich so oft zuvor gesehen habe.

»Karl«, rufe ich, und du bleibst stehen, drehst dich um und schaust mich lächelnd an. Alles ist identisch – die Wendung deines Kopfes, deine Augen, dein Lächeln, die Neigung deiner Schultern, deine Hände in den Taschen einer kurzen Jacke. Und ich drücke auf den Auslöser – mache dasselbe Foto wie damals am Strand von Brighton. Dasselbe Bild, das ich in meinen Träumen so oft gemacht habe, wenn ich mir vorstellte, wie du jene steile Straße in San Francisco vor mir hinabgingst.

»Ja, Sweetheart? Kommst du?« rufst du. Ich folge dir den Abhang hinunter, rutsche aus auf dem Schnee, und du ergreifst meine Hand, ziehst mich an dich, und zusammen laufen wir den Hügel hinab.

Ich kann jetzt dieses Foto betrachten und sehe euch beide – den Mann, der du warst, und den Mann, der du geworden bist –, und beide verschmelzen zu einem. Es ist mein Lieblingsbild, denn es zeigt mir, daß dies alles nicht nur ein Traum ist. Es zeigt mir, daß Erinnerungen zwar den Eckstein dieser Liebe bilden, nicht aber ihren Gehalt ausmachen. Es zeigt mir, daß Liebe ebenso Vergangenheit wie auch Gegenwart ist, daß wir das, was wir verloren glaubten, wiedergefunden haben.

Als ich die Ankunftshalle des Frankfurter Flughafens betrat und dich sah, schien mein ganzes Leben in diesem einen Augenblick konzentriert. Ich habe keine Ahnung, wie lange wir so dastanden, wortlos, sprachlos. Ich weiß nur, daß mir irgendwann auffiel, daß die Leute uns anstarrten. Und obwohl ich unter den ersten war, die durch den Zoll kamen, hatten sämtliche Passagiere meines Flugs längst das Areal verlassen, als wir endlich imstande waren, die ersten Worte zu wechseln.

»Ich hoffe, ich küsse den Richtigen«, murmelte ich später, als wir abends in jenem gutbeheizten, sanft beleuchteten Hotelzimmer im Herzen des Odenwalds auf der Bettkante saßen. »Wie lautet das Kennwort?«

»Welches Kennwort?« fragtest du, ehrlich erstaunt.

»Wie kann ich mich mit einem Mann einlassen, der sein eigenes Kennwort vergißt?« wollte ich wissen.

»Nun, du brauchst nur daran zu denken, daß ich dich immer geliebt habe, daß ich dich gesucht und endlich gefunden habe. Du mußt nur immer daran denken, daß ich zurückgekommen bin.«

Ich werde immer daran denken.

Ich werde auch immer daran denken, wie du dich mir an jenem ersten Abend behutsam genähert hast, wie du mir den Nacken küßtest, als du mir aus dem Mantel halfst, wie du dich bücktest, um mir die Stiefel auszuziehen, wie du mich ansahst und sagtest: »All die Jahre, wo auch immer ich war, mit wem auch immer ich zusammen war – ich habe immer nur dich gewollt.«

Ich werde immer daran denken, daß wir eine Weile dasaßen, über die Vergangenheit sprachen, Fotos austauschten, Erinnerungen austauschten. Ich fragte dich, ob du dich an den Abend erinnertest, an dem ich dir das Sonett vorlas, und du nicktest, und Tränen traten in deine Augen. Ich erzählte dir, wie ich damals, vor all den Jahren, die *Sonette aus dem Portugiesischen* bestellt, aber nie abgeholt hatte und wie ich, vor wenigen Tagen erst, dieselbe Ausgabe von 1962 in Rye entdeckt hatte. Und als du das Buch aus dem Goldschuber zogst und vorsichtig die Seiten umblättertest, sprach ich dir wieder diese Worte vor: *Wie ich dich liebe? Laß mich zählen wie.*

Und nachdem wir aufgehört hatten zu weinen, standst du auf, drehtest das Licht herunter, warfst dein Sakko über einen Stuhl und zogst mich hinunter neben dich aufs Bett.

»Ich habe deinen Vater sehr gemocht und geschätzt«, sagtest du. »Er war ein wunderbarer Mann, und ich war bereit zu versprechen, worum er mich bat. Er wollte, daß wir warten – meinst du nicht, er wäre auch der Ansicht, daß wir jetzt lange genug gewartet haben?«

Und so war es in jenem gemütlichen Zimmer im Herzen des Odenwalds, in jenem kleinen Dorfgasthof, vor dessen Fenstern selbst mitten im Winter noch Blumenkästen hingen, daß wir uns endlich so restlos, so vollkommen der Liebe hingaben, wie wir es uns immer erträumt hatten. Es war dort, viel später im Dunkel der Nacht, daß ich aufwachte und dich neben mir spürte, deinen Bart an meiner Schulter, deinen Atem in meinem Nacken. Ich lag da, in der Dunkelheit, und schwelgte in deiner Nähe.

Die ersten Tage standen wir beide wie unter einem freudigen Schock, außer uns vor Glück, uns wiedergefunden zu haben. Wir hatten volle sieben Tage vor uns, mehr, als wir für möglich gehalten hätten. Während wir den steilen Weg zur Nürnberger Burg hinaufstiegen, durch die malerischen Gassen von Michelstadt schlenderten und abends vom Auto aus die Lichterlandschaft der Burg Frankenstein beobachteten, lernten wir einander neu kennen. Wir kosteten die Romantik von Worten und Berührungen aus, übten uns im liebevollen Parieren von Meinungsverschiedenheiten und tasteten uns gemeinsam zu den Tiefen des Schmerzes so vieler versäumter Jahre vor. Und wir gestanden uns unsere Angst vor der neuerlichen Trennung ein, vor dem Tag, gar nicht mehr weit entfernt, an dem wir in verschiedene, ja diametral entgegengesetzte Richtungen nach Hause fliegen würden.

Vom ersten Tag an war uns klar, daß wir zusammensein mußten, aber da waren komplizierte Einwanderungsbestimmungen in Erfahrung zu bringen, berufliche und familiäre Verpflichtungen, und das alles hieß, daß uns eine weitere Zeit der Trennung bevorstand, in der wir unsere Lebensumstände neu ordnen mußten.

An einem frostklaren Abend bummelten wir über den Kirchhof von Weinheim, und plötzlich zogst du mich in die Büsche und küßtest mich leidenschaftlich, und ein älteres Paar – ja, älter als wir! – sah uns erstaunt an, als wir, kichernd wie Teenager, wieder herauskamen. Und auf dem Weg zum Chor der Kirche blieben wir vor dem beleuchteten Anschlagbrett stehen, und du begannst etwas zu lesen, was in kunstvoller, antiquierter Schrift auf dickem pergamentweißem Papier gedruckt stand.

»Hör zu«, sagtest du und zogst mich, den Arm um meine Schultern gelegt, ganz nah an dich. Und dann übersetztest du mir die vertrauten Verse aus Paulus' Brief an die Korinther:

Ohne die Liebe bin ich nichts.
Die Liebe ist geduldig und freundlich. Die Liebe kennt keinen Neid, keine Eifersucht und keinen Stolz.
Die Liebe ist nicht taktlos, egoistisch oder reizbar. Die Liebe ist nicht nachtragend.
Die Liebe freut sich nicht über das Unrecht. Sie freut sich über die Wahrheit.
Die Liebe gibt niemals auf. Ihr Glaube, ihre Hoffnung und ihre Geduld versagen nie.
Die Liebe hört niemals auf.
Drei Dinge bleiben uns für immer: Glaube, Hoffnung und Liebe, und die Liebe ist das größte von ihnen.

Im Überschwang des Augenblicks äußerte ich die Vermutung, diese Bibelstelle sei extra für uns hier ausgehängt worden, und als ich über meine eigene Idee lachte und mich zu dir umdrehte, ergriffst du meine Hand und drücktest sie ganz fest.

»Ich hätte nie geglaubt, daß du mich noch lieben könntest«, sagtest du. »Ich weiß nicht, wie du mich noch lieben kannst, nachdem ich dich so tief verletzt habe.«

»Du hast es ja nicht getan, um mich zu verletzen«, flüsterte ich, mit den Tränen kämpfend. »Du hattest Angst. Du hast es getan, um dich selbst zu schützen. Das ist eine normale menschliche Reaktion. Ich weiß nicht, wie du mich noch lieben kannst. Schließlich hatte ich den Glauben an dich verloren und allen anderen mehr vertraut als dir.«

»Ich muß verrückt gewesen sein«, sagtest du und preßtest

meine kalten Finger an deine warmen Lippen. »Wenn ich mir vorstelle, was ich aufgegeben habe – ich habe so viele verrückte Dinge in deine Briefe hineingelesen, Dinge, die überhaupt nicht existierten.«

»Und ich war so unsensibel, ich bin nicht einmal auf den Gedanken gekommen, daß du es so auffassen könntest.«

»Selbstverständlich nicht. Warum solltest du auch. Aber meine Dummheit, *condone* und *condemn* zu verwechseln – dieses eine Wort. Hätte ich deinen Brief genau gelesen, hätte ich es verstanden. Aber als ich es bemerkte, war es zu spät. Ich war mir sicher, du würdest mich nie wiedersehen wollen.«

»Das Mißverständnis hätte sich ausräumen lassen können«, sagte ich. »Schuld war die Entfernung, die Trennung. Wärst du in England gewesen, hätten wir uns gesehen, darüber sprechen können, und ich hätte dich verstanden. Aber ich war von Menschen umgeben, die uns auseinanderbringen wollten. Und ich habe mich von ihnen beeinflussen lassen.«

»Das alles wußte ich nicht. Ich hätte dich niemals verlassen dürfen. Sie haben dich unter Druck gesetzt, und ich auch. Ich hätte das merken müssen.«

Wir hatten dieses Gespräch schon öfter geführt, viele Male, am Telefon, von Angesicht zu Angesicht, immer wieder. Es ist der verzweifelte Versuch, zu verstehen, zu erklären, einen Sinn zu finden, immer in der Hoffnung, daß dies den Schmerz und die Wehmut über die vergeudeten Jahre lindern würde, die wir zusammen hätten verbringen können. Es geht nicht. Schmerz und Wehmut bleiben, aber sie binden uns auch enger aneinander. Es ist unser ganz persönliches Ritual, ein Ritual, das nur wir beide zelebrieren können. Ich nehme an, wir werden darüber sprechen, solange wir leben.

In Darmstadt stiegen wir im stillen Licht der Nachmittagssonne den steilen Hügel hinauf zur reichgeschmückten Russischen Kapelle, die majestätisch hinter dem rechteckigen Becken aufragt, wo Kupferfrösche aus offenen Mäulern sich kreuzende Wasserfontänen speien. Wir schlenderten durch den benachbarten Park, zwischen Reihen kahler Ahornbäume, deren Äste vor dem Winter zurückgeschnitten worden waren. Etwas an diesem Park erinnerte mich an den Park am Northumberland Crescent, doch als wir uns dieses Mal gegen einen Stamm lehnten und über die Zukunft sprachen, spürte ich deine Zuversicht.

Und abends, in dem kleinen Hotel, in dem man uns schon nach wenigen Tagen wie liebe alte Freunde behandelte, setztest du dich ans Klavier und spieltest »Wooden Heart« und gabst dem einfachen Lied anstelle von Wehmut eine ermutigende Note. Du spieltest Beethoven und Schubert, Volkslieder und Liebeslieder, und immer schautest du mich an, und deine Blicke sagten mir, daß die Musik, obgleich sie viele Zuhörer hatte, nur für mich bestimmt war. Ich beobachtete deine Hände, die kräftigen Handflächen, die langen, eleganten Finger, die das Instrument zum Leben erweckten, und mein Körper erinnerte sich daran, wie diese Hände mich in jenen langen, glücklichen Winternächten hielten und liebkosten.

~

Unvermittelt waren die sieben Tage, die so verlockend vor uns gelegen hatten, vorüber. Aus einem wahrhaft siebten Himmel, aus scheinbar zeitlosem Raum, wurden wir abrupt und schmerzhaft auf die Erde zurückgeholt und sahen uns mit der Trennung konfrontiert, die wir bis jetzt verdrängt hatten. Beim Packen, beim Bezahlen der Rechnung, beim Beladen des Autos. Ungläubig starrten wir auf die Flugtickets nach San Francisco und nach Perth, die uns erneut trennen würden – so weit voneinander entfernt, wie es auf dieser Erde überhaupt möglich ist. Wir hatten nicht genug, wir würden nie genug haben. Wir hatten noch nicht alles gesagt, was gesagt werden mußte, noch nicht alles getan, was getan werden mußte. Wir waren verzweifelt und voller Angst. Die Trennung würde uns nie leichtfallen, aber jetzt war es einfach noch viel zu früh.

Auf der Fahrt zum Frankfurter Flughafen konnten wir kaum sprechen. In kummervollem Schweigen gingen wir vom Parkplatz zum Terminal und dem Avis-Schalter, um die Autoschlüssel zurückzugeben.

»Ich ertrage es nicht«, sagtest du. »Können wir nicht noch etwas bleiben? Es ist einfach nicht richtig so. Könntest du noch bleiben? Eine Woche vielleicht?«

»Ja«, sagte ich. »Und du?«

Und wir buchten unsere Flüge um und verlängerten die Leihfrist für den Mietwagen. Wir riefen in Kalifornien und Australien an, anschließend in dem Hotel, das wir gerade erst verlassen hatten, und fragten, ob sie uns wieder aufnehmen würden. Lachend, überglücklich ob unserer spontanen Entscheidung, unserer Flexibilität, spazierten wir händchenhaltend durch die Straßen Frankfurts, schwelgten in Vorfreude auf weitere sieben gemeinsame Tage. Der Besitzer des Hotels schmunzelte, als wir unser Gepäck wieder ausluden. Die Angestellten versammelten sich lächelnd um uns, und ein paar Minuten später brachte jemand Sekt, und der Koch stellte uns einen großen Teller dampfender Apfelpfannkuchen hin.

In dieser zweiten Woche ließen wir Vergangenheit und Gegenwart eins werden. Wieviel hatten wir in der ersten Woche geweint. Jeden Tag, mehrmals am Tag, liefen mindestens einem von uns die Tränen übers Gesicht. Wir weinten und weinten – manchmal stumme, leise Tränen, manchmal herzzerreißende, quälende Schluchzer. In der zweiten Woche weinten wir weniger und lachten mehr. Und wir konnten besser über die Zukunft reden und darüber, wo wir leben wollten. Wir liebäugelten mit der Vorstellung, uns direkt hier in Deutschland niederzulassen, in diesem Paradies, weit entfernt von Verantwortlichkeiten und Ablenkungen unseres bisherigen Lebens. Und da keiner von uns sich mit australischen oder US-amerikanischen Visabestimmungen auskannte und wußte, ob sie unser Zusammensein fördern oder hindern würden, erschien uns die Tatsache, daß wir beide einen europäischen Paß besaßen, wie ein Sicherheitsnetz.

Um Mitternacht überkam uns die Lust auf Eiscreme, wir machten uns auf die Suche und genossen das Eis dann im Freien vor der italienischen Eisdiele, während die Schneeflocken im Licht der Straßenlaternen tanzten. Als die Temperatur noch tiefer sank, schritten wir schneller aus. Wir wanderten durch die schmalen Straßen Heidelbergs und hielten uns auf der Uferpromenade eng umschlugen, damit uns die Kälte nichts anhaben konnte. Wir schlürften köstliche heiße Schokolade mit sündhaft dicken Sahnehäubchen und aßen die Fischbrötchen, die wir beide so lieben. In Parks und Schlössern, in Galerien und Kathedralen, in der Ruhe und Sicherheit unseres Zimmers lernten wir einander noch besser kennen, und jeder Tag festigte unsere Beziehung. Jeden Abend schlief ich mit dem kostbaren Gefühl ein, dich neben mir zu haben, und jeden Morgen wachte ich auf voller Freude, daß es kein Traum war, sondern Wirklichkeit, daß du noch da warst, neben mir im Bett oder als Silhouette am Fenster, wenn du in die Winterlandschaft hinausblicktest.

»Weißt du noch, als ich dir zu deinem achtzehnten Geburtstag einen Gummibaum schenken wollte?« fragtest du lachend, als mein fünfundfünfzigster Geburtstag näher rückte. »Ich wollte dich beeindrucken – und der Blumenhändler schlug die Hände über dem Kopf zusammen!«

»Nein wirklich – ich habe schon soviel Gepäck, ich kann

unmöglich noch mehr tragen«, protestierte ich, als du mir überall Geschenke kaufen wolltest. Aber die zauberhafte Porzellanuhr und das hinreißende Set aus Kerzenleuchter und Vase waren einfach zu schön, und du ließest sie einpacken und schicken, so daß mein Geburtstagsgeschenk kurz nach mir in Australien eintreffen würde.

Während die kostbaren Tage verstrichen, gingen wir die verschiedenen Möglichkeiten für unser gemeinsames Leben durch. Nach all den verlorenen Jahren sehnten wir uns danach, zusammenzusein, doch hatten wir beide Verpflichtungen, die weitere Monate der Trennung unvermeidbar machten.

Du hattest einen vollen Terminkalender mit langfristigen vertraglichen Bindungen, hattest dennoch alles stehen- und liegenlassen, um kurzfristig nach Frankfurt zu fliegen, und dann deinen Aufenthalt an dem Tag, an dem du in San Francisco zurückerwartet wurdest, nochmals um eine volle Woche verlängert. Ich war bereits mehrere Wochen fort gewesen und hatte anschließend Termine aufgeschoben, die allmählich drängten. Und obwohl meine Arbeit mehr Flexibilität zuließ als deine, würde auch ich die kommenden Monate brauchen, um in Australien alles zu regeln.

»Wir sind bald wieder zusammen«, versprachst du. »Sobald wir wieder zu Hause sind, fangen wir an, alles Nötige zu erledigen ...« Deine Stimme brach, und du umarmtest mich. »Bald, Darling, ganz, ganz bald.«

Am Morgen meines fünfundfünzigsten Geburtstags klammerten wir uns am Frankfurter Flughafen aneinander, und diesmal gab es kein Zurück mehr: Unsere Lebensumstände zogen uns in entgegengesetzte Richtungen, und als du mich zum Abschied küßtest und durch die Sperre zu deinem Flugzeug gingst, war mir, als bräche mir das Herz. Bei dir hatte ich mich so geborgen gefühlt, so voller Zuversicht, aber kaum warst du fort, fühlte ich mich zurückversetzt an die Three Bridges Station und sah dich wieder die Stufen hinaufgehen zu dem Bahnsteig, wo dein Zug nach London wartete. Nur war es dieses Mal noch schlimmer. Denn obwohl ich mich bei unserem Abschied 1962 unglaublich einsam gefühlt hatte, war ich doch sicher gewesen, dich in einem Jahr wiederzusehen, dich zu heiraten und den Rest meines Lebens mit dir zu verbringen. Dieses Mal aber kannte ich die Realität der Vergangenheit: Du warst abgefahren, und ich hatte dich verloren. Und während ich ziellos durch das Flughafengebäude wanderte und darauf wartete, daß meine Maschine aufgerufen wurde, stieg eine furchtbare Angst in mir auf. In San Francisco würdest du in dein altes Leben zurückfallen und mich wieder vergessen. Deine Versprechen würden dahinschmelzen wie der Schnee auf der Startbahn unter dem heftiger werdenden Regen. Es war unlogisch, widersinnig, schließlich hattest du mich jahrelang gesucht, alles liegenlassen und warst um die halbe Welt geflogen, um bei mir zu sein. Aber ich war sicher, daß das Schicksal sich etwas einfallen lassen und unsere Pläne für eine gemeinsame Zukunft erneut durchkreuzen würde. Ich hatte keine Ahnung, wie ich in das Leben zurückkehren sollte, das ich vorher so geliebt hatte und das nun auf der anderen Seite der tiefen Schlucht lag, die mich von dir trennte.

Stunden später, als mein Flugzeug mich ostwärts in die Nacht hineintrug und sich die dichte Wolkendecke unter uns erst von Hell- zu Dunkelblau und Grün und dann über Gold und Orangebraun zu Schwarz färbte, schloß ich die Augen und träumte von dir, unterwegs in Richtung Westen und dem neuen Tag entgegen, und meine Schwermut wuchs mit der Dunkelheit, die uns umschloß.

TEIL V
Verwirrung

10

Perth ist wunderschön, es liegt in blendendes Sommerlicht getaucht. Doch ich ertrage es kaum, die Füße auf den Boden zu setzen. Aus den frostigen Temperaturen in Deutschland kommend, trete ich in die vertraute, unerquickliche Vierzig-Grad-Hitze, die der Haut alle Feuchtigkeit und mir jegliche noch verbliebene Energie entzieht. Jan fährt mich nach Hause und hält sich zurück mit ihrer Freude über meine Wiederkehr, zügelt ihre Neugier mit dem Feingefühl einer wahren Freundin; zwar kann sie die bohrendsten Fragen stellen, weiß aber auch, wann es besser ist, den Mund zu halten, sie maßt sich kein Urteil an und hat immer Zeit für mich, wenn es darauf ankommt.

»Wann seht ihr euch wieder?«

»Ich weiß es nicht – in ein paar Monaten – wir müssen das mit den Visa regeln, entscheiden, ob ich zu ihm ziehe oder ob er herkommen kann. Und dann ist da natürlich unsere Arbeit. Es ist alles so schrecklich kompliziert.«

Von einem schattigen Plätzchen beim Gartentor aus starrt mich Basil, mein Bearded Collie, halb vorwurfsvoll, halb desinteressiert an, was seine Empörung über mein langes Fortbleiben deutlich zum Ausdruck bringt. Betont gleichgültig trottet er zur Haustür, wartet, bis ich den Schlüssel herausgekramt habe und aufsperre. Drinnen läßt er sich auf den kühlen Fleck unter meinem Schreibtisch fallen und kehrt mir beleidigt das Hinterteil zu. Vierundzwanzig Stunden wird es dauern, bis ich mich wieder seiner vollen Zuneigung erfreuen darf.

Mein Haus wurde während meiner Abwesenheit bestens gehütet. Die Fußböden glänzen, die Fenster spiegeln, und der Duft von Zitrone und Lavendel erfüllt die Räume. Auf dem Tisch steht in einer hohen weißen Vase ein riesiger Strauß gelber und weißer Rosen, obendrin steckt eine Karte.

Happy Birthday, Sweetheart!
Ich liebe Dich für immer.
Karl

Trotz der Reise, trotz der vielen tausend Kilometer, die uns trennen, und trotz der Tatsache, daß du schon wieder voll in der Arbeit stecken mußt, hast du Zeit gefunden, mir einen Willkommensgruß zukommen zu lassen.

Jan merkt, daß ich kein Wort herausbringe.

»Leg dich hin und schlaf«, sagt sie. »Danach sieht alles anders aus, und du wirst dich besser fühlen. Ich hol' dich morgen nach der Arbeit zum Essen ab. Dann können wir in Ruhe miteinander reden.«

Am nächsten Morgen erwache ich früh und liege, ruhiger, aber leer, im schalen Licht der Dämmerung. Durch das Dachfenster beobachte ich einen Papagei, der eine purpurne Blüte der Prunkwinde zerrupft, die den hohen Pfefferminzbaum überrankt. Ich bin zurück in der Sicherheit meines Schneckenhauses. Als ich vor sechs Wochen die Tür hinter mir zuzog, hatte ich nur Vorfreude auf jenen Moment verspürt, in dem ich sie wieder aufschließen würde, verkörperte mein Haus doch die Zukunft und das Leben, in das ich heimkehren würde, das Leben, das ich mir gewünscht und erarbeitet hatte. Jetzt ist alles anders. Jetzt fürchte ich mich davor, in mein eigenes Leben zurückzukehren. Ich fürchte, daß es mich auffressen, mich gefangennehmen wird, daß ich niemals einen Weg hinaus und zurück zu dir finden werde. Auch deine Stimme am Telefon kann diese furchtbare Vorahnung nicht auslöschen.

Ich bin mir selber fremd, ich irre verloren durch mein eigenes Haus, mein eigenes Leben. Und die ersten paar Tage kann ich nicht einmal dir sagen, wie ich mich fühle. Ich bin nicht in der Lage zu arbeiten, unfähig, mich meinen Freunden mitzuteilen. Andauernd erwarte ich den Anruf, der mir mitteilt, daß alles vorüber ist. Ich erzähle unsere Liebesgeschichte allen möglichen Menschen. Ich beantworte Fragen und spare nicht mit Anekdoten. Ich lache und weine und zeige die Fotos herum und verspreche allen, daß ich dich ihnen vorstellen werde, irgendwann in naher Zukunft. Aber mich selber vermag ich davon nicht zu überzeugen.

Länger als ein paar Minuten kann ich mich auf nichts konzentrieren, und jedesmal, wenn ich das Haus verlasse, um einkaufen, schwimmen oder mit Basil spazierenzugehen, habe ich es eilig, wieder heimzukommen und nachzusehen, ob du angerufen oder eine E-Mail geschickt hast.

Ich bin normalerweise ein Medienjunkie, ein zwanghafter Zeitungsleser, süchtig nach Radio- und Fernsehnachrichten, der Tagespolitik verfallen, aber zwei Wochen vergehen, bevor ich eine Zeitung anfassen oder einer Nachrichtensendung zuhören kann.

Dann, als ich den Fernseher endlich zum ersten Mal einschalte, finde ich mich in einer erotisch aufgeladenen Bettszene, und der männliche Schauspieler nimmt deine Züge an. Deine früheren Beziehungen verfolgen mich in Gedanken, und ich ringe darum, Bilder von dir mit anderen Frauen zu verscheuchen. Wären wir uns als Fremde begegnet, hätten vergangene Beziehungen vermutlich keine große Rolle gespielt, aber jetzt, nach der erneuten Trennung, kehren die verlorenen Jahre zurück und verfolgen uns beide in Form einer rückwirkenden Eifersucht, in Form von Besitzansprüchen, denen jedweder Realitätsbezug abgeht. Wir waren damals nicht zusammengewesen, aber ich hatte dich geliebt, und du hattest mich geliebt, und so kämpfen wir auf entgegengesetzten Seiten der Erde gegen Bilder aus der Vergangenheit an; wehren uns gegen den inneren Drang, Fragen zu stellen, weil es besser ist, die Antworten nicht zu kennen.

»Warum hast du ihn nicht geheiratet, als ihr jung wart?« fragt meine Mutter, während sie die Fotos betrachtet.

Ich öffne den Mund, jede Menge Anklagen auf der Zunge, aber sie lösen sich ungesagt in Luft auf. Es wäre sinnlos und grausam.

»Wir wollten heiraten, als Karl wieder nach Amerika zurückmußte, aber du und Dad, ihr habt darauf bestanden, daß wir ein Jahr warten«, erzähle ich ihr.

»Warum wollten wir, daß ihr wartet?«

»Ihr hattet das Gefühl, ich sei zu jung: Er war älter, und er war bereits geschieden. Als seine Arbeitserlaubnis ablief, mußte er zurück nach Amerika, um dort Geld zu sparen, damit wir heiraten konnten. Dad verlangte, daß Karl mir den Lebensstandard bot, den ich gewohnt war.« Es gelang mir nicht, einen ironischen Ton aus meiner Stimme herauszuhalten.

»Das klingt mir alles ein bißchen albern«, sagt sie, und die Schwester, die die Geschichte kennt, verdreht die Augen und feixt mich an.

»Er sieht sehr gut aus«, sagt Mom. »Ich erinnere mich, er hat immer sehr gut ausgesehen. Wie alt, sagst du, ist er jetzt?«

»Achtundsechzig.«

»Ist das älter als ich?«

»Nein, Mom. Du bist siebenundachtzig.«

»Du solltest ihn heiraten. Will er dich immer noch heiraten?«

Ich zögere. Ich möchte sie nicht anlügen, aber mir ist klar, daß ihr nicht bewußt ist, daß es bedeuten könnte, daß ich Australien verlasse.

»Ja, er will mich immer noch heiraten.«

»Na also. Was für ein Kleid wirst du anziehen? Ich denke, Lavendelblau würde dir gut stehen.«

»Ja, bestimmt«, sage ich und versuche, das Thema zu wechseln. »Das hat aber noch eine ganze Weile Zeit.«

Aber schon wenige Tage später hat sie dem gesamten Pflegepersonal und allen Heimbewohnern erzählt, daß ich wieder heiraten werde, in einem lavendelblauen Kleid. Sie hat unser Foto rahmen lassen und zeigt überall stolz ihren »zukünftigen Schwiegersohn« herum. Ich versuche, die Geschichte, die in der kleinen Welt des Pflegeheims phantastische Blüten treibt, unter Kontrolle zu halten, denke mir dann aber, daß das Ganze in spätestens einer Woche ohnehin vergessen sein wird. Doch sie vergißt es nicht. Sie vergißt die Wochentage und ihren Familiennamen, sie vergißt ihre Enkelkinder und den Namen des Mannes, mit dem sie achtundfünfzig Jahre lang verheiratet war, aber dich vergißt sie nicht. Dreimal pro Woche besuche ich sie in den folgenden fünf Monaten, und jedes einzelne Mal fragt sie namentlich nach dir und will wissen, wann wir denn nun endlich heiraten.

»Sie will dich versorgt wissen, bevor sie stirbt«, erklärt mir eine befreundete Psychologin. »Jetzt glaubt sie, du hast jemanden, der sich um dich kümmert, und sie kann beruhigt loslassen.«

Aus der Entfernung betrachte ich, wie sie in der Sonne döst, und ich muß daran denken, wie sie früher war. Sie war Tanzlehrerin gewesen, und als sie meinen Vater kennenlernte, gab sie ihren Beruf auf, um ihm beim Aufbau seines eigenen Geschäfts zu helfen. Auf ihrem Hochzeitsfoto vom September 1939 steht mein Vater, ein kleiner, gedrungener Mann mit klassischen Zügen und schwarzem Schnauzer, steif und gerade. Er trägt seine Hilfspolizistenuniform, die Mütze unter den Arm geklemmt, Gasmaske und Stahlhelm an die Seite geschnallt. Mom ist größer als er, schlank und elegant. Auf dem in Wellen gelegten Haar sitzt ein kecker Hut, an dem Revers des maßgeschneiderten Kostüms prangt eine Orchidee, über eine Schulter hat sie ein Fuchscape geworfen. War sie glücklich? War sie verliebt? Was erwartete, erhoffte sie sich von dieser Ehe, auf die sie zehn Jahre gewartet hatte? Es war eine merkwürdige Beziehung, voller Gegensätze scheinbar, ungemein auf Äußerlichkeiten bedacht, ohne jedwede erkennbare Zuneigung, Zärtlichkeit oder Leidenschaft, und doch hielt sie bis zu seinem Tod.

Ich zeige ihr Fotos von 1962, und manchmal erinnert sie sich auch an Smugglers Cottage.

»Wer ist diese Frau?« fragt sie und deutet auf sich selbst. »Was macht sie da?«

»Das bist du, Mom. Du hast für Karl einen Indianertanz aufgeführt.«

»Wie idiotisch«, sagt sie. »Warum sollte ich so etwas tun?«

»Es war ein Scherz«, erkläre ich. »Damit er kein Heimweh nach Amerika bekam.«

»Er muß mich für vollkommen dämlich gehalten haben.«

»Ganz bestimmt nicht. Er fand es ganz köstlich. Du hast ihn immer wegen seines amerikanischen Akzents aufgezogen.«

»Wie alt war ich damals?«

»Dreiundfünfzig.«

»Alt genug, um es besser zu wissen.«

Auf einem anderen Bild sitzen Mom und ich nebeneinander im Garten, und ihr Gesichtsausdruck erinnert mich daran, wie stolz sie war, die Gattin eines erfolgreichen Geschäftsmannes zu sein. Es bereitete ihr große Freude, als wunderbare Köchin, Hausfrau, Gastgeberin und gute Mutter zu gelten. Ich merke, wie wenig ich sie kenne, wie wenig mich ihre Wünsche und Enttäuschungen interessiert haben.

Und ich erschrecke, weil es jetzt zu spät ist, etwas daran zu ändern. Immerhin weiß ich, daß ich der einzige Mensch bin, an dem ihr noch etwas liegt, und daß jede Entscheidung, die ich jetzt fälle, auch sie unmittelbar betreffen wird. Jahrelang hat sie ihren eigenen Vater gepflegt, der weit über neunzig wurde und aufgrund schwerer geistiger Demenz eine unbeschreibliche Last war.

»Wenn ich alt bin, will ich nicht, daß du meinetwegen irgend etwas aufgibst«, hatte sie mir im Laufe der Jahre wiederholt gesagt. »Wenn du jemals ans andere Ende der Welt ziehen willst, dann tu es, und mach dir keine Gedanken um deinen Vater und mich oder um mich, wenn ich dann allein bin.«

1962 hatten sie mich in ihrer Nähe behalten wollen, um mich zu schützen, aber, so denke ich heute, gewiß auch, um sich selbst vor der anhaltenden Tristesse einer gefühlskalten Ehe zu bewahren. Mit zunehmendem Alter hatten sie dann eine mildere Art und Weise des Zusammenseins gefunden. Ich verstehe, warum sie mich damals nicht mit dir gehen ließen, die Wut und die Bitterkeit liegen Jahrzehnte zurück – aber inwiefern beeinflußt es die Entscheidungen, die ich jetzt zu treffen habe?

»Wir haben uns damals nicht richtig verhalten«, sagt sie und schlägt die Augen auf, als ich eine Tasse Tee neben ihr abstelle. »Dein Vater und ich, wir haben dich damals im Stich gelassen. Karl war der Richtige für dich, das wurde mir später klar.«

Ich weiß nicht, ob das wahr ist oder nicht, und im Grunde spielt es auch gar keine Rolle. Sie ist davon überzeugt, und sie mußte es aussprechen. Und ich bin immer noch in meinem schmerzlichen inneren Dialog gefangen, denn was vor siebenunddreißig Jahren passiert ist, hat keinen Einfluß auf die Verantwortung, die ich ihr gegenüber heute fühle. Kann ich sie wirklich sechs Monate, vielleicht sogar länger, allein lassen? Sollte ich nicht doch warten, bis du nach Australien kommen kannst? Ich weiß, sie genießt die denkbar beste Pflege, aber habe ich das Recht fortzugehen? Noch vor zehn Jahren hätte sie mir gesagt, ich müsse es tun, ich müsse mein eigenes Leben leben und dich zu ihr bringen, sobald es eben möglich sei. Aber heute?

Wie haben die Menschen gelebt, bevor Telefon und E-Mail erfunden wurden, bevor eine halbwegs zuverlässige Briefzustellung existierte? Was war es für ein Gefühl, wochen- oder gar monatelang auf einen Brief zu warten, sich nach einem Ehemann oder Geliebten zu verzehren, der in einem fernen Krieg kämpfte, ohne zu wissen, ob er überhaupt noch am Leben war? Ich wäre in jener Zeit zu nichts zu gebrauchen gewesen. Ich bin auch jetzt zu nichts zu gebrauchen, allen modernen Kommunikationsmitteln zum Trotz. Du rufst mindestens zweimal täglich an, jedesmal, wenn ich meine E-Mail überprüfe, finde ich eine Nachricht von dir, und jede Woche bringt der Postbote deine Briefe, Gedichte, Skizzen. Du rufst an, um mir gute Nacht und guten Morgen zu wünschen, um mir zu sagen, daß du ständig an mich denkst, daß du nicht einschlafen kannst ohne mich, wie sehr du dich danach sehnst, wieder mit mir zusammen zu sein. Und trotzdem wache ich jeden Tag mit der Angst auf, daß du mich verlassen wirst – wenn nicht heute, dann irgendwann in naher Zukunft.

Ich verabscheue meine Hilflosigkeit, meine Besorgnis, meine krankhafte Selbstsucht. Ich habe Angst, daß mein Klammern dich ernüchtert. Jeden Morgen quäle ich mich aus dem Bett, setze mich mit einer Tasse Kaffee auf die Veranda und trinke sie in der Morgensonne, betrachte die wunderschöne Umgebung und versuche, mich an all dem Guten, das ich habe, zu erfreuen. Und jeden Morgen breche ich unweigerlich in Tränen aus. Ich weine um die

Vergangenheit und um die Gegenwart, weil du in mein Leben zurückgekehrt bist, nur um mich erneut zu verlassen, und weil du nicht einmal weißt, daß du es tun wirst. Ich fühle mich in das Jahr 1962 zurückversetzt und genauso unfähig, meiner Gefühle Herr zu werden, wie damals. Zwar erwähne ich einigen engen Freunden gegenüber meine Ängste, enthülle aber niemals das volle Ausmaß meiner Depressionen, weil sie mir so neurotisch und widersinnig erscheinen.

»Du kannst uns jederzeit anrufen, auch mitten in der Nacht«, sagen Sue und John, beide Therapeuten und davon überzeugt, mit meinen Problemen spielend fertig zu werden. »Quäl dich nicht allein damit. Wir sind immer für dich da.«

Aber es ist viel zu kompliziert, viel zu schrecklich, um darüber zu reden. Meine Ängste laut auszusprechen macht sie noch realer. Ich habe gerade die Liebe meines Lebens wiedergefunden, ich sollte überglücklich sein, aber ich fühle mich furchtbar und weiß, daß ich elend und erschöpft aussehe.

»Glaubst du denn, ich hätte all die Jahre nach dir gesucht, nur um dich wieder zu verlassen?« sagst du liebevoll. »Das ergibt doch wirklich keinen Sinn.«

Natürlich hast du recht. Es ergibt keinen Sinn. Vom Verstand her weiß ich das auch, aber in meinem Herzen regiert die Furcht.

Noch schlimmer wird das Ganze durch die Tatsache, daß ich offenbar nicht mehr schreiben kann. Jahrelang habe ich meinen Studenten großspurig verkündet, Schreibblockaden seien ein Luxus, den man sich in unserem Beruf nicht erlauben könne.

»Journalisten bekommen keine Schreibblockade«, pflegte ich zu sagen. »Täten sie es, wären sie ihren Job los. Schreiben Sie einfach weiter, selbst wenn Ihnen überhaupt nicht danach ist, selbst wenn es Unsinn ist – schreiben Sie irgend etwas, aber schreiben Sie.«

Jetzt sitze ich vor der Tastatur und starre wie hypnotisiert auf den Bildschirm. Das einzige, was ich schreiben kann, sind E-Mails an dich. Tag für Tag überschütte ich dich mit Nachrichten, damit du nur ja nicht vergißt, nur ja nie in Zweifel ziehst, wie sehr ich dich brauche. Meine Unfähigkeit, zu arbeiten und vereinbarte Termine einzuhalten, bereitet mir zunehmend Sorgen. Ein Buch ist erst halb fertig, und ein anderes, für das ich den Vertrag unterschrieben, das ich aber noch nicht einmal begonnen habe, soll Ende Juni fertig sein. Ich muß Workshops abhalten, Tutorenpflichten erfüllen, und ich muß andere, längerfristige Projekte vorbereiten. Schließlich liefere ich mich auf Gedeih und Verderb meinen Verlegern aus und bettle um Aufschub. Die Geschichte rührt sie, und sie zeigen sich ungemein großzügig.

»Warum schreiben Sie nicht Ihre Geschichte auf«, sagen sie. »Wir könnten sie veröffentlichen.«

»Schreib die Geschichte auf«, sagst du. »Wenn du nichts anderes schreiben kannst, schreib einfach unsere Geschichte auf.«

»Du solltest die Geschichte aufschreiben«, sagt Carolyn. »Wenn es das einzige ist, was du im Moment schreiben kannst, dann tu es.«

Und so fange ich an, unsere Geschichte niederzuschreiben, und langsam, während ich daran sitze, beginne ich zu glauben, daß du mich nicht verlassen wirst. Doch während die Angst vor deinem imaginären Treuebruch nachläßt, steigt die Angst in mir auf, du könntest sterben, bevor wir uns wiedersehen. Jedesmal, wenn sich zögernde Zuversicht in mir regt, ergreift die Furcht das Regiment und ermahnt mich, nur ja nichts als selbstverständlich anzusehen.

In San Francisco machen dir eigene Trennungsängste zu schaffen. Deine häufigen Anrufe dienen nicht allein dazu, mir Mut zu machen, auch du brauchst die Versicherung, daß ich tatsächlich da bin, daß ich dich noch liebe, daß ich es mir nicht anders überlegt habe. Deine Suche nach mir war lang und frustrierend und immer von der Angst begleitet, ich könnte noch immer begründeten Groll gegen dich hegen. Vielleicht würde ich mich weigern, mit dir zu sprechen, vielleicht würdest du mit deiner Kontaktaufnahme auf Wut und Bitterkeit stoßen. Dann verfolgte dich der Gedanke, ich könnte gestorben sein, und die Furcht, dies bestätigt zu finden, ließ dich die Suche nach mir einstellen. Du wolltest mir erklären, was geschehen war, mich um Verzeihung bitten, mir sagen, daß du mich damals wirklich geliebt hast. Immer schon ein Träumer, immer aber auch auf der Hut, dich nicht in ein Traumland zu verirren, hattest du dir lediglich zuweilen die Vorstellung gestattet, ich hätte ein wenig Sympathie für dich bewahrt. Ob ein Treffen, vielleicht sogar Freundschaft denkbar wäre?

Unsere aufwühlenden Telefonate, unser ekstatisches Wiedersehen wirbelten deine Gefühle ebenso durcheinander wie meine. Nach unseren zwei Wochen in Deutschland saßest du schon wenige Stunden nach deiner Rückkehr wieder in deinem Büro, bis auf weiteres war keinerlei Freizeit in Sicht. Eine tiefe und leidenschaftliche Liebesbeziehung hattest du, der du auf deinen neunundsechzigsten Geburtstag zugingst, nie mehr ernsthaft in Betracht gezogen. Du bist genauso verletzlich wie vor siebenunddreißig Jahren, aber dieses Mal hast du den Mut, darüber zu sprechen, und dieses Mal bist du bereit, die emotionalen Risiken einzugehen.

Während ich versuche, meine Identitätskrise und meine Angstneurose in den Griff zu bekommen, kämpfst du mit dem Joch der Vergangenheit, das schwer auf deinen Schultern lastet und von dem du dich scheinbar nicht befreien kannst. Du glaubst nach wie vor, die alleinige Verantwortung tragen zu müssen für das, was wir verloren, versäumt haben. Du gibst deiner eigenen Unreife, deinem Mangel an

Mut die Schuld. Wieder und wieder gehen wir die Ereignisse jener Tage durch, als unsere Welt in Stücke brach. Wir durchleben noch einmal die Gefühle, erörtern die Briefe, analysieren das Gesagte und Nichtgesagte, die Ängste und Mißverständnisse. Wir zermartern uns den Kopf über unser Verhalten und versuchen, die Bitterkeit des Bedauerns über die Vergangenheit in Optimismus für die Zukunft zu verwandeln.

II

Aus Wochen werden Monate, und unsere Pläne bezüglich der Organisation eines gemeinsamen Lebens nehmen konkrete Gestalt an. Wir beide verspüren den dringenden Wunsch, unsere Geschichte zu dem Ende zu bringen, das ihr immer vorbestimmt war. Du möchtest Australien kennenlernen und wärst bereit, hierher zu ziehen, sobald deine derzeitigen beruflichen Pflichten erfüllt sind, aber in San Francisco zusammenzuleben, ist für uns beide vordringlich. Und wir wollen zusammen England besuchen, eine *sentimental journey*, eine Reise in die Vergangenheit unternehmen, und das möglichst bald. Möglicherweise kannst du dich Mitte des Jahres für einige Zeit freimachen. Ich kann hier erst weg, wenn meine Arbeit abgeschlossen ist, aber selbst die simpelsten Aufgaben kosten mich unendlich viel Kraft.

Bei dem Versuch, die Situation etwas besser in den Griff zu bekommen, folge ich deinem Rat und melde mich in einem Fitneßclub an. Tatsächlich scheint meine Energie langsam zurückzukehren, und mit ihr auch ein wenig Zuversicht. Die Übungen erfordern Disziplin und bringen eine gewisse Substanz in meinen Tagesablauf – und Disziplin in mein Leben. Meine furchtbare Angst, du könntest sterben, ist zwar nach wie vor präsent, dominiert aber nicht mehr mein ganzes Leben, und ich bin allmählich auch wieder in der Lage, andere Sachen zu schreiben. Ich bringe einige Terminarbeiten zustande, leite ein paar Seminare, moderiere eine Sendung über Drogen und Medien, schreibe und veröffentliche mehrere Zeitungsartikel, darunter einen Bericht über uns.

Unter dem Titel »Meet me in Frankfurt!« erscheint er im Feuilleton des *Weekend Australian*. Als ich es gedruckt lese, finde ich bestätigt, was ich bereits vermutet habe: Mein Schreibstil hat sich verändert. Du hast mich meinem Herzen und meinen Gefühlen nähergebracht. Ich betrachte den Artikel mit einiger Befriedigung, schneide ihn aus und stecke ihn in einen Umschlag an dich.

Einige Stunden später beginnt das Telefon zu läuten, und am nächsten Tag trudeln die ersten E-Mails und Briefe ein. Sie kommen von Freunden und Bekannten, vorwiegend aber von Fremden, von Menschen aus allen Teilen Australiens, die unsere Geschichte angerührt hat. Drei verschiedene Radiostationen verlesen den Artikel, die Zuhörer werden aufgefordert, anzurufen und eigene Erinnerungen, ihre eigenen Geschichten von erster Liebe, verlorener Liebe, wiedergefundener Liebe zu erzählen. Die Briefe, die ich erhalte, berichten von vielen versäumten Gelegenheiten, dummen Fehlern, lebenslangem Bedauern und manchmal auch von einem unerwarteten Happy-End. Viele hundert Kilometer entfernt setzt sich ein Musiker an sein Klavier und komponiert ein Lied zu der Geschichte. Er überspielt es auf CD und schickt es mir. Die Geschichte, schreibt er, habe ihn zu dem Song inspiriert, er hoffe, den richtigen Ton getroffen zu haben.

»Ich kann es einfach nicht fassen«, sagst du. »Die Leute finden diese Geschichte so unglaublich romantisch. Da schreibt dieser Kerl diesen verrückten Brief, verläßt das Mädchen, das er liebt, und meldet sich siebenunddreißig Jahre später wieder, um sich bei ihr zu entschuldigen und ihr zu sagen, daß er sie immer geliebt hat, und findet heraus, daß auch sie ihn noch immer liebt. Warum sagt eigentlich keiner, dieser Kerl muß doch ein echter Trottel sein?«

»Du weißt genau, daß es so nicht ist. Du bist so wunderbar romantisch, gib dich jetzt doch bitte nicht als Zyniker.«

»Aber ich hatte so unglaubliches Glück, daß du überhaupt mit mir gesprochen hast, davon, daß du mich noch wolltest, ganz zu schweigen.«

»Die Leute mögen eben gute Liebesgeschichten«, sage ich. »Und unsere liefert den Beweis, daß alles, buchstäblich alles möglich ist.«

Mein veränderter Schreibstil spiegelt die Wandlung wider, die ich durchgemacht habe, und ich beginne allmählich, das Ganze zu verstehen. Du warst meine erste wahre Liebe, du hast meine Sexualität geweckt, und ich erlebte Gefühle, von deren Existenz ich nicht einmal etwas geahnt hatte. Ich glaubte, die Grenzen gefahrlos ausloten und so herausfinden zu können, was es bedeutet, eine Frau zu sein. Wir legten den Grundstein zu echter Intimität, und das war so grundverschieden von den Beziehungen, die ich bei meinen Eltern und ihren Bekannten beobachtete. Es war romantisch und sinnlich, aber es war zugleich auch zutiefst spirituell. Es gab keinen Raum für Ränkespiele, keinen Raum für gesellschaftliche Zwänge. Angesichts meines sozialen Hintergrunds, wo soviel Wert auf Äußerlichkeiten und gesellschaftliche Anerkennung gelegt wurde, war es eine regelrechte Revolte gewesen. Indem wir begannen, das Hoheitsgebiet des Herzens und des Geistes zu erkunden, beschritt ich Neuland, tastete ich mich vor in Richtung einer neuen Reife.

Als dein Brief kam, glaubten die Menschen, die mich beschützen wollten, dies am wirkungsvollsten dadurch bewerkstelligen zu können, daß sie leugneten, was zwischen uns gewesen war. Als sie mir sagten, es sei von Anfang an verkehrt gewesen, du hättest mich nie geliebt, ich wäre zu jung, um zu verstehen, ich hätte mich dir an den Hals geworfen, da wurde dieses aufkeimende Selbstverständnis erstickt. Irgendwie habe ich es im Laufe des Frauseins dann zwar auf andere

Weise gefunden, aber ich habe mein Gefühlsleben immer aus einer gewissen Distanz heraus gelebt, als Zuschauer gleichsam, habe immer etwas zurückgehalten, um meine Sicherheit nicht zu gefährden. Ich sehnte mich nach Nähe, scheute aber jene Art der Intimität, bei der man sich dem anderen emotional öffnet, sich ihm gar ausliefert.

Deine plötzliche, unerwartete Rückkehr katapultierte mich zurück in jenes nie ausgelebte Stadium des Erwachsenwerdens. Es schien, als müsse jener Teil von mir, der damals eingekerkert worden war, jetzt befreit werden. Er entwickelte eine Eigendynamik und ließ sich nicht mehr aufhalten – ohne Rücksicht auf mögliche Folgen. In jenen ersten Wochen und Monaten war ich wieder achtzehn. Häufig fiel es mir schwer, in der Gegenwart zu bleiben, wo die Art und Weise, wie wir miteinander umgingen, so oft die Vergangenheit reflektierte. In meinem Kopf und in meinem Herzen wollte ich wieder der Mensch sein, der ich 1962 war. Und da ich allein lebte und mich nach wie vor an meine Abgeschiedenheit klammerte, gelang mir dies auch in gewisser Hinsicht. Wenn ich durch Haus und Garten ging, war ich sie, ebenso, wenn ich mich mit dir am Telefon oder via Internet austauschte. Der Schock kam regelmäßig erst, wenn ich den sicheren Kokon meines Grundstücks verließ.

Sah ich dann mein Spiegelbild in einem Schaufenster oder traf auf der Straße einen Bekannten, fand ich mich abrupt mit der Erkenntnis konfrontiert, daß ich kein Teenager mehr war, sondern eine Frau von fünfundfünzig, mit einem vollkommen anderen Leben, gänzlich anderen Verantwortlichkeiten. Wenn ich mich mit Freunden traf, mußte ich mir immer wieder ins Gedächtnis rufen, welches Leben ich tatsächlich lebte.

Vor dem Treffen mit dir im Januar hatte ich mir Sorgen über die Veränderungen gemacht, die du in mir sehen würdest – ob du willens und fähig sein würdest, die junge Liz, Modell 1962, mit dem derzeitigen Oldtimer in Einklang zu bringen. Jetzt mußte es mir gelingen, diese beiden höchst unterschiedlichen Seiten meines Ichs zusammenzuführen. Die reife, streitbare Feministin mit festgefügten Ansichten und ausgeprägtem sozialem Gewissen stand der Neubelebung eines stockkonservativen, fügsamen, von Feminismus oder sozialen Ideen völlig unberührten Mädchens gegenüber. Und letztere wollte die Oberhand gewinnen, die erfahrene Frau abservieren und dem Mädchen an die Macht verhelfen. Die Herausforderung bestand darin, die beiden zu versöhnen, denn diese wiedererweckte junge Frau verfügte durchaus über Charakterzüge, die zwar in Vergessenheit geraten waren, die mir aber gefielen und die ich gerne erhalten wollte. Und was die ältere Frau anging – nun, vielleicht war jetzt die Zeit gekommen, einige Veränderungen vorzunehmen. Es war an der Zeit, den Menschen, der ich geworden war, darauf hinzuweisen, daß ich sehr leicht auch ein gänzlich anderer hätte werden können. Und es war an der Zeit herauszufinden, wohin mich diese Erkenntnis führen würde.

Das Ganze ist sehr komplex und verworren, und es ist ein fortdauernder Prozeß, der weit mehr beinhaltet als das romantische Potential jener Wege, die wir nicht beschritten haben.

Ich bin ein Gärtner, der Unkraut jätet, und ich stehe vor einem Problem, das jedem Gärtner vertraut ist: Manchmal reicht es nicht, das Unkraut zu entfernen, manchmal müssen auch einige Blumen geopfert werden, damit die verbleibenden optimal gedeihen. Zudem hat mich auf Reisen schon immer fasziniert, daß Pflanzen, die man zu Hause als Unkraut ansieht, andernorts als Zierblumen kultiviert werden und umgekehrt. Die Zuordnung ist subjektiv. Und der Prozeß der Entscheidungsfindung dauert an, während die Identitätskrise neue Blüten treibt.

»Ich kann mich Ende Juni für ein paar Wochen freimachen«, sagst du. »Wir könnten uns wieder in Frankfurt treffen und von dort aus nach England fahren.«

»Wir könnten zum Northumberland Crescent gehen.«

»Vielleicht gelingt es uns sogar, Joan und Jock ausfindig zu machen – was würden die für Augen machen!«

Ich stelle mir vor, Joan und Jock wiederzusehen, ihnen die Geschichte zu erzählen, mich noch weiter von der Bitterkeit zu befreien. Ich berausche mich an der Vorstellung, ihnen zu zeigen, daß wir zum guten Schluß nun doch zusammen sind, daß unser Instinkt richtig war, unser Urteilsvermögen uns nicht getrogen hat.

»Und dann …«

»Und dann können wir zusammen nach San Francisco fahren.«

»Bist du dir sicher, daß du das willst?«

»Ja.«

»Aber dein Leben in Australien, deine Freunde, deine Mutter, dein Haus, deine Arbeit, Basil? Ich könnte verstehen, wenn du warten möchtest, bis ich nach Australien kommen kann.«

»Was wäre dir denn am liebsten?«

»Ich hätte dich am liebsten hier bei mir, in San Francisco. Das wollte ich schon immer, aber es ist absolut egoistisch, und ich habe kein Recht, dich darum zu bitten.«

»Genau das möchte ich auch. Meine Freunde werden es verstehen. Meine Mutter – nun, damit muß ich mich abfinden … Aber mit meiner Arbeit bin ich mobil, schreiben kann ich überall.«

»Außer im Augenblick an deinem Schreibtisch!«

»Sehr komisch – aber das ist auch ein Ausnahmezustand. Theoretisch zumindest kann ich überall schreiben. Ich wünsche mir so sehr, bei dir in San Francisco zu sein – für eine Weile wenigstens, dann können wir in Ruhe darüber nachdenken, wie wir uns langfristig einrichten.«

»Ich wünsche mir so sehr, dich hier zu haben, Sweetheart. Ich habe es mir all die Jahre so sehr gewünscht.«

»Ich tue nur, was ich schon vor siebenunddreißig Jahren hätte tun sollen.«

Ein Schweigen hängt in der Leitung, und ich weiß, daß du dir in Gedanken meinen letzten Satz wiederholst, daß du dir aber zugleich des Ausmaßes an Veränderungen bewußt bist, die du in meinem Leben herbeigeführt hast.

»Es könnte aber durchaus sein, daß es nicht so idyllisch wird, wie du dir das vorstellst«, sage ich in das Schweigen hinein. »In Deutschland habe ich mich natürlich nur von meiner Schokoladenseite gezeigt.«

»Ich auch! Du kannst dir nicht vorstellen, wie unausstehlich ich sein kann!«

»O doch!«

»Wunderbar!« sagt Neil am Telefon. »Ich freue mich ja so für dich. Ich bin sicher, du tust das Richtige.«

»Also, was hältst du von dem Ganzen, Mark?« frage ich meinen älteren Sohn, während wir zuschauen, wie Sam und Jamie auf einem fast lebensgroßen Plüschesel herumturnen.

Er lacht, weil er allein die Tatsache, daß ich seine Meinung einhole, komisch findet. »Ich finde es wunderbar. Shelley und ich sind beide dieser Ansicht.«

»Ich glaube, ihr werdet ihn mögen«, sage ich zögernd.

»Da bin ich mir sicher – aber, Mom, selbst wenn wir es nicht täten, wäre es egal. Es ist dein Leben.«

»Aber mir ist es nicht egal.«

»Nun, das sollte es aber sein. Wichtig ist allein, was du fühlst.«

Ich weiß, daß er recht hat, es sollte mir egal sein, aber das ist es nicht.

Sam fällt vom Esel und rappelt sich wieder auf, während Jamie die Situation ausnützt und auf den besten Platz vorrutscht. Die beiden sind knapp zwei Jahre alt. Ich werde neun Monate fort sein, und wenn ich sie wiedersehe, werden sie sich sehr verändert haben.

»Ich wünsche mir so sehr, daß ihr euch versteht«, sage ich später am Telefon zu dir.

»Ich bin sicher, daß ich deine Söhne liebgewinnen werde, ebenso wie deine Schwiegertochter und die Enkel«, sagst du. »Und ich verspreche, mich anständig zu benehmen. So wie es sich dem Verehrer einer Großmutter geziemt.«

~

An einem frischen, klaren Maimorgen fahre ich am Ufer des Swan River entlang nach Perth zu einem Frauenfrühstück; ich soll dort über mein letztes Buch sprechen. Der Saal atmet die Farben und den Duft der Frauen, vibriert von ihrer frühmorgendlichen Energie, ist erfüllt von ihren Stimmen, ihrem Lachen. Solche Auftritte sind mir vertraut, aber ich bin nicht mehr derselbe Mensch wie früher. Seit mehr als zehn Jahren bin ich als Feministin, Sozialkritikerin, Schriftstellerin und Rundfunkmoderatorin bekannt, als eine Aktivistin, die kein Blatt vor den Mund nimmt. Nun – dies alles bin ich zwar immer noch, aber trotzdem vollkommen verändert. Diese Veranstaltung gleicht einer Feuertaufe, und ich frage mich, wie mein neues Selbstverständnis damit fertig wird. Wir frühstücken, ich spreche über mein Buch, beantworte Fragen, alles ist wie immer – allerdings nur, bis der offizielle Teil vorüber ist.

Als die Frauen aufstehen, um sich in Grüppchen zu unterhalten oder zur Arbeit zu gehen, versammeln sich mehrere um den Tisch, an dem ich den Kaffee trinke, für den ich auf dem Podium keine Zeit hatte. Sie haben »Meet me in Frankfurt!« gelesen, und sie stecken voller Fragen. Wie hat sich alles auf mein Leben ausgewirkt? Was habe ich vor? Gehe ich nicht ein großes Risiko ein, wenn ich nach Kalifornien ziehe?

»Sie sind genauso alt wie ich«, sagt eine renommierte Anwältin. »Sie genießen hier großes Ansehen. Wie können Sie alles aufs Spiel setzen, was Sie sich aufgebaut haben? Was ist, wenn es schiefgeht?«

»Ich glaube nicht, daß ich den Mut aufbringen würde«, meint eine Stadträtin. »Sie haben es hier so weit gebracht, und jetzt wollen Sie alles hinter sich lassen?«

»Schön für Sie«, sagt eine pensionierte Ärztin. »Aber Ihnen ist doch wohl klar, daß in einem Jahr oder so höchstwahrscheinlich alles vorbei ist?«

Andere, positiver und optimistischer gestimmt, sind fasziniert von meinem Entschluß, zu dir nach Kalifornien zu ziehen. Von unserer Geschichte berührt, finden viele diesen Schritt zwar etwas überstürzt, aber durchaus bewundernswert.

Merkwürdigerweise bestärken mich alle Warnungen und Vorbehalte nur in der Überzeugung, die richtige Entscheidung getroffen zu haben. Selbstverständlich haben sie recht, wenn sie sagen, daß es meinen bisherigen Zukunftsplänen zuwiderläuft, wenn ich mein Leben jetzt wegen eines Mannes vollkommen ummodele. Auch ich mußte tief in mich gehen, um herauszufinden, wieviel von dem, wofür ich eingetreten bin, tatsächlich Teil meiner selbst ist, welche Rolle Politik und Ideologie spielen und wieviel Selbstschutz ist.

Feminismus ist keine Orthodoxie, kein Absolutum. Im Wesentlichen geht es um die Freiheit der Frau, sich selbst zu verwirklichen, ihre eigene Realität auszuloten und eben dafür anerkannt und respektiert zu werden. Ziel der Feministinnen war nie, die Liebe zu leugnen, sondern nur, sie anders, freier zu erleben. Niemand vermag vorherzusagen, wie wir auf die Herausforderungen und die Chancen reagieren, die uns im Laufe unseres Lebens begegnen.

Liebe ist eine Bestätigung dessen, was wir sind, aber das Wunderbare ist ihre Macht der Verwandlung. Die Ironie des Schicksals will es, daß die Liebe unweigerlich ändert, was sie ursprünglich erweckte. Manches geht verloren, vieles wird hinzugewonnen, und dieser Prozeß verläuft nicht unbedingt schmerzlos.

»Ein paar Frauen waren erstaunt und entsetzt«, sage ich zu Carolyn beim Lunch.

»Hmmm!« sagt sie und löffelt mit Appetit ihre Suppe. »Weißt du, es ist doch so, daß wir mit achtzehn einfach davon mitgerissen werden, wir glauben an die Liebe um jeden Preis. Sind wir dann älter, glauben wir möglicherweise noch immer daran, träumen auch immer noch davon, aber inzwischen argwöhnen wir, daß sie ihren Preis hat.«

Den Löffel auf halbem Wege zum Mund, erstarre ich.

»Warum schaust du so erstaunt?« fragt sie verwundert.

»Tun wir das?« frage ich mit zugeschnürter Kehle.

»Tun wir was?«

»Argwöhnen wir, daß sie ihren Preis hat?«

»Aber selbstverständlich! Als Frauen Mitte Fünfzig wissen wir das sogar sehr genau. Als Schriftstellerinnen ist uns klar, daß es das kreative Geschenk der Ungewißheit ist. Bei Memoiren geht es nicht um die Auflösung oder ein möglichst dramatisches oder glückliches Ende. Das sind die Merkmale eines Romans. Hier geht es um das Erzählen an sich. Du weißt schon – die Geschichte geht weiter, aber kein Mensch weiß, wie. Diese Ungewißheit macht den Reiz aus. Das ist es, was Frauen an deiner Geschichte so fasziniert.«

»Die Ungewißheit?«

»Natürlich. Iß deine Suppe. Es ist die Ungewißheit, die Frauen in deiner Geschichte suchen.«

»Vielleicht sollte ich aus der Geschichte lieber einen Roman machen?«

»Denk an die Grenzen!« sagte sie warnend. »Du sagst immer, wie sehr du es verabscheust, wenn Autoren die Grenzen zwischen Dichtung und Wahrheit verwischen.«

»Das war die Journalistin in mir«, sage ich, knülle die Serviette zusammen und stopfe sie unter meinen Brotteller. »Das ist etwas anderes.«

Sie schüttelt den Kopf. »Nein! Zumindest mußt du dir im klaren darüber sein, wo die Grenzen verlaufen, selbst dann, wenn du dich letztlich entschließen solltest, sie zu überschreiten. Aber die Ungewißheit ist das A und O.«

»Ich bin sicher, daß Karl mich liebt, ich bin sicher, daß ich ihn liebe. Wir haben uns all die Jahre geliebt, obwohl wir getrennt waren. Ich bin sicher, daß wir füreinander bestimmt sind.«

»Ich weiß, ich weiß«, sagt sie. »Das ist klar, das ist Tatsache, das alles ist passiert – das Sichverlieben, der Verlust, die Trennung, die Suche und natürlich das Sichwiederfinden. Das alles paßt in einem Roman. Die Romantik, die Leidenschaft, die Spannung, ein Held, eine Heldin, unverbrüchliche Hingabe – das ist eine wunderbare wahre Liebesgeschichte. Aber in einem Roman würdet ihr euch in Frankfurt treffen und euch immer noch lieben oder euch wieder ineinander verlieben – wie immer man das interpretieren mag.«

»Genau das haben wir ja getan!«

»Aber im Roman«, sagt sie und spricht betont langsam, um die Bedeutung ihrer Worte zu unterstreichen, »im Roman wäre das das Ende der Geschichte. Ihr trefft euch, ihr seid verliebt, die Vergangenheit ist nicht nur rehabilitiert, sondern man zelebriert sie, huldigt ihr. Euer Instinkt hat euch nicht getrogen, es war die wahre Liebe, vereitelt, hintertrieben, mit Füßen getreten, zuletzt aber wiedergefunden. Ihr seid wieder vereint, jetzt braucht ihr nur bis in alle Ewigkeit glücklich zusammenzuleben. Und wenn sie nicht gestorben sind ...«

»Genau!« Ich lächele erleichtert. »Ganz genau!«

Carolyn hat ihre Suppe aufgegessen und lehnt sich bequem in ihrem Stuhl zurück.

»Das ist der Roman. Bei Memoiren ist es anders. Wir wissen nicht, wie es ausgeht. Das Leben geht weiter, und jeder Tag bringt etwas Neues. Wer weiß schon, wie alles enden wird? Ungewißheit eben. Du hast zwar keine Angst mehr, daß Karl dich dieses Mal wieder so verlassen wird wie damals, aber du hast trotzdem noch Angst.«

Ich schweige und frage mich, woher sie das weiß. Wieviel sie überhaupt weiß.

»Ich habe diese krankhafte Angst, daß er stirbt, bevor wir uns wiedersehen.«

Carolyn greift über den Tisch und nimmt meine Hand.

»Alles spricht dafür, daß ihr euch in Frankfurt trefft und für alle Zeiten glücklich in Kalifornien zusammenleben werdet, zum Neid aller deiner Freunde. Aber wir reden hier über den Unterschied zwischen Roman und Memoiren, und das ist er: Im Roman bestimmst du, die Autorin, was geschieht. Memoiren sind wie das Leben, darüber hast du keine Kontrolle. Ungewißheit. Das Leben ist unberechenbar.«

»Vielleicht ist nur die Liebe unberechenbar und schafft daher ihre eigene Ungewißheit«, bringe ich vor.

Carolyn schüttelt den Kopf. »Nein – das heißt, ja und nein. Die Liebe ist unberechenbar, weil sie Teil des Lebens ist. Ungewißheit ist fester Bestandteil des Lebens. Gewißheit und Sicherheit sind Illusionen.«

Ich bin anderer Meinung. Manche Dinge können wir fest einplanen, eine gewisse Sicherheit ist machbar.

»Als ich hier wegfuhr, besaß ich Sicherheit«, sage ich. »Ich hatte mein Leben gut durchorganisert, voll im Griff. Ich wußte, was die Zukunft bringen würde.«

»Ach, tatsächlich?« Sie lächelt herausfordernd.

»Ja, tatsächlich! Du weißt es doch. Wir haben vor meiner Abreise noch darüber geredet.«

Ein frische Brise weht vom Meer herüber, und sie zieht ihre Jacke von der Stuhllehne und hängt sie sich über die Schultern.

»Ich weiß, du hast es mir immer wieder gesagt. Ich glaube,

es fängt bald an zu regnen, aber ich würde trotzdem gerne draußen sitzen bleiben. Es war natürlich eine Illusion.«

»Nein«, widerspreche ich. »Ich führte das Leben, das ich wollte. Ich hatte alles unter Kontrolle. Ich hatte Gewißheit.«

»Ah«, sagt sie. »Ja, ich entsinne mich. Du führtest das Leben, das du wolltest. Du wolltest in Fremantle bleiben und schreiben, und du würdest nie wieder eine Beziehung eingehen. Nun, schon ein einziger Anruf hat all diese schönen Pläne über den Haufen geworfen, oder vielleicht nicht? Wir können die Gewißheit nicht pachten. Sie ist eine Illusion, die uns das Schicksal gelegentlich leiht. Deine Leihfrist lief an dem Tag ab, an dem du in England ankamst und den Anruf entgegennahmst.«

Ich zerkrümle ein Stück Fladenbrot und forme aus der weichen Masse kleine Kügelchen.

»Aber sie kann doch wiederkommen, die Gewißheit? Die Sicherheit?«

»Die Illusion mag eines Tages wiederkommen. Aber die Herausforderung besteht darin, das Verlangen nach ihr abzuschütteln. Das ganze Konzept über Bord werfen, ihr Nichtvorhandensein schätzen lernen und von der Spannung zehren. Das ist meiner Meinung nach die ideale mentale Verfassung zum Schreiben.«

»Und zum Leben?«

»Ah! Das ist die wahre Herausforderung! Was meinst du, sollen wir die Bruschetta probieren?«

~

Die Zeit verrinnt, und die Dinge, die ich vor meiner Abreise erledigen muß, werden dringlicher.

»Er ist wunderschön«, sagt Geneviève, die sich auf mein Inserat nach einem neuen Zuhause für Basil gemeldet hat. Sie bückt sich, um ihn zu streicheln, und er schenkt ihr seinen freundlichsten Blick. »Was meinst du, Trevor?«

»Ich finde ihn hinreißend«, sagt Trevor, nimmt Basils Kopf in seine Hände und spricht leise mit ihm.

»Nun, kommen Sie doch herein, damit wir uns in Ruhe unterhalten können«, sage ich, und alle drei folgen mir. Wir setzen uns.

»Ich fürchte, er reagiert ein wenig skeptisch auf Männer«, sage ich zu Trevor. »Er ist mehr an Frauen gewöhnt.«

Während ich dies sage, straft Basil mich Lügen, indem er aufsteht, kurz entschlossen zu Trevor hinübergeht, den Kopf auf seine Knie legt und ihn geradezu schmachtend ansieht.

»Hmmm. Tatsächlich?« sagt Trevor. »Gegen mich scheint er aber nicht direkt etwas zu haben.«

Seit Wochen quäle ich mich damit, ein passendes Heim für Basil zu finden. Viele Leute waren da, aber es waren nie die richtigen. Dieses Ehepaar ist anders. Ich kann mir vorstellen, daß sie ihm ein gutes Zuhause bieten, und wir einigen uns darauf, daß ich ihn später am Tag zu ihnen bringen werde. Basil war etwas über zwei Jahre lang mein engster Freund und Begleiter. Er war der perfekte Gefährte, sanftmütig, verspielt, treu und zärtlich, ein wunderbarer Haushund. Wie soll ich jemals damit fertigwerden? Ich packe sein Körbchen, seine Decken, seine Bürste und seine Leine, seine Näpfe, seinen Ball und seinen Frisbee ein und trage alles zum Auto.

Um fünf Uhr rufe ich ihn, und zum letzten Mal springt er fröhlich auf den Rücksitz. Als wir das Tor passieren, grollt der erste Donner. Der Himmel verdunkelt sich rasch, und das Unwetter bricht los. Ich fahre die fünfzehn Kilometer zu Genevièves und Trevors Haus, und allmählich läßt der Regen ein wenig nach. Neugierig schnüffelt Basil sein zukünftiges Heim ab. Er läuft durch die großen, hellen Räume und stürmt hinaus in den regennassen Garten, wo er zum ersten Mal dem anderen Collie begegnet. Die beiden beschnuppern sich, und es dauert nicht lange, da jagen sie spielend um die Rosenbüsche, während es wieder zu regnen beginnt.

»Bye, Bas.« Ich schlucke und beuge mich zu ihm hinunter, um ihn ein letztes Mal zu umarmen, und er nimmt sich die Zeit, mir mit seiner nassen Zunge übers Gesicht zu fahren, bevor er kehrtmacht und wieder losrennt.

Ich fahre durch orkanartigen Regen nach Hause, der den Verkehr stellenweise zum Erliegen bringt, grell zucken Blitze über den Himmel. Die ganze Nacht tobt der Sturm.

Vier Tage lang breche ich immer wieder in Tränen aus, und als ich dir davon erzähle, weinst auch du. Basil andererseits geht es gut. Er winselt ein wenig in der ersten Nacht, frißt aber am nächsten Tag mit Appetit, genießt die wilden Spiele mit dem anderen Hund und mit Genevièves und Trevors heranwachsenden Söhnen. Er gewöhnt sich gut ein und fühlt sich wohl in seinem neuen Leben, und ich bemühe mich, nur fröhlich an die Zeit zurückzudenken, in der er ein Teil von meinem war.

~

Meine Angst, dich zu verlieren, verfolgt mich auch in den letzten Wochen und erreicht ihren Höhepunkt an einem Abend Ende Mai. Es ist Mitternacht in San Francisco, drei Uhr nachmittags in Fremantle, und nach unserem Telefonat willst du noch das Auto in die Garage fahren und dann gleich zu Bett gehen. Um sechs Uhr früh deiner Zeit würdest du mich wieder anrufen. Neun Uhr abends in Westaustralien. Aber es wird neun, und du rufst nicht an. Ich sage mir, daß du vermutlich verschlafen hast, und versuche, mir keine Sorgen zu machen. Eine halbe Stunde vergeht, und ich weiß, daß du sehr früh einen Termin hast. Du hebst dein Telefon nicht ab, es läutet und läutet. Ich wähle noch einmal, und noch immer keine Antwort. Panik steigt in mir auf, ich habe einen schalen Geschmack im Mund, und die schreckliche Angst geht einher mit bitterer Ironie. Natürlich muß es jetzt passieren, jetzt, nach all diesen Wochen, wo ich gerade angefangen habe zu glauben, daß wir uns wiedersehen. Natürlich werde ich dich jetzt endgültig verlieren. Immer wieder lasse ich das Telefon klingeln, und ich weiß, daß dies das Ende ist. Jetzt ist also passiert, wovor ich mich seit jenem Tag fürchte, an dem wir uns in Frankfurt getrennt haben. Habe ich es durch meine Obsession heraufbeschworen, oder hat es von Anfang an so sein sollen?

Deine Fotografie und das T-Shirt umklammernd, das ich von dir in Deutschland bekommen habe, laufe ich ziellos durch das Haus und heule, schreie wie ein verwundetes Tier. Der Schmerz in meinen Eingeweiden zerreißt mich, der Schmerz in meiner Brust drängt nach oben und droht mich zu ersticken. Ich bin sicher, daß du tot bist. Ich habe dich wieder verloren – ich hatte ja gleich gewußt, daß es so enden mußte.

»Aber was um Himmels willen hätte mir denn passieren sollen, im Bett, in meinem eigenen Haus?« fragst du verwundert, als du anrufst und dich entschuldigst, weil du zwei Stunden verschlafen und am Abend zuvor vergessen hast, das Telefon mit ans Bett zu nehmen.

Die Frage hat durchaus Berechtigung. Jeder vernünftige Mensch würde sich fragen, wie jemand bei so banalen Dingen wie ein Auto in die Garage fahren und Zubettgehen ums Leben kommen könne. Aber dem neurotischen Liebenden eröffnen sich unzählige Möglichkeiten: Du gingst aus dem Haus und wurdest überfallen. Du bist auf die Straße getreten, ein Auto kam um die Kurve geschossen und überfuhr dich. Das Garagentor traf dich am Kopf. Du bist auf der Treppe gestolpert und hast dir das Genick gebrochen. Solltest du es überlebt haben, das Auto in die Garage zu bringen und ins Bett zu gehen, dringt ein Einbrecher ein und erschießt dich, als du ihn im Arbeitszimmer überraschst. Und das mindeste, was passieren kann, ist, daß du zu Bett gehst und einen Herzinfarkt oder Schlaganfall erleidest.

»Oje«, sagst du. »Ich hatte keine Ahnung, daß ich so gefährlich lebe.«

Ich erkenne das volle Ausmaß meiner Neurose und bin entsetzt.

»Vielleicht willst du mich ja unbewußt loswerden«, scherzt du. Aber ich kann nicht lachen. »Ich glaube, das geht erst vorüber, wenn wir uns tatsächlich wiedergesehen haben«, sagst du, jetzt mit Milde und Verständnis in der Stimme.

Und du hast recht. Wir müssen diese Geschichte über jenen Punkt hinaus leben, an dem sie das letzte Mal endete. Erst dann wird der Bann gebrochen sein, erst dann wird die ständige Angst verschwinden, die Ungewißheit erträglich werden.

12

In den ersten Wochen des Winters ist das Wetter hier ausgesprochen unbeständig. Strahlender Sonnenschein wechselt sich ab mit sintflutartigen Regenfällen und stürmischem Wind. Man kann in der Sonne am Strand stehen und beobachten, wie die Gewitterwolken sich über dem Meer auftürmen, wie der Sturm über die Wellen braust und die dunklen Wolken aufs Land zurasen. Kurz darauf ist man völlig durchnäßt und muß alle Kraft aufbieten, um nicht vom Wind umgeweht zu werden. Hinter dem Sturm aber wartet wieder blauer Himmel, und auch die Sonne kommt wieder hervor.

Meine Gefühle spiegeln die Elemente. Die Vorfreude wird unterbrochen von schmerzhaften Momenten des bevorstehenden Abschieds. Ein Sonnenstrahl, der durch die tiefblaue Glasvase in der Küche fällt, erinnert mich an die kostbaren Zeiten hier in diesem Haus. Ein lauer Sommerabend auf der Veranda mit Jan, vor meiner Abreise nach Portugal. Sonntagsfrühstück mit Sue und John. Ein Brunch mit Freundinnen, der sich bis zum Abend hinzieht. Lange, ruhige Tage am Schreibtisch, frühe Sommermorgen im milden Sonnenlicht, laue, sternenklare Nächte, in denen sich kein Lüftchen regt.

Dieses Land ist seit achtzehn Jahren meine Heimat, es gibt vieles hier, was ich liebe, und einige wenige Dinge, die ich nicht ausstehen kann. Australien war gut zu mir, und ich liebe es, wie man sein Heimatland liebt. Natürlich bin ich schon früher fort gewesen, aber dieses Mal ist es anders. Immer bin ich davon ausgegangen, zu denselben Dingen, an denselben Ort zurückzukehren. Dieses Mal weiß ich nicht, wann ich wiederkomme, unter welchen Umständen. Werde ich jemals wieder in diesem Land, in diesem Haus wohnen? Werden du und ich eines Tages gemeinsam hier leben? Werden wir nachts nebeneinanderliegen und durch dieses Dachfenster die Wolken und die Sterne beobachten? Werden wir hier auf der Veranda sitzen und darüber sprechen, daß wir den Lavendel stutzen und die verwelkten Rosen abschneiden müssen? Wird dein Klavierspiel die Stufen hinab in den Garten hinausklingen?

Ungewißheit.

Hier in dieser Stadt, in diesem Bundesstaat kenne ich mich aus und bin selbst bekannt. Ich bin als Fremde hergekommen, habe hart gearbeitet, und mein Einsatz hat sich ausgezahlt. Ich habe mir hier einen Namen gemacht, gewisse Privilegien erworben. Mancherorts werde ich bevorzugt bedient, mancherorts bewirkt mein Name, daß die Dinge rascher ins Rollen geraten. Leute sprechen mich auf der Straße an und sagen, sie vermissen meine Zeitungskolumne, meine Stimme im Radio. Manchmal sprechen mich Leute an und sagen, sie seien froh, mich nicht länger hören oder meine Meinung in ihrer Zeitung lesen zu müssen. Selbst Negatives kann ein Gefühl von Sicherheit vermitteln. Hier fühle ich mich geborgen, und jetzt bin ich dabei, all dem den Rücken zu kehren und an einen Ort zu ziehen, den ich nie gesehen habe, einen Ort, wo mich niemand kennt und wo ich, mit Mitte Fünfzig, wieder ganz von vorn anfangen muß.

Ich habe diesen Ort in meinen Träumen gesehen. Ich sah einen Mann eine steile, von schmalen Häusern gesäumte Straße hinabgehen, auf der *cable cars* entlangrattern. Im Hintergrund erstrecken sich schimmernd das Meer und die Golden Gate Bridge. Siebenunddreißig Jahre ist es her, daß ich träumte, seinen Namen zu rufen, während er hügelabwärts schritt. Beim Klang meiner Stimme blieb er stehen und drehte sich um, so wie er stehengeblieben war und sich umgedreht hatte, als ich ihn am Strand von Brighton rief.

In meinem Traum lächelte er und streckte mir die Hand entgegen. »Komm her, Sweetheart«, rief er, und ich rannte zu ihm, und gemeinsam gingen wir den Hügel hinab. Doch der Traum wandelte sich, und San Francisco wurde zu einem Ort, wo er sich nach einer Stimme umwandte, die nicht die meine war, und die liebenswerte, Lebensfreude sprühende Stadt wurde in meinen Augen öde und einsam.

Jetzt werde ich diese Stadt kennenlernen. Das Gesicht, das mich ruft, hat in meinem Herzen die Jahrzehnte überdauert, und der Preis, den ich dafür zahlen muß, ist die einstweilige Trennung von meinem Leben hier. Alles hat seinen Preis, und dieser erscheint mir nicht zu hoch.

»Ich fahre morgen, Mom«, sage ich.

»Ja«, sagt sie. »Hab eine schöne Zeit.«

Seit Wochen macht sie sich Gedanken darüber, daß ich wegfahre und wie lange ich fortbleibe. Immer wieder stellte sie mir die gleichen Fragen: Wo wohnt Karl? Wie lange wirst du fort sein? Wie weit weg ist es?

»Wenn du länger als einen Monat wegbleibst, werde ich sterben«, sagte sie wiederholt. »Aber denk nicht an mich. Es ist dein Leben. Ich will, daß du glücklich bist.«

Ich weiß, daß sie das ernst meint, aber die Gespräche belasten mich, und dieses Thema kam während der letzten fünf Monate mehrmals wöchentlich auf.

Jetzt, beim letzten Mal, hat sie das Interesse daran verloren. Sie ist mehr mit dem neuen Zimmer beschäftigt, das sie im Pflegeheim bezogen hat, und damit, sich mit Mark zu unterhalten, der sie vor wenigen Monaten besucht hat, während sie meint, ihn nicht mehr gesehen zu haben, seit er zwölf war. Ich hatte große Angst vor einem tränenreichen, jammervollen Abschied gehabt, aber es sieht so aus, als dürfe ich gehen, ohne daß die Flammen meiner Schuld erneut auflodern. Als ich sie umarme, ergreift mich das Gefühl, sie habe sich bereits zurückgezogen, habe mich verlassen, bevor ich sie verlasse – oder ist das nur Wunschdenken?

Meine Freunde helfen mir beim Einpacken meiner Bücher und erstellen eine Liste der Einrichtungsgegenstände. Und während sich die Kartons füllen, leeren sich die Räume, warten darauf, die Besitztümer eines anderen Bewohners aufzunehmen. Ich werde die letzten Tage bei Jan bleiben und dort Abschied nehmen. In strömendem Regen packe ich an einem Abend Ende Juni die Koffer ins Auto und werfe einen letzten Blick auf das Haus, in dem ich mein restliches Leben verbringen, wo ich in kostbarer Abgeschiedenheit hatte schreiben wollen, mein Leben im Griff, die Zukunft unter Kontrolle. Das Haus steht für alles, was ich angestrebt hatte: Eigenständigkeit, Unabhängigkeit, Kreativität, Sicherheit und Frieden. Es repräsentiert mein Leben als alleinstehende Frau, eine Frau, die sich bewußt für das Alleinsein entschieden hat und dies in ihrem Umfeld kundtut.

Zum letzten Mal lösche ich das Licht und verschließe die Tür. Ich steige ins Auto, und mit einem letzten Blick zum Dachfirst hinauf lege ich den Rückwärtsgang ein und fahre durch das Tor. Ein Teil meines Lebens ist zu Ende.

13

E-Mail: 27. Juni 1999, 23.30 Uhr, Westaustralien
Von: lbyrski@hotmail.com
An: karlh@hotmail.com
Betreff: Letzte Nachricht aus Australien

Mein liebster Karl Heinz,

dies ist meine letzte Nachricht an Dich aus Australien. Meine letzte Nacht hier für wer weiß wie lange. Doch ich weiß, daß vor mir ein Traum liegt, ein Traum, den ich mein ganzes Leben lang geträumt habe.

Der Abschied von meiner Familie, meinen Freunden, hat mich traurig gestimmt. Aber die Sehnsucht, bei Dir zu sein, wie ich es seit 37 Jahren sein sollte, treibt mich voran. Ich bin voller Hoffnung und Zuversicht, daß sich der Traum nach all dieser Zeit nun endlich erfüllen wird. Danke für Deine Liebe und Deine Unterstützung in den letzten Monaten dieser endlos langen Trennung.

Ich hoffe, Du bleibst weiterhin der Ansicht, daß sich die Suche nach mir gelohnt hat und daß die Wirklichkeit Deinen Träumen gerecht wird. Ich weiß, daß das Leben mit Dir weit wunderbarer sein wird, als ich es mir jemals erträumt habe. Ich halte Dich fest mit all der Liebe, die ich mein ganzes Leben lang für Dich bewahrt habe und die noch gewachsen ist, seit ich am 27. Dezember Deine Stimme wiedergehört habe.

Laß uns dafür sorgen, daß dieser Traum stets lebendig bleibt. Wir sehen uns Mittwoch früh in Frankfurt – ich warte auf Dich – immer.

Liz

E-Mail: 27. Juni 1999, 7.30 Uhr, San Francisco
Von: karlh@hotmail.com
An: lbyrski@hotmail.com

Mein liebster Darling Liz,

Tränen und noch mehr Tränen für Dich und den Kummer, den Dir der Abschied von Deinem Heim und Deinen Freunden bereitet. Ich verspreche Dir, wir fliegen bald zusammen nach Australien; es hängt ein bißchen von meiner Arbeit ab, aber wir werden fliegen – es sei denn, wir finden einen Dampfer, der uns ganz gemütlich über Perth nach China schippert!

Du hast mir mehr gegeben, als Du je ermessen kannst, Darling. Ich kann meine Gefühle nicht in so wunderbare Worte fassen wie Du in der letzten, innigsten all jener Nachrichten, die ich erhalten habe. Ich fühle mich manchmal so unbeholfen, daß ich vor dem Bildschirm sitze und nicht weiß, was ich schreiben soll. Ich bin so unendlich dankbar, daß Du unsere Liebe immer am Leben erhalten hast.

Bitte paß gut auf Dich auf auf diesem furchtbar langen Flug.

Ich bewundere Dich sehr, bewundere, was Du aus Deinem Leben gemacht hast, Deine wunderbaren Söhne, alles, was Du erreicht hast. Ich werde nie aufhören, Bewunderung und Hochachtung für Dich zu empfinden.

Möge Dein Flug ruhig und sicher sein – du lieber Himmel, ich fange schon an zu beten! Ich liebe Dich mit einer Hingabe und Leidenschaft, die ihre Kraft aus dem Geistigen schöpft. Du wirst immer meine Smugglers-Cottage-Liz sein, und ich bin für immer

Dein Karl Heinz.

TEIL VI

Rückbesinnung

14

London, August 1999

Das Haus ist nicht mehr da, aber hier hat es einmal gestanden. Hier weilte ich an jenem regnerischen Samstagnachmittag am Wohnzimmerfenster im ersten Stock und drehte mich um, als ich die Tür gehen hörte. Du standst vor mir, und alles andere verschwand. Hier hat alles angefangen.

Das Haus ist nicht mehr da, aber den Park gibt es noch. Die Straße zieht sich noch immer in einer leichten Kurve um jene kleine Allee, durch die wir eines Abends bei einbrechender Dunkelheit spazierten. Damals waren die Bäume kahl, heute stehen sie in vollem Laub, und ihre Äste schließen sich über dem Weg zu einem Blätterdach. Keine Straßenlaterne leuchtet – die Augustabende sind lang und hell. An jenem Abend standen Tränen in deinen Augen. Wir lehnten uns gegen diesen Baum und erzählten uns unsere Träume, unsere Hoffnungen und Ängste. Jetzt tun wir dasselbe wieder, erfüllt von Dankbarkeit, daß uns diese zweite Chance zuteil wurde – die Chance, an den Anfang unserer Liebe zurückzukehren, die romantischen Gefühle der Jugend mit der Reife des Alters zu verknüpfen.

Einige wenige Monate waren unsere Wege eins gewesen, wir taten erste Schritte in Richtung auf ein gemeinsames Leben. Jetzt reflektieren wir die Jahre, die wir versäumt haben, die falschen Entscheidungen, die wir trafen, und die schmerzhafte Ironie des Schicksals, das uns an entgegengesetzte Enden der Erde verschlagen hat. Hätte unsere Liebe ein gemeinsames Leben ebenso überdauert wie die Trennung? Wären wir noch zusammen? Was für Menschen wären wir geworden? Hat es von Anfang an so sein sollen? War es von Anfang an so vorbestimmt?

Während wir darüber nachsinnen, wie es hätte sein können, erkenne ich die Vorzüge dessen, was war und was ist: meine wunderbaren Söhne, die mir unermeßliches Glück und Befriedigung geschenkt, die meinem Leben einen Sinn gegeben haben; liebe Freunde, alte und neue; der Erwerb von Wissen, das Sammeln von Erfahrungen; die Akzeptanz eines neuen Landes und meine Anstrengungen, eine erfolgreiche Schriftstellerin zu werden. Und jetzt bist du da. Die Jahre, die wir versäumt haben, sind die Jahre, die aus uns das gemacht haben, was wir heute sind. Sie haben uns viel Gutes beschert. Sie haben uns hierher zurückgeführt, an den Ort, an dem alles begann.

Seit so vielen Jahren, Karl, will ich dir meine Geschichte erzählen. Ich wollte deine Geschichte hören, wollte wissen, wie es für dich war, wollte verstehen. Du bist zu einer Zeit in mein Leben zurückgekehrt, in der ich am allerwenigsten erwartet hatte, noch einmal Liebe zu finden – im Herbst hast du den Frühling zurückgebracht. Jetzt sind unsere beiden Geschichten zu einer verschmolzen – einer Geschichte, die nur erzählt werden kann, weil du den Mut besessen hast, deinem Herzen zu folgen.

DANKSAGUNG

Dieses Buch erzählt eine Geschichte, die mein Leben auf vielerlei Arten und zu vielerlei Zeiten beeinflußt hat, die nicht in die Erzählung eingeflossen sind. Zwangsläufig habe ich durch die Erlebnisse der letzten zwei Jahre auch die »fehlenden Jahre« Revue passieren lassen, und dabei sind es immer wieder meine beiden Söhne, Mark und Neil, zu denen meine Gedanken zurückkehren. Ich möchte diese Gelegenheit dazu nutzen, beiden für ihre zuverlässige und vorbehaltlose Unterstützung und Liebe zu danken, die mein Leben so unendlich bereichert hat.

Dank auch an Neil für die sorgfältige Lektüre und die wohlüberlegten Anmerkungen zu den teilweise wirren und weitschweifigen ersten Entwürfen dieses Buchs.

Viele Menschen haben einen wesentlichen Beitrag zu den beschriebenen Ereignissen geleistet. Ihnen allen bin ich zu großem Dank verpflichtet, doch möchte ich einige ganz besonders hervorheben:

Mein herzlichster Dank gilt Jess Phillips, die einen vollkommen Fremden in ihr Haus einlud und von seiner Geschichte so berührt war, daß sie in die Rolle eines Privatdetektivs schlüpfte. Aus dem Detektiv wurde eine gute Fee, und Karl und ich werden ihr unser Leben lang dankbar sein für die Mühe, die sie sich gemacht hat, mich zu finden.

Danken möchte ich auch Irene Carter für ihre großzügige Freundschaft, ihre Klugheit und ihren Humor während der außergewöhnlichen Ereignisse im Dezember 1998 und Januar 1999.

Mein besonderer Dank gilt Jan O'Meara für ihre treue, uneingeschränkte Freundschaft, dafür, daß sie mich immer wieder auf den Boden der Tatsachen zurückgeholt, zum Lachen gebracht und nicht zuletzt immer gewußt hat, wann es besser war, gar nichts zu sagen. Und Carolyn Polizzotto für ihre kostbare Freundschaft und die vielen Gespräche, die mir so oft dabei halfen, zu entscheiden, wie ich diese Geschichte schreiben sollte.

Dank auch an Susan James und John Noonan und die vielen anderen Freunde, die mir zeigten, wie sehr ihnen an meinem Glück gelegen ist, und deren Zuspruch und Unterstützung mir immens geholfen haben.

Meinen Redakteuren Ray Coffey und Janet Blagg für ihr Vertrauen in die Geschichte und die einfühlsame, rücksichts- und verständnisvolle Bearbeitung eines Manuskriptes, das mir so viel bedeutet.

Mein besonderer Dank gilt auch Frau Dr. Eva Dempewolf, deren gekonnte und sensible Übersetzung diese Geschichte nun den deutschsprachigen Lesern eröffnet.

Und *last but not least* natürlich Karl, ohne den es gar keine Geschichte gegeben hätte.

Liz Byrski
Mai 2001

MALIK

Gisèle Halimi
Alles, was ich bin

Tagebuch einer ungeliebten Tochter. Aus dem Französischen von Stephanie Oruzgani. 214 Seiten. Geb.

Gisèle Halimis ganzes Leben ist von der Suche nach dem Grund geprägt, warum ihre Mutter sie nicht lieben kann, von ihrer Sehnsucht nach Zuneigung, doch selbst auf dem Sterbebett vermag Fritna der Tochter ihre Gleichgültigkeit nicht zu verbergen. Schon in Gisèles Kindheit stehen die Brüder im Mittelpunkt der mütterlichen Aufmerksamkeit, ihnen gelten ihr Lächeln und ihre Bewunderung, ihre Unterstützung und ihre Liebe. Der Tochter gegenüber bleibt die stolze Schönheit unnahbar. Gisèle rebelliert gegen die Ungerechtigkeit, die ständige Auflehnung macht sie zu einer starken, erfolgreichen Persönlichkeit. »Alles, was ich bin, alles, was ich gemacht habe, rührt daher, daß meine Mutter mich nicht geliebt hat.«

»Manche Szenen sind hart, sogar grausam, aber der Ton bleibt fröhlich, optimistisch, und die Figuren voller Licht. Es ist das bewegende Buch über eine, die bis heute von der fehlenden Mutterliebe gezeichnet ist.« *Elle*

MALIK

Cristina Comencini
Warten auf Isabella

Roman. Aus dem Italienischen von Sabina Kienlechner.
251 Seiten. Geb.

Maria schließt in Rom erfolgreich ihr Examen ab und strebt nach einem bürgerlichen Leben. Ihre Schwester Isabella hingegen reist abenteuerlustig mit verschiedenen Liebhabern durch die Welt und läßt außer einigen seltenen Ansichtskarten aus den entlegensten Winkeln der Erde nichts von sich hören. Bis sie Maria eines Tages den Türken Mehmet ins Haus schickt. Ganz wie es Isabella beabsichtigt hatte, ist Maria fasziniert von dem rothaarigen charmanten Riesen, der ihr in seinem schweren Mantel und mit seinen phantastischen Geschichten wie ein Fabelwesen erscheint... Eines Tages ist Mehmet verschwunden, doch er verspricht Maria ein Wiedersehen. Als Pfand hinterläßt er ihr seinen Mantel.
Cristina Comencini, eine der bekanntesten weiblichen Stimmen Italiens, hat einen sensiblen Roman geschrieben über zwei junge Frauen auf der Suche nach ihrem Platz im Leben.